KB083329

이광수의 / 한글 창작

이광수의 한글 창작

초판인쇄 2021년 2월 25일 **초판발행** 2021년 3월 2일
지은이 하타노 세츠코 **옮긴이** 최주한 **펴낸이** 박성모 **펴낸곳** 소명출판 **출판등록** 제13-522호
주소 서울시 서초구 서초중앙로6길 15, 2층
전화 02-585-7840 **팩스** 02-585-7848 **전자우편** somyungbooks@daum.net **홈페이지** www.somyong.co.kr

값 15,000원 ⓒ 최주한, 2021
ISBN 979-11-5905-576-8 93810

잘못된 책은 바꾸어드립니다. 이 책은 저작권법의 보호를 받는 저작물이므로 무단전재와 복제를 금하며,
이 책의 전부 또는 일부를 이용하려면 반드시 사전에 소명출판의 동의를 받아야 합니다.

이광수의 / 한글 창작

Lee Kwang-su's
Creative Writing
by Hangul

하타노 세츠코 지음
최주한 옮김

저자가 한국어를 배우기 시작한 1980년대, 한국은 한자가 넘쳐났다. 간판의 한자를 보면 그 건물이 무슨 건물인지 알 수 있었고, 국한문으로 쓰인 신문기사의 내용은 추측이 가능했다. 그런데 1990년대 그런 상황에 변화가 일기 시작하여 21세기인 오늘날 한국어에서 한자는 거의 자취를 감추고 한글만으로 표기하게끔 되었다. 그토록 격렬한 변화가 그처럼 단기간에 일어난 것은 경이라고밖에 할 수 없다. 한국어는 몇 세기나 계속되어 온 한자의 사용을 그만두기 시작했던 것이다.

이런 모습을 바깥에서 목격했던 저자가 이상하게 생각한 것은 한국인들이 이 급격한 변화를 자연스러운 현상으로 받아들였던 점이었다. 이 책을 정리하면서 저자는 그 이유를 이해하게 되었다. 한글이 한자를 대신한 것은 정말이지 자연스러운 언어현상이었던 것이다.

언어학자 이연숙은 "일단 한자어가 한국어에 정착해 버리면 그 것을 한글로 써도 전혀 부자연스럽지 않다. 요컨대 한국어에서는 한자어를 한자로 쓸 필요가 없는 것이다"(『「ことば」という幻影』, 明石書店, 2009)라고 쓰고 있다. 한국어는 원래 한자어를 한자로 쓸 필요가 없는 언어라는 것이다. 무슨 말인가. 이연숙은 상세한 설

명을 생략하고 있는데, 필자는 다음과 같이 해석했다.

한자는 눈으로 의미를 인식하는 표의문자이고 한글은 음을 나타내는 표음문자이다. 조선시대에는 이 두 가지 문자가 처소를 달리하여 함께 표기되지 않았다. 다만 한글은 한자를 음으로 수용할 수 있었고, 그러한 한자어 몇몇이 고유어화 되었다. 개화기가 되고 국한문이 등장하여 한글과 한자가 공존하게 되자 한글은 한자를 몰아내기 시작한다.

국한문 속에서 반복하여 발음되는 가운데 한자어는 주변의 한글처럼 음으로 의미가 인식되었다. 이것이 '정착'이다. 일단 '정착'한 한자어는 한글로 표기하더라도 문제가 생기지 않는다. 어려운 한자어는 한글 표기 뒤에 한자를 표시하는데, 이것도 반복되면 익숙해져 한글 표기로 충분하다. 이리하여 한자어는 한자로 쓸 필요가 없어지게 되는 것이다. 한글과 한자어가 이러한 관계에 있는 이상, 한글과 한자가 국한문에서 동거하기 시작한 때부터 한자가 소멸할 운명은 결정되어 있었다. 19세기 말 등장한 국한문은 한국어가 한자와 거리를 두는 도중에 나타난 과도적 현상이며, 21세기 그 역할을 다하고 모습을 감추었다고 할 수 있을 것이다.

1917년에 이광수가 국한문으로 쓴 『무정』이 돌연 순한글문으로 바뀌었을 때, 독자는 이 소설을 문제없이 이해하고 감동했다. 이를 가능케 한 것은 이광수가 그때까지의 문장 수련을 통해 만들어낸 문체였다. 그는 이미 한자가 없어도 이해할 수 있는 문체를 완성시켰던 것이다. 그후 100년, 한국어는 모든 영역에서 그 문체로 이행했다. 이 이행은 한국어와 한글의 조합이 초래한 자연스러운 변화이지만, 이를 주도한 것은 이광수의 한글 소설『무정』과 1920년대에 이미 한글 표기로 전환한 이래 면면히 생산되어온 근현대문학 작품이었다고 저자는 생각하고 있다.

저자는 작년 7월 이광수의 일본어 창작에 관한 연구논문을 정리하여『일본어라는 '이향' – 이광수의 이언어 창작』을 소명출판에서 간행했다. 이 책은 그와 병행하여 진행해 온 이광수의 한글 창작에 관한 연구의 성과를 수록한 것이다.

제1부 '이광수의 한글 창작'에서는 이광수가 국한문에서 한글로 표기를 변경하는 과정을 고찰한 네 편의 논문을 수록했다. 이광수는 일본어와 한국어 두 개의 언어를 오가면서 자신의 문장을 만들었는데, 그것이 그대로 한국 최초의 근대적인 문장을 창출했다. 여기에는 번역이 커다란 역할을 했다. 첫 번째 논문「이광수와 번역」에서 필자는 이광수의 초기 창작에서의 번역의 역할을 탐구했다. 그러는 가운데『무정』이 쓰여질 때까지 이광수의 전작품을 정리하여 표기에 관한 의문을 품은 것이 계기가 되어「『무정』의 표기와 문체에 대하여」,「『무정』에서「가실」에」,「상하이판『독립신문』의 연재소설「피눈물」의 작자는 누구인가」세 편의 논문을 쓰게 되었다. 그 출발점이 된 것은『무정』이 애초에 국한문으로 씌어졌다는 김영민 선생님의 주장과 선생이 그 근거로 발

견한 『매일신보』의 기사이다. 김영민 선생님께는 이 논문들을 쓰고 있을 때 학회 등에서 몇 번이나 만나뵙고 귀중한 의견을 들었다. 언제나 저자에게 따뜻하게 대해 주시고 이번 출판에도 애써주신 선생님께 이 자리를 빌려 진심으로 감사드린다.

제2부 '기타'에서는 이런저런 지면의 의뢰를 받아 7년간 발표해온 몇몇 글을 수록했다. 마지막 글은 최남선과 일본인 학자 요시다 토고吉田東伍의 사귐을 소개했는데, 학문이 맺은 두 사람의 깊은 관계를 알게 되었다. 요시다가 태어난 곳에 세워진 기념박물관에서 차로 한 시간밖에 걸리지 않는 곳에 살고 있는 저자에게는 인연처럼 느껴진다.

마지막으로 저자에게는 이광수 연구의 공동연구자이자 이번에도 이 책을 번역해 준 최주한 선생, 그리고 흔쾌히 출판을 맡아주신 소명출판의 박성모 사장님께 진심으로 감사드린다.

2020년 12월 동짓날
하타노 세츠코

차례

제1부
이광수의 한글 창작

제1장

이광수와 '번역'[*]

『검둥의 설움』[1]을 중심으로

1. 시작하며

김동인은 자신이 처음 조선어로 창작하려고 했을 때, 떠오르는 것은 일본어뿐이어서 그것을 조선어 구어체로 '번역'하기 위해 애썼다고 한다.[2] 평양의 대저택에서 자라 조선어 경험이 충분하지 않은 채 13세에 유학한 그가 일본어를 조선어로 '번역'함으로써 창작을 시작했을 때 직면한 것은 조선어 표현력의 벽이었다. 귀국 후 방탕한 생활을 하면서 그는 표현력 획득을 위해 피나는

---

[*] 본 연구는 일본학술진흥회에서 과학연구비 지원을 받은 기반연구 연구성과의 일환이다.((B)25284072)

[1] 원문은 『검둥의설움』. 본고에서는 모두 새로운 표기를 사용한다.

[2] 김동인, 「조선근대소설고」(1929), 김치홍 편저, 『김동인평론전집』, 삼영사, 1984, 76~79쪽; 김동인, 「문단 30년의 자취」(1948), 같은 책, 434쪽. 김동인은 3인칭의 부재와 형용사와 명사가 부족한 것을 고민하면서 과거형의 사용과 구어체에 의한 근대적인 문체 창출에 노력했다고 말하고 있다.

노력을 하게 된다.

이광수는 김동인 같은 회상을 남기지 않았지만, 김동인과 같은 13세에 일본에 건너간 그가 일본어와 조선어의 틈새에서 애썼을 것은 상상하기 어렵지 않다. 중학을 졸업할 무렵에 쓴 일본어「사랑인가愛か」가 같은 시기에 조선어로 쓴 단편「무정」보다 감정표현이 훨씬 풍부한 것이 이를 추측케 한다. 이 무렵 유학생 동료들과 낸 비밀잡지『신한자유종新韓自由鍾』제3호에 유독 이광수만 수필과 기행문을 일본어로 쓰고 있는 것은 정감을 담은 문장을 쓸 경우에는 일본어 쪽이 편했기 때문일 것이다.[3] 그런데 주목되는 것은 이광수가 일본어와 조선어 두 가지 언어로 창작을 시작한 시기에 '번역'도 하고 있었던 점이다.

일본 근대소설의 효시로 간주되는「뜬구름浮雲」을 쓴 후타바테이 시메이二葉亭四迷는 러시아어 번역가이기도 하고,「뜬구름」을 집필하던 무렵은 투르게네프의「밀회あひゞき」와「해후めぐりあひ」를 번역했다.[4] 후타바테이는「뜬구름」을 집필하다가 생각처럼 문장이 떠오르지 않으면 우선 러시아어를 써보고 나서 그것을 일본어

---

3 하타노 세츠코,「『극비 신한자유종 제3호』(융희 4년 4월 1일 발행)의 이광수 관련 자료에 대하여」,『근대서지』5, 2012, 소명출판, 239~262쪽;『일본어라는 이향-이광수의 이언어 창작』, 소명출판, 2019.

4 「뜬구름」제1편과 제2편은 1887년(明治 20)과 1888년(明治 21)에 金港堂에서 간행되었고, 제3편은 1889년(明治 22)에 문예잡지『都の花』에 연재되었다.「밀회」는 1888년(明治 21) 8월『國民之友』, 1889(明治 22)년 1월『都の花』에 발표되었다.

의 구어체로 번역하여 소설을 써나갔다고 한다.[5] 일본어 표현력의 한계에 맞닥뜨렸을 때 그는 러시아어로 사고하거나 구어口語를 써봄으로써 일본어 표현력의 폭을 확장하고자 했던 것이다. 이광수도 또한 '번역'으로써 조선어 표현력을 기르려고 노력한 것은 아니었을까.

중학을 졸업하고 오산학교의 교원이 된 이광수는 1913년 말부터 9개월 간의 대륙방랑을 마치고 1915년에 『청춘』지에 「김경」을 발표한다.[6] 그런데 5년 전에 쓴 단편 「무정」과의 수준 차가 또렷하여 이광수가 그 사이 문장 수업을 열심히 한 것을 추측할 수 있다. 시간적으로 보아 1913년 2월 신문관에서 간행한 번역 『검둥의 설움』이 그 단서가 된다고 생각되는데, 저본이 밝혀져 있지 않은 점도 있고 해서 지금까지 그다지 연구되어 오지 않았다.[7] 이번에 필자는 저본을 확정하여 번역본과의 대조 작업을 했는데,[8] 여기서 그 결과를 보고하고 아울러 이광수의 초기 문장을 '번역'이라는 측면에서 재조명하고자 한다. 제2절에서 『검둥의

---

5 伊藤整, 『日本文壇史二』, 講談社, 1954, 35쪽.

6 『청춘』, 1915.3.

7 그렇지만 다음의 연구가 있다. 김병철, 『서양문학이입사연구 제1권 한국근대문학사연구』, 을유문화사, 1988(초판 1975), 334~336쪽; 권두연, 「신문관 단행본 번역소설 연구」, 『사이間SAI』 5, 2008; 「'검둥'이로 인식된 혹인 표상-『엉클톰즈 캐빈』의 번역 양상을 중심으로」, 『피라텐』 창간호; 박진영, 『번역과 번안의 시대』, 소명출판, 2012, 243~246쪽.

8 저본의 확정은 저자와 최주한 씨의 합작이었음을 밝혀둔다. 최주한, 「『검둥의 설움』(1913), 번역과 작가-주체의 정초」, 『한국 근대 이중어 문학장과 이광수』, 소명출판, 2019.

설움』을 간행하기 이전의 이광수의 초기작품을 검토하고, 제3절
에서『검둥의 설움』을 분석한다. 그리고 제4절에서는『검둥의 설
움』간행에서『무정』집필 전까지의 이광수의 행보를 대륙방랑기
를 중심으로 더듬어 보고자 한다.

2. 초기 창작기

이광수가『검둥의 설움』을 간행하기 이전의 저작에서 현재 확
인되어 있는 것은 〈표 1〉대로이다.

〈표 2〉『검둥의 설움』을 간행하기 전의 저작

	작품	게재잡지
1908년 5월	「국문과 한문의 과도시대」(논)	『태극학보』21
10월	「수병투약」(논)	『태극학보』25
11월	「혈루」(번)	『태극학보』26
1909년 12월	「愛か」(소)*	『白金學報』19
1910년 1월	「옥중호걸」(시)	『대한흥학보』9
2월	「금일 아한 청년과 정육」(논)	『대한흥학보』10
	「어린 희생(상)」(번)	『소년』제3년 2
3월	「무정」(소), 「문학의 가치」(논)	『대한흥학보』11
	「特別寄贈作文」(작)*	『富の日本』1권 2
	「어린 희생(중)」(번) 「우리영웅」(시)	『소년』3년 3
4월	「무정(속)」(소)	『대한흥학보』12
	「일본에 재한 아한 유학생을 논함」(논)	
	「旅行の雜感」(기)* 「君は伊處に」(수)*	『신한자유종』3
5월	「어린 희생(하)」(번)	『소년』제3년 5
6월	「금일 아한 청년의 경우」(논), 「곰」(시)	『소년』제3년 6
7월	「금일 아한용문에 대하여」	『황성신문』24·26·27일
8월	「여의 자각한 인생」(논), 「헌신자」(수)	『소년』제3년 8
	「천재」(논), 「조선사람인 청년들에게」(논)	

소설은 조선어 단편 「무정」과 일본어 단편 「사랑인가愛か」가 있고, 그 외에는 논설 10편, 시 3편, 수필 1편, 번역 2편이 조선어로, 작문·수필·기행문 각 1편이 일본어로 씌어 있다.[9] 조선어 문장은 모두 국한혼용문이고 순한글문은 없다.

메이지학원 유학생이 중심이 되어 1910년 봄 등사판으로 인쇄한 잡지 『신한자유종』 제3호에는 비분강개한 문장이 나열되어 있고, 거기에 유독 이광수만 일본어로 수필과 기행문을 기고하고 있는 것이 눈에 띈다. 수필 「군은 어디에君は何處に」는 고봉孤峰이라는 인물이 자기의 친구 이보경의 파란만장한 과거를 이야기하면서 그의 천재적인 면모를 칭송한 것으로, "아! 비참하다고도 행복하다고도 할 만한 잊을 수 없는 시로가네白金의 생활은 이곳에서 시작되었다"와 같은 꽤 감격조의 문장을 사용하고 있다. 친구가 쓴다는 형식을 취하고 있지만, 사실은 이광수 자신이 쓴 것이다.[10] 한편 이광수가 고주孤舟라는 호로 쓰고 있는 기행문 「여행 잡감旅行の雜感」은 고국에 돌아가는 여행의 정경을 쓴 것으로, 여정이 진행됨에 따라 변화해 가는 기분이 문체에까지 반영되어 있어 중학을 졸업한 무렵 이광수의 일본어 수준이 상당한 것이었음을 보여주고 있다.[11]

---

9 「군은 어디로」는 이광수가 친구를 가장하여 자신의 일을 이야기한 것이고, 「헌신자」는 오산학교를 창립한 이승훈이 모델이다. 둘 다 소설과 수필 사이에 위치한 작품이지만, 여기서는 완전한 창작이 아니므로 수필로 분류했다.

10 하타노 세츠코, 앞의 책, 138~140쪽.

11 위의 글, 134~137쪽. 기행문의 날짜는 1910년 3월 23일부터 24일까지로, 26일에 거행된 메이지학원 졸업식에 이광수가 출석하지 않았던 것을 알 수 있

일본어로「사랑인가」와 조선어로「무정」을 쓰는 동시에 이광수는 『소년』에 「어린 희생」을 발표했다. 이것은 최남선이 번역이라고 생각하여 '孤舟譯'으로 처리한 것을 나중에 이광수가 자신의 창작이라고 주장했던 작품이다. 실제「무정」의 경직된 문장에 비해 「어린 희생」은 같은 작자의 것이라고는 생각되지 않을 정도로 자유롭게 씌어져 있어 최남선이 번역이라고 생각한 것도 무리는 아니다. 이 작품은 결국 다른 유학생이 같은 내용의 영화를 『대한홍학보』에 소개하고 있어서 영화의 '번역'이었음이 밝혀졌다.[12]

'trans-late'라는 용어는 경계를 넘어서 어떤 것을 다른 장소로 옮기고 다른 형식으로 치환하는 것을 의미한다. 필자가 '번역'이라는 용어를 사용한 것도 이런 의미로서, 영상의 내용을 언어로 치환하는 행위를 'translate＝번역'의 일종으로 간주한 것이자 '번안'의 의미까지도 포함하고 있다. 영화의 시대배경은 19세기 보불전쟁기이고 무대도 프랑스의 오를레앙인데, 이광수는 시대를 18세기, 장소를 러시아의 압정을 받는 북방 슬라브계 소국小國으로 치환했다. 대국大國의 압박을 받는 소국을 무대로 한 것은 긴박감을 높이는 효과를 가져왔지만, 시대를 제멋대로 바꾼 탓에 18세기에 전화와 전신이 존재하는 등의 모순을 일으키고 있다.

다. 오산학교의 근무 때문이었을까, 어쩌면 26일이 안중근의 사형집행일이었던 점도 관계가 있을지도 모른다.

12 하타노 세츠코, 「이광수의 자아」, 『『무정』을 읽는다』, 소명출판, 2008, 107~113쪽.

영화의 '번역'은 이광수의 창작에 있어서 어떤 역할을 했을까. 당시의 영화는 무성이었기 때문에 이광수는 자막 혹은 변사가 이야기하는 일본어로 스토리를 이해했을 것이다. 영화를 본 후, 그는 기억을 더듬으면서 조선어로 등장인물들이 이야기했을 대사, 생활과 풍경의 묘사, 스토리 전개 등을 옮겨 썼다. 여기에는 평소 사용하고 있는 단어와는 다른 표현이 필요하게 된다. 이리하여 조선의 사물과 사유로부터 언어를 해방시키면서 이광수는 조선어로 표현할 수 있는 범위를 확장했을 것이다. 「어린 희생」의 특징의 하나는 실내의 묘사와 인물의 행동에 대한 설명이 구체적이고 시각적인 것인데, 이것은 나중에 이광수 문장의 특징이 된다.

이광수에게 이 작업은 또한 일본어로부터 해방되는 것이기도 했다고 생각된다. 하루 종일 일본어에 둘러싸여 생활했던 그는 일본어로 이야기하고, 생각하고, 결국에는 창작도 하게 된다. 이런 그가 조선어로 창작할 때 곤란을 느꼈을 것을 상상하기는 어렵지 않다. 김동인과 동일한 고민을 그도 당연히 맛보았을 것이다.

그런데 여기에 한 가지 더 상상을 덧붙이자면, 이광수는 자신이 본 영화를 조선어로 옮겨 쓰기 전에 친구들에게 이야기를 들려주는, 즉 구어화라는 단계를 밟지는 않았을까. 이광수는 일주일에 한번 메이지학원 동료들을 모아 자기가 읽은 책에 대한 이야기를 재미있게 들려준 일을 회상하고 있다.[13] 그렇다면 자기가 본

---

13 「춘원 문단생활 20년을 기회로 한 '문단회고' 좌담회」, 『삼천리』, 1934.11,

영화도 들려주었을 것이 틀림없다. 일단 이야기한 것을 문장으로 옮겨 쓰고, 즉 문장화하기 전에 구어화의 단계를 경유함으로써 「어린 희생」은 "믿기 어려울 정도로 걸출한 작품"[14]이 되었다고 생각되는 것이다.

「어린 희생」보다 1년 전 이광수가 『태극학보』에 발표한 「혈루 -그리스인 스팔타쿠스의 연설」도 영화의 '번역'이었다고 생각된다. 반란을 결의하는 스파르타쿠스를 묘사한 이 작품은 스토리가 장대하고 묘사에 압도적인 힘이 있다. 후기에 '역자 왈'이라고 되어 있어 번역인 듯하지만, 그렇다고 하기에는 내용에 착오가 많고 뒤죽박죽인 인상을 주고 있다.[15] 트로키아 출신인 스파르타쿠스를 그리스인으로 상정하고 있는 부제副題를 비롯하여, 반란을 일으킨 기원 전 1세기를 기원 2, 3세기로 적어놓는 등의 잘못은 「어린 희생」과 마찬가지로 정확한 정보 없이 영화의 장면과 스토리를 기억에 의존하여 옮겨 썼기 때문에 일어났을 것이다. 저본이 있는 번역이라면 이러한 잘못은 일어나지 않았을 것이다. 처음 활

240쪽. "남들이 문예에 취미 붙여주기 위하여 나는 일주일에 한 번씩 모이는 이 회합에서 혼자 연극도 하여 가며 소설 이야기를 아무쪼록 재미있게 하여 드리었지요." 그런데 『신한자유종』 3에는 3월 20일에 열린 '이보경 씨의 송별회' 기사가 있는데, 여흥으로 'ヵトギバナシ'이 들어 있다. 즐거운 이야기 정도의 의미일 것이다. 이렇게 이광수는 동료들에게 자기가 읽었거나 들었던 이야기를 했을 것이라고 상상된다.

14 김우종은 이 작품은 "이광수의 초기 작품 가운데 이것은 믿기 어려울 정도로 걸출한 작품"이라고 언급하고 있다. 金宇鍾, 長璋吉 譯, 『韓國現代小說史』, 龍溪書舍, 1975, 64쪽.
15 하타노 세츠코, 「이광수의 자아」, 앞의 책, 101~103쪽.

자화된 이광수의 문학적 문장인 「혈루」가 '번역'이었다는 것은 특필할 만하다.

이광수에게 '번역'은 일본에 있으면서 조선어 표현력을 키우기 위해 필요한 수행이었다. 「사랑인가」와 「어린 희생」에 비해 서투른 인상을 주는 「무정」의 문체는 그가 조선을 무대로, 조선어로, 조선인의 심정을 묘사하고자 한다고 해서 꼭 뜻대로 되지는 않았음을 보여준다. 중학을 졸업할 무렵 이광수는 일본어 창작에 꽤 자신을 가져 일본문단으로의 진출조차 꿈꾸었을 정도였다.[16] 그러나 조선으로 돌아와 조선어로 소설을 쓰게 되었을 때, 그는 조선어 표현력의 필요성을 통감했을 것이다. 귀국 후 그는 오랫동안 소설 창작에서 멀어졌다.

1910년 8월 25일 발행된 『소년』은 이튿날 신문지법에 의해 압수되고, 4일 후 '일한병합'이 공포되었다. 그 이후 이광수의 집필 활동은 멈춘다. 그러나 오산학교에서 과중한 수업을 담당하고 수감된 교주 이승훈의 마을인 용동의 생활개량지도를 하는 등 '민족주의의 실천'에 매진하면서도, '번역'을 통해 조선어의 표현력을 높이기 위한 그의 노력은 계속되었다. 1913년 2월 신문관의 번역 단행본 시리즈 '신문관 발간 신소설'[17]의 한 권으로 간행된

---

16 「일기」에 "일본문단에 기를 들고 나설까"라는 문구가 보인다. 『조선문단』 7, 1925, 6쪽.
17 '신문관 발행 신소설'은 신문관이 번역소설의 광고에서 사용된 문구로, 『검둥의 설움』 외에 『걸리버 유람기』(1909.2), 『불쌍한 동무』(1912.6), 『만인

스토 부인의 *Uncle Tom's Cabin*(1852)의 초역抄譯『검둥의 설움』이 이를 말해주고 있다. 『검둥의 설움』은 그때까지 국한문만 써왔던 이광수에게는 첫 순한글문이었다. 그러나 이것은 최남선의 방침에 따른 결과에 지나지 않았고, 이광수의 자각적인 선택은 아니었다. 이광수는 그 후에도 좀처럼 순한글문을 쓰려고 하지 않았다.

3.『검둥의 설움』

1) 두 개의 저본

『검둥의 설움』의 저본이 무엇인지는 오랫동안 밝혀지지 않은 상태였다. 여기에는 몇 가지 이유가 있다. 우선『검둥의 설움』에 동판화 삽화가 삽입되어 있어서 영문판의 번역이라는 오해가 생긴 것을 들 수 있다.[18] 저자 자신도 이 삽화를 보고『검둥의 설움』의 저본은 미국에서 간행된 축약본일 것이라고 생각하고 저본을 찾는 노력을 게을리했다. 이제 막 중학을 나온 이광수의 영어 실력으로는 방대한 원전으로부터의 초역은 무리이기 때문에 저본이 된 영문 축약본이 존재할 것이라고 생각했던 것이다.[19] 그런데 실제로 이광수가

계』(1912.9),『허풍선이 모험기담』(1913.5),『자랑의 단추』(1912.10)가 들어 있다. 권두연, 앞의 글, 119쪽; 박진영, 앞의 책, 86쪽. 박진영은 신문관에서 간행된 단행본 번역소설로서 그 외에『해당화』를 들고 있다.

18 권두연, 앞의 책 참조.

저본으로 삼은 것은 일본에서 출판되어 있던 초역본이었다. 내외 출판협회內外出版協會에서 1903년(明治 36)에 간행된 사카이 코센堺 枯川 편집 가정야화家庭夜話 제3권 『인자박애의 이야기仁慈博愛の 話』와 마찬가지로 내외출판협회에서 1907년(明治 40)에 간행된 모 모시마 레이센百島冷泉 초역 통속문고 제2편 『노예 톰奴隷トム』의 두 권이 그것이다. 보는 대로 전자의 제목에는 '톰'이라는 이름이 붙어 있지 않아 도서검색에 걸리지 않았던 점도 발견을 늦춘 원인이었 다. 그러나 저본의 확정을 어렵게 만든 최대의 이유는 저본이 두 권이었다는 점과 그 조합 방식이 복잡하다는 점에 있다. 이광수는 두 권의 텍스트를 혹은 조합시키고 혹은 융합시킨데다 나아가 자신 의 문장을 이곳저곳에 삽입하고 있기 때문에 단순한 텍스트 대조로 는 알 수 없었던 것이다.[20]

19 저자가 조사를 시작한 것은 최주한 씨에게 요청을 받았기 때문이다. 저자는 학 교 도서관을 통하여 국회도서관 레퍼런스에 조회했다. 그 때 최주한 씨가 『노 예 톰』이 부분적으로 저본으로 사용되어 있다는 것을 발견하고 저자에게 알려 왔다. 이에 의지하여 국회도서관에서 보내온 목록의 책과 『검둥의 설움』을 대 조해보고 가까스로 저본이 두 권이라는 사실을 알게 되었다. 『인자박애의 이 야기』와 『노예 톰』은 국회도서관 디지털 도서관의 다음 URL에서 볼 수 있다. http://kindai.ndl.go.jp/info:ndljp/pid/877433, http://dl.ndl.go.jp/inf o:ndljp/pid/755014
20 예컨대 『번역과 번안의 시대』의 저자는 신문관 번역 단행본에는 내외출판협 회 '통속문고'를 저본으로 한 것이 많기 때문에, 통속문고 제2편 『노예 톰』이 저본이 아닐까 생각하고 텍스트를 대조했다. 그런데 『노예 톰』의 부록 「스토 부인」이 『검둥의 설움』의 서문 「스토 부인의 사적」의 저본이 되어 있는 것까 지는 확인하면서도 본문의 저본이기도 하다는 사실은 알아차리지 못했다. 『검 둥의 설움』의 전반부에는 『노예 톰』이 아니라 『인자박애의 이야기』가 주로 저 본으로 사용되어 있는 탓이다. 박진영, 앞의 책, 423쪽.

1903년(明治 36)에 간행된 사카이 코센 편집 『인자박애의 이야기』는 32장으로 구성된 약 200쪽 분량의 초역본이다.[21] 원전의 45장에 비해 장의 분량은 3분의 2정도 되고, 매 장의 분량도 퍽 적다. 코센은 사카이 토시히코堺利彦의 호로, 이 책은 그의 사회주의자로서의 신념에 기반하여 번역한 것이다. 제1장에서 사카이는 미국의 노예제도와 노예해방에 대해 설명한 후, 일본에는 노예제도가 없다고 하지만, "가난한 사람은 역시 어떤 점에 있어서 노예"이고, 그러므로 "이들 불쌍한 사람들과 우리와 다른 인종"에 대해 "인자박애의 마음"을 갖도록 하기 위해 이 책을 번역했다고 쓰고 있다. 예컨대 노예의 불쌍한 처지에 대해 동정심이 전혀 없는 냉혹한 마리 부인의 언행을 서술한 뒤 "일본에도 이러한 마님과 아가씨가 아주 적지는 않은 듯하다"[22]고 원문에는 없는 야유를 삽입하는 등, 사카이의 의도는 곳곳에 드러나 있다. *Uncle Tom's Cabin*의 또 한 사람의 주인공인 도망노예 조지와 그의 아내 엘리자에 관한 장이 번역본 전체의 3분의 1을 차지하고 스토리의 커다란 기둥이 되어 있는 것도 그 예이다.[23] 자유롭게 된 후 프랑스

---

21 「머리말」에서 사카이는 겨를이 없어 종형제인 시즈노 마타로志津野又郎에게 역술을 의뢰했지만, 체제·방법·순서 등에 대해서 많은 조언을 주었으므로 이것은 두 사람의 공동역이라고 해도 좋다고 쓰고 있다.

22 堺枯川 編輯, 『仁慈博愛の話』, 內外出版協會, 1903, 95쪽.

23 『인자박애의 이야기』의 각 장의 제목은 다음과 같다. 조지 부부에 관한 장의 번호와 제목은 고딕체로 표시한다. ① 노예의 설명 ② 빚만큼 괴로운 것은 없다 ③ 물건이지 사람이 아니다 ④ 더 이상 어떻게도 견딜 수 없다 ⑤ 톰 영감과 쿠로 노파 ⑥ 해리야, 너는 팔렸구나 ⑦ 잘 속여 넘겼다는 표정 ⑧ 미끄러질는지,

에서 유학한 조지가 졸업 후 아프리카의 인민을 문명으로 이끌기 위해 일가를 데리고 리베리아 공화국으로 향할 대목까지 자세히 써넣고, 도망하지 않은 노예인 톰의 비극과 두드러지게 대조시키고 있다.

한편 1907년(明治 40)에 간행된 모모시마 레이센의 『노예 톰』은 15장 구성이고, 페이지 수도 『인자박애의 이야기』의 절반도 안 되는 짧은 초역이다. 분량이 적은 관계도 있었겠지만, 조지 부부의 이야기를 몽땅 생략하고 톰의 비참한 운명과 그것을 극복하는 신앙심, 그리고 톰과 에바의 아름다운 마음의 교류를 묘사하는 데 초점을 두고 있다. 신을 믿고 나라의 법률을 지키는 톰의 자세를 통해 독자에게 '교훈'을 주는 것을 주안점으로 삼은 책이라고 할 수 있다.[24]

건너뛸는지, 헛디딜는지, 넘어질는지 ⑨ 입술만 딸싹거릴 뿐, 소리는 전혀 나오지 않는다 ⑩ 나는 당신의 뜻만으로도 충분하다 ⑪ 내 어머니는 일곱 자식과 함께 팔렸습니다 ⑫ 오늘 밤 이곳으로 오세요 ⑬ 천삼백 원이면 쌉니다 ⑭ 여행은 길고 편지는 짧다 ⑮ 동정심이라고는 조금도 없다 ⑯ 자유를 위해 끝까지 싸웁니다 ⑰ 나는 차라리 지옥에 가고 싶다고 ⑱ 톰 영감이 편지를 쓰고 있는 걸요 ⑲ 나 같은 건 쓸모없으니 흠신 두들겨 패는 게 좋지 ⑳ 읽고 쓸 수 없으니 모두가 무척 괴로워하고 있습니다 ㉑ 톰도 자식들을 몹시 사랑하고 있어요 ㉒ 죄 있는 자를 구하기 위해 하늘에서 내려온 천사 ㉓ 당신과도 천국에서 만나겠지요 ㉔ 그 격한 소리에 말보다도 사람을 감동시키는 힘이 있었다 ㉕ 사람은 어느 때고 죽게 마련이다 ㉖ 인간의 가죽을 뒤집어쓴 악마 ㉗ 나의 영혼만큼은 당신이 살 수 없다 ㉘ 자식과 부부가 얼싸안고 하늘을 향해 기도드렸다 ㉙ 질 때가 가까운 중년여성 ㉚ 나는 신께 부름받아 가는 길이요 ㉛ 나는 죽어도 당신을 원망하지 않겠습니다 ㉜ 톰의 은혜

24 「머리말」에서 모모시마는 "나는 노예 톰과 에반젤린에게서 많은 교훈을 얻었다. 원컨대 독자 제군도 그러하기를 바란다"고 쓰고 있다.

그러면 이광수는 왜 이 두 권의 책을 저본으로 삼았을까. 최남선이 쓴 『검둥의 설움』의 서문에 의하면, 이광수에게 번역을 의뢰한 것은 최남선이었다. 최남선은 '이 책'을 읽은 지 6, 7년이 지난 지금도 '엉클 톰'하면 그 가운데 몇 구절이 떠올라 가슴에 이상한 느낌이 가득하다고 쓰면서 몇 가지 문구를 들고 있다.[25] 서문의 말미에 "스토 부인 세상에 오신 지 백 년 되는 해 열째 달, 오래 두고 번역하기를 꾀하다가 끝내 외배의 손을 빌려 한 부분이나마 우리 글로 옮기기를 마친 날에"라고 되어 있어, 번역이 1912년 10월에 끝난 것을 알 수 있는데 1912년의 6, 7년 전이라면 옛날 계산법으로 1906년 혹은 1907년이다. 최남선은 1906년 와세다대학 고등사범부 역사지리과에 들어가 이듬해 3월 모의국회사건에 항의하여 학교를 그만두고 귀국한다. 그리고 이듬해 『소년』을 창간했다. 사카이의 『인자박애의 이야기』는 1903년 3월, 모모시마의 『노예 톰』은 1907년 12월 간행되었는데, 최남선이 거론한 문구가 모두 『인자박애의 이야기』에만 나오므로 최남선이 번역을 결심한 계기가 된 것이 사카이의 책인 것은 분명하다. 최남선이 거론하고 있는 것은 예컨대 다음과 같은 문구이다.

조지 가로되

"자, 봅시오, 나도 사람 모양으로 걸어앉을 줄도 알지요, 내 얼굴이 남만

---

25 박진영 편, 『신문관 번역소설전집』, 소명출판, 2010, 228~230쪽.

못하오니까, 손이 남만 못하오니까, 지식이 남만 못할까요. 이래도 사람이 아닐까요.[26]

일본의 아시아인 멸시의 풍조에 분개하여 와세다대학을 그만 둔 최남선의 마음은 노예 조지의 이 말에 날카롭게 반응했을 것이 다. 먼저 인용한 사카이의 문장에 '이들 불쌍한 사람들' 즉 가난 때문에 노예가 된 사람들과 나란히 '우리와 다른 인종' 즉 외국인 이 꼽혀 있었던 점도 최남선의 마음을 붙들었을 것이다.

한편『노예 톰』은 저본으로 삼은 것에 대해서는 번역자인 이광 수의 의향을 반영한 것이 아닐까 필자는 추측하고 있다. 1907년 가을 메이지학원에 편입한 이광수는 얼마 지나지 않아 기독교를 알게 되어 키노시타 나오에木下尚江와 톨스토이의 작품을 탐독하 고, 밤에는 숲을 헤매며 신에게 기도를 올리는 청교도적인 소년이 었다. 이 무렵 간행된『노예 톰』은 그런 이광수의 마음을 붙들었 던 것이 틀림없다. 천진난만한 에바가 정원에서 웃으면서 톰을 화 환으로 꾸미는 장면, 저녁놀에 빨갛게 물든 호숫가에서 톰과 묵시 록을 읽으며 자신의 죽음을 예언하는 장면, 에바의 죽음 후 목화

---

26 위의 책, 229쪽.『검둥의 설움』제8장에 있고,『인자박애의 이야기』⑪의 일 부를 번역한 것이다(63쪽).『이광수전집』19에 수록된 텍스트와 대조하면 약 간 다르다. '걸어앉을'이 '걸터앉을'로 되어 있고, '손이 남만 못하오니까. 지 식이 남만 못할까요'의 일절이 삭제되어 있다. 이것은 최남선이 인용할 때 착 각했던 것이 아닐까 생각된다(이광수,『이광수전집』19, 삼중당, 1967, 376 쪽, 이후 이 책은 제목만 표기함).

농장에 팔린 톰의 꿈속에 에바가 나타나는 이야기 등 『인자박애의 이야기』에는 생략되어 있는 감동적인 에피소드를 이광수는 꼭 넣고 싶다고 생각했던 것이 아닐까.

이리하여 『검둥의 설움』은 두 개의 저본을 갖게 되었다. 『인자박애의 이야기』를 기본적인 저본으로 하면서 장면에 따라서는 『노예 톰』을 저본으로 삼고 또 한쪽을 저본으로 하고 있는 경우에도 항상 다른 한쪽을 염두에 두면서, 이광수는 두 개의 저본을 필요에 따라 마음껏 활용하고 최후에는 두 개의 저본을 융합시켜 자신의 문장으로 고쳐 썼다. 그 양상을 다음 절에서 고찰한다.

2) 텍스트 대조

『검둥의 설움』의 텍스트에 대해서 『인자박애의 이야기』와 『노예 톰』이 어떻게 저본으로 사용되고 있는지 보이기 위하여 〈표 2〉를 작성했다.[27] 왼쪽에 『검둥의 설움』의 각 장의 스토리를, 오른쪽에 각 장의 저본에 관한 정보를 적고 책 이름과 중요한 정보를 굵은 활자체로 표기했다. 『인자박애의 이야기』는 『인자』, 『노예 톰』은 『노예』라고 줄여 적고 장의 번호를 붙였다. 『인자박애의 이야기』 각 장의 제목은 주석 23에 있고, 『노예 톰』에는 장 번호만 있고 제목은 없다.

---

[27] 한국어 텍스트는 『이광수전집』 19 수록 번역소설 『검둥의 설움』을 사용했고, 旺文社에서 간행된 大橋吉之輔 譯 『アンクルトムの小屋(상·하)』(1967 초판, 1986 중판)을 일본어역 참고 텍스트로 사용했다.

〈표 1〉 저본과의 스토리 대조

『검둥의 설움』 각 장의 스토리	저본
스토 부인의 사적	시작은 **이광수의 문장**. 이후는 『노예』의 부록 「스토 부인」을 저본으로 하고 있다.
[1] 셸비가 노예상인 헤일리에게 톰과 해리를 팔라는 이야기를 엘리자가 엿듣는다. 에밀리 부인에게 호소하지만 부인은 곧이듣지 않는다.	시작은 **이광수의 요약**. 이후는 『인자』②를 저본으로 하고 있다.
[2] 엘리자의 남편 조지 해리스도 노예였다. 에밀리 부인이 외출한 뒤 엘리자를 찾아온 그는 아내에게 도망칠 결심과 그 이유를 말한다.	전반부는 『인자』③을, 후반부는 『인자』④를 저본으로 하고 있다.
[3] 그날 밤 셸비 부부의 이야기를 듣게 된 엘리자는 아이를 데리고 도망친다. 우선 톰의 오두막으로 가서 함께 도망하자고 권하지만, 톰은 거절한다.	시작은 『노예』①, 셸비 부부의 대화 도중부터는 『인자』⑥, 엘리자가 톰의 오두막에 도착했을 때의 묘사는 『노예』⑤, 그리고 엘리자가 톰에게 이야기하기 시작하는 대목부터 다시 『인자』⑥을 저본으로 하고 있다. 이광수는 두 개의 저본을 필요에 따라 조합시키고 있다.
[4] 헤일리는 도망한 엘리자를 추격하려 하지만, 셸비가 사람들은 미리 짜고 출발을 늦춘다. 추격자 일행은 저녁에야 겨우 엘리자를 뒤쫓는다.	전반부는 『인자』⑦을, 후반부는 『인자』⑧의 중간 부분을 저본으로 하고 있다.
[5] 강가에 간신히 도착하여 숙소에 들어간 엘리자는 헤일리에게 발견되자 얼음이 언 강을 건너뛰며 강을 건넌다. 그곳에서 우연히 아는 사람에게 도움을 받는데, 그가 엘리자에게 도움 받을 수 있는 사람의 집을 알려준다.	『인자』⑧을 저본으로 하고 있지만, 서두 부분의 고향을 떠나는 비참함에 대한 묘사에는 **이광수의 창작**이 섞여 있다. 또 ⑧의 일부는 [4]장에서도 저본으로 삼고 있다.
[6] 오하이오주의 원로원 의원인 버드는 도망 노예의 보호를 금지하는 법률에 찬성하며 아내 메리와 논쟁을 벌이지만, 엘리자가 도움을 구해오자 묵묵히 도와준다.	『인자』⑨를 저본으로 하고 있다. 마지막 두 단락은 생략되었음.
[7] 톰을 데려간 헤일리는 톰에게 족쇄를 채운다. 셸비의 아들 조지는 마침 부재중이었지만, 대장간으로 톰을 뒤쫓아가 족쇄를 보고는 헤일리의 처사를 힐책한다.	『인자』⑩이 저본이지만, "옆에 에밀리 부인이 있는 것을 보고" 등 『인자』에는 없는 대목도 있어서, 『노예』도 참고하는 것을 알 수 있다. 조지와 헤일리의 대화 이후는 『노예』를 저본으로 하여 두 저본을 조합하고 있다.
[8] 도망한 조지 해리스는 변장하여 켄터키로 되돌아오고, 우연히 주인이었던 윌슨과 재회한다. 윌슨은 그에게 법률을 깨뜨려서는 안 된다고 훈계하지만, 자유를 구하는 조지의 이야기에 감동하여 돈을 보태준다.	『인자』⑪을 저본으로 하고 있다. 조지의 어머니가 가슴에 발길질당한 이야기를 발길에 채여 죽어버린 것으로 옮겼는데, 이것은 오역이 아니라 비극성을 높이기 위한 것이었다고 생각된다. 조지의 연설은 꽤 과격하다.

『검둥의 설움』 각 장의 스토리	저본
[9] 미시시피 강을 따라 내려가는 배 안에서 톰은 에바와 알게 된다. 강에 떨어진 에바를 구한 톰을 에바의 부친인 클레어가 헤일리에게서 사들인다.	『인자』⑬를 거의 그대로 저본으로 하고 있다.
[10] 톰은 호화로운 클레어의 집에 도착하여 고용인과 에바의 어머니 마리 부인과 만난다. 클레어가 누이 오필리아를 데리고 온 것은 병이 잦은 아내를 대신하여 집을 관리시키기 위해서였다.	집으로 돌아오는 장면은 『인자』⑭의 후반부를 저본으로 하고 있지만, 이후 클레어의 부부관계와 클레어 집안의 사정을 설명하는 부분은 ⑭의 전반부를 **이광수가 요약**한 것이다.
[11] 집으로 돌아오고 3일 후 클레어 집안의 아침 식탁에서 오고간 노예에 관한 대화. 마리 부인의 제멋대로인 이론에는 오필리아도 놀란다.	『인자』⑮를 저본으로 하고 있다. "남지지 아니하게 종을 미워하는 오필리아도 마리 부인의 간사스러운 말에 도리어 반항하는 마음이 생긴 것이라"는 구절은 **이광수의 창작**. 마지막 구절 "아, 이런 정 없는 사람은 다만 아메리카에만 있는 것인가!"라는 구절은 사카이의 창작을 이광수가 그대로 취한 것.다음장 ⑯인 '자유를 위해 끝까지 싸웁니다'를 생략한 것은 내용이 과격한 탓일까.
[12] 톰은 클레어에게 신뢰받고 에바에게 사랑받는다. 주인에게 신앙이 없음을 걱정하던 톰은 어느날 주인의 품행에 대해 울면서 간언하고, 주인도 반성한다.	톰이 클레어에게 신뢰받고 또 에바에게 사랑받는 대목은 『노예』⑮를 저본으로 하고 있다. 에바가 톰을 화환으로 장식하는 이야기는 『인자』에는 없다. 그러나 톰이 주인에게 간언하는 대목은 『인자』⑰의 전반부를 저본으로 하고 있다. 이광수가 필요에 따라 저본을 선택하고 있는 것을 알 수 있다.
[13] 빵을 팔러 오는 여자 노예 페루의 불행한 생애에 관한 이야기. 톰이 에바에게 그녀의 이야기를 하자 에바는 안색이 창백해진다.	『인자』⑰의 후반부를 저본으로 하고 있다. 마지막 구절 "톰, 나는 앞으로 놀러 가는 것은 그만두겠어요"를 "예, 어떻게 하면 이런 일이 다 없어지고 착한 세상이 되겠니?"로 의역하고 있다.
[14] 클레어는 톱시라는 흑인 여자 아이를 사가지고 와서 오필리아에게 교육을 맡긴다. 간신히 예의범절을 가르쳤다고 생각하고 방심하던 어느날 톱시는 또 소동을 일으키고, 얻어맞으면서도 전혀 반성하지 않는다.	기본적으로 『노예』⑥ ⑦을 저본으로 하고 '필리의 리본'의 오역까지 답습하고 있다(필리는 오필리아인데 다른 사람처럼 오역). 그러나 오필리아가 톱시를 받아들이지 않을 수 없는 사정에 대한 설명 부분은 **이광수가 정리**한 것이고, 모자를 찢은 에피소드(이것은 『노예』에는 없다)는 『인자』⑲에서 취하는 등 두 개의 저본을 조합하고 있다.

『검둥의 설움』 각 장의 스토리	저본
[15] 톰은 클레어 집안에 와서 '2년 후 가족에게 편지를 써보내고, 돈을 모아 데리러 가기 어렵다는 답장을 받는다. 그로부터 2년 후 피서를 떠난 호숫가의 별장에서 에바의 건강이 악화된다. 에바는 어머니에게 노예들에게 글자를 가르치고 싶다고 이야기한다. 어느 날 톰에게 묵시록에 대한 이야기를 한 후 병의 상태가 악화된다.	전반부는『인자』⑳이 저본. 다만 '2년'이라는 숫자는『노예』⑧을 오독하여 전후 2년씩으로 처리하고 있다 (사실은 클레어 집안에 오고 나서 곧 썼다).『인자』에서는 간접화법으로 씌어져 있는 조지의 편지를 **이광수는 서간체의 직접화법으로 고치고 있다**. 후반부의 묵시록에 관한 에피소드는『인자』에는 없고『노예』⑧에서 취한 것. 여기서도 이광수는 두 개의 저본을 조합하고 있다.
[16] 어느 날 에바는 아버지에게 노예를 해방시켜주고 싶다고 호소하고, 클레어는 톰을 자유롭게 해줄 것을 약속한다.	『인자』㉑을 저본으로 하면서도, 마지막에서 클레어의 죽음을 예언하는 듯한 에바의 언급은『노예』에서 취하고 있다.
[17] 며칠 후 톱시가 오필리어의 모자를 잘라 인형옷으로 만드는 사건이 일어난다. 반성하지 않았던 톱시였지만, 에바의 상냥한 말에 눈물을 흘린다.	『인자』㉒를 저본으로 하고 있다.
[18] 꽃을 꺾어 마리 부인에게 꾸중들은 톱시를 에바가 감싸준다. 그 후 에바는 머리카락을 잘라 모두에게 나눠준다.	『인자』㉓을 저본으로 하고 있지만, 세부에 약간 차이가 있다.
[19] 결국 에바가 죽는다. 톱시가 마음으로부터 슬퍼하는 것을 본 오필리아는 그녀를 사랑하게 된다. 클레어는 톰에게 자유롭게 해줄 것을 이야기하지만, 소동에 말려 살해되고 만다.	전반부는『인자』의 ㉔를, 후반부는 ㉕를 저본으로 하고 있다.
[20] 마리 부인은 가산을 정리하여 본가로 돌아가고자 한다. 오필리아는 톰을 해방시켜 줄 것을 충고하지만 거절당하고, 셸비 부인에게 편지를 쓴다. 톰은 경매에 부쳐진다. 톰을 산 리그리는 톰의 짐에 성경이 있는 것을 보고 신앙을 금지하지만, 톰은 마음속으로 거부한다. 리그리는 젊은 혼혈 노예 에밀리에게 손을 대려고 한다. 더러운 오두막에 도착한 톰은 즉시 일을 나간다.	클레어의 죽음에 대한 톰의 심정을 서술한 첫 단락만『노예』⑩에서 취하고, 두 번째 단락부터 곧 클레어가 죽은 후 노예들의 비참한 상황과 톰의 해방에 대한 오필리아와 마리 부인의 대화는『인자』㉖을 저본으로 하고 있다. 톰이 팔리는 대목은 **이광수가 정리한 문장**. 리그리가 톰의 물건을 빼앗고 신앙을 금지하자 톰이 마음속으로 그것만큼은 안 된다고 생각하는 장면과 리그리와 에밀리의 대화는『노예』⑪을 저본으로 하고, 리그리의 집에 도착하고 나서 톰이 일을 나가는 대목도『노예』⑫를 저본으로 하고 있다.『인자』에 이 대목은 없다. 클레어의 죽음 뒤의 이야기, 톰이 리그리에게 팔리고 그의 집에 도착하기까지의 복잡한 스토리를 두 개의 저본으로부터 **이광수가 요약** 설명하고 있다.

『검둥의 설움』 각 장의 스토리	저본
[21] 그날 밤 피곤에 곯아떨어진 톰은 꿈에 에바를 본다. 어느 날 톰은 밭에서 여자 노예에게 목화를 나눠주다 얻어맞는다. 밤에 그녀를 때리라는 명령을 받은 톰은 거부하다가 얻어맞고, 영혼은 살 수 없다고 대답하여 흠씬 얻어맞는다.	에바에 관한 꿈 이야기는 『인자』에는 없고 『노예』⑫를 저본으로 하고 있다. 여자 노예에게 목화를 나눠주다 얻어맞는 이야기는 『인자』㉗와 『노예』⑬ 두 개의 저본으로부터 번갈아 취하고 있다. 『인자』에서는 목화밭에 캐시와 루시 두 사람이 등장하고 『노예』에서는 노파 한 사람만 등장하는데, **이광수는 이 두 사람을 융합시켜 한 사람으로 만들고 있다.** 이 장에서 이광수는 번역만이 아니고 **등장인물의 개작까지** 시도하고 있다.
[22] 톰은 심하게 상처입지만 밭에 나간다. 몸이 약해져서 죽음을 예감한 톰은 그래도 주위 사람을 돕고 사람들에게 신앙을 불어넣는다. 톰에게 용기를 얻은 여자노예 캐시는 에밀리와 함께 도망을 꾸며 유령이 나오는 방에 숨는다. 리그리의 노여움은 톰에게 향하여 톰을 죽을 때까지 때리라고 명령한다.	처음은 『인자』㉙를 저본으로 하고, 다만 얻어맞은 톰이 모기와 갈등으로 괴로워하는 장면은 『노예』⑭에서 취하고 있다. 캐시의 경력은 생략한다고 언급한 대목, 그녀가 에밀리를 위해 도망을 결심하기까지의 경위는 **이광수의 문장이다.** 두 사람의 도망에서 리그리가 톰을 죽을 때까지 때리게 하는 대목은 『인자』㉚ 및 『노예』⑭ **두 개의 텍스트를 함께 저본으로** 하고 있다.
[23] 이틀 후 부친 셸비의 죽음 후 뒤처리로 시간을 보낸 조지 셸비가 가까스로 톰의 거처를 알아낸다. 의식을 되찾은 톰은 리그리를 원망하지 않는다고 말하고 죽는다. 조지는 그의 장례를 치르고 집으로 향한다.	기본적으로는 『인자』㉛를 저본으로 하고 있지만, 톰이 죽는 장면은 『노예』⑮도 별로 바뀌지 않았기 때문에 두 개의 판본을 동시에 저본으로 삼았다고도 할 수 있다. 톰의 마지막 말 "사랑 속에 있는 우리는 뗄 놈이 없습니다"는 『노예』의 "예수의 사랑으로부터 그 누구도 우리를 떼어놓을 수 없다"에서 취하고 있다.
[24] 도망한 캐시는 여관에서 조지 셸비와 만나 협조를 구한다. 함께 묵고 있던 도두라는 프랑스 부인이 그 이야기를 듣고 노예 조지의 일을 묻는다. 도두는 그의 누이이고 캐시는 엘리자의 어머니라는 사실이 밝혀진다. 일동은 조지 부부의 도망처인 캐나다에서 재회하고, 부부는 프랑스로 유학을 떠난다. 대학 졸업 후 조지는 모국을 돕고자 리베리아로 향한다. 톱시도 나중에 아프리카로 전도하러 간다. 집에 돌아온 조지는 노예들을 자유롭게 해준다.	『인자』㉜를 저본으로 하고 있지만, 번역이 아니라 **내용 전체를 정리한 것**이다. 마지막에 조지가 집의 노예를 자유롭게 해주는 장면은 저본에서는 간접화법으로 되어 있는 것을 직접화법으로 고치고 있다.

굵은 활자로 표기된 책 이름을 보면 알 수 있듯이, 『인자박애의 이야기』의 사용 빈도가 압도적으로 많고, 『노예 톰』만 저본으로 번역한 장은 눈에 띄지 않는다. 따라서 『인자박애의 이야

기』가 주된 저본이라고 할 수 있다. 전체 24장 가운데『인자박애의 이야기』만을 저본으로 한 것은 다음의 14장이다(1·2·4~6·8~11·13·16~19). 이 가운데는 고향을 떠난 엘리자의 심정을 이광수가 개입하여 묘사하거나(5), 클레어 부부의 관계와 클레어 집안의 사정을 이광수가 요약하는 등(10), 일부 이광수가 손을 댄 장도 있다.

두 개의 저본이 조합되어 있는 것은 다음의 10장이다(3·7·12·14·15·20~24). 특히 마지막 5장은 저본의 융합도가 높고, 이광수가 가필한 곳도 많다. 제20장에서는 클레어의 사후 톰이 팔려 목화농장에 도착할 때까지의 복잡한 경과를 이광수가 정리하고 있고, 제21장의 목화밭에서 톰이 도와준 여자 노예는 두 개 저본의 다른 인물을 이광수가 융합시켜 만들어낸 인물이다. 마지막 장인 제24장은『인자박애의 이야기』를 저본으로 하면서도 번역이라기보다 오히려 이광수가 전체를 요약한 것이라고 할 수 있다.

앞서 언급했듯이, 자유를 찾아 도망하는 조지 부부의 이야기는『노예 톰』에는 없기 때문에 조지들의 이야기를 다루고 있는 장(1~6·8·24)는 모두『인자박애의 이야기』가 저본이다. 그러나 예컨대 제3장에서 엘리자가 톰의 오두막을 찾을 때의 묘사만큼은『노예 톰』에서 취하는 등 필요에 따라 이광수는 또 하나의 저본을 이용하고 있다. 역으로 톰의 신앙과 에바와의 마음의 교류에 관한, 종교적인 색채가 강하여 정서적인 부분은『인자박애의 이야기』에는 생략되어 있기 때문에 그런 대목은 『노예 톰』을 저본으로 하고 있다. 앞서 언급한 화환의 에피소드([12])나 묵시록의 에피소드([15]), 에바가 아버지의 죽음을 예언하는 듯한 수수께끼 같은 말을 입에 올리는 장면([16]) 등이 그 대표적인 예이다.

전체적으로 보아 이야기가 진행됨에 따라 역자의 개입이 증가한다. 특히 20장부터는 이광수가 저본에 근거하면서 스토리 전개를 생각했고 문장도 직접 쓴 것으로 간주되는 부분이 많다. 처음은 저본에 의지했지만, 차츰 스스로 내용을 조직하고 그에 따라 문장도 직접 쓰게 되었을 것이다. 마지막 부분만이 아니라 중간 장에서도 그런 요소가 보이지만, 단행본이기 때문에 연재와 달리 언제라도 손을 댈 수 있었을 것이다. 그밖에 이광수가 영화를 보았을 가능성도 고려해야 한다. *Uncle Tom's Cabin*은 1903년에서 1919년 사이에 4회 영화화되고 있으니,[28] 이광수가 이것을 보고 번역에 반영했을 가능성도 배제할 수 없다.

이상 『검둥의 설움』과 그 저본인 『인자박애의 이야기』와 『노예 톰』 두 개의 텍스트를 대조하고, 이광수가 두 개의 저본을 조합하여 자기다운 새로운 텍스트를 만들어가는 과정을 살펴보았다. 일본어를 조선어로 옮김으로써 표현력을 기르면서, 이광수는 영화를 저본으로 했을 때와 마찬가지로 저본의 내용을 머릿속에서 자기식으로 조립하고, 동시에 저본의 일본어로부터도 떨어져

---

28 「ブラック・シネマ」, 『世界大百科事典』第25卷, 平凡社, 2007 改訂新版, 65쪽.

자신의 언어로 씌게 되었던 것이다.

3. 대륙방랑과 번역 「허생원」

1913년 2월 『검둥의 설움』을 간행한 이광수는 그해 11월 대륙 방랑의 길을 떠난다. 우선 상하이에 갔고, 거기서 블라디보스톡으로 건너가 무링穆陵의 이갑 곁에서 1개월을 머문 후 2월 말 치타에 도착했는데, 여비 문제로 부득이하게 그곳에서 머물다가 결국 8월 제1차 대전 발발을 맞아 귀국한다.[29] 약 9개월간의 여행이었다. 귀국한 이듬해 이광수는 일본에 재차 유학하며, 이듬해인 1916년 가을 『매일신보』에 논설을 발표하여 각광을 받고 연말에는 『무정』을 쓰기 시작했다. 『검둥의 설움』이후 『무정』을 집필하기 이전의 저작으로 현재 확인되는 것은 〈표 3〉대로이다.

이광수는 대륙을 방랑하면서도 쓰는 것을 그만두지 않았던 것을 알 수 있다. 블라디보스톡의 재러 조선인 조직 권업회의 기관지 『권업신문』에 「독립준비하시오」를 전4회에 걸쳐 기고한 것은 그곳을 찾은 1월에 의뢰를 받은 원고일 것이다. 3월 1일부터 게재가 시작되어 있으므로, 무링의 이갑 곁에 머무르던 무렵 집필했

---

29 波田野節子, 「李光洙の大陸放浪と中國第2革命─『無情』が東京で書かれたわけ」, 『日本言語文化硏究 3(下)』, 延邊大學日本學硏究所, 2014, 639~648쪽.

〈표 2〉『검둥의 설움』 간행 후 『무정』 발표까지의 저작

	작품	게재잡지
1914년 3월	「독립준비하시오」(논)△	『권업신문』 100~103
6월	「재외동포의 현상을 논하여 동포교육의 긴급함을」(논)△	『대한인정교보』 11
	「지사의 감회」(수)△	
	「나라를 떠나는 설움」(시)△	
	「먹적골 가난방이로 한 세상을 들먹들먹한 허생원」(번)△	『아이들보이』 10
12월	「상해에서(제1신)」(기), 「새아이」(시), 「동정」(논),	『청춘』 3
	「중학교방문기」(논)	
	「물나라의 배판」(동)	『새별』 15
1915년 1월	「상해에서(제2신)」(기), 「님 나신 날」(시), 「독서를	『청춘』 4
	권함」(논)	
	「허생전(상) 산문시」(시)	『새별』 16
	「내 소와 개」(수)	
3월	**「김경」**(소), 「해삼위로서」(기), 「침묵의 미」(시), 「한	『청춘』 6
	그믐」(시), 「내소원」(시), 「생활난」(시)	
5월	「공화국의 멸망」(논)	『학지광』 5
1916년 3월	**「크리스마스밤」**(소), 「용동」(논), 「어린 벗에게」(시),	『학지광』 8
	「살아라」(논)	

△는 순한글문. 〈동〉=동화. 굵은 활자 표기는 소설, 번역 및 그와 관련된 시.

을 것으로 추정된다.[30] 이 논문에서 이광수는 실력양성, 특히 상
업의 진흥에 의한 경제력의 양성을 주장하고 있는데, 이에 관해서
는 이후에 언급할 것이다. 치타에서는 대한인국민회 시베리아 총
회의 기관지 「대한인정교보」의 편집을 도왔고, 6월부터는 주필
을 맡았다. 이 무렵에 쓴 「재외동포의 현상을 논하여 동포교육의
긴급함을」은 대륙에 있는 조선인 동포의 현상을 개탄하고 개혁을
위한 교육방침을 서술한 것이다. 「지사의 감회」는 이갑이 베를린
에서 병으로 누웠을 때 벽에 걸린 독일 황제의 초상화와 이야기를

---

30 최기영, 「1914년 이광수의 러시아 체류와 문필활동」, 『식민지시기 민족지성
과 문화운동』, 한울, 2003, 155쪽.

나눈 일화이다. 그리고 「나라를 떠나는 설움」은 해외로 나간 애국 지사 남편을 그리워하는 아내의 심정을 읊은 것이다.[31]

주목되는 것은 이광수가 이 대륙방랑 동안 한문을 '번역'하고 있다는 점이다. 6월에 아동잡지 『아이들보이』 10호에 게재된 「먹적골 가난방이로 한 세상을 들먹들먹한 허생원」은 박지원 (1737~1805)의 『열하일기』 가운데 '옥갑야화玉匣夜話'에 나오는 허생에 관한 이야기를 아이들을 향해 공손한 구어체로 번역하고 있다.[32] 이광수는 일본어로부터의 '번역'에 이어 한문으로부터의 '번역'을 시도했던 것이다. 서두 부분의 원문과 번역문을 인용하면 다음과 같다.

許生居墨積洞 直抵南山下 井上有古杏樹 柴扉向樹而開 草屋數間不蔽 風雨[33]

남산 밑 먹적골에 허생원이란 이가 살았습니다. 구차하기 짝이 없어 오막살이 초가 몇 간이 비바람을 가리지 못하고 먹는 것은 끼니를 찾지 못하나 생원은 들어앉아 글만 읽고 달리 벌이를 아니하였습니다.[34]

---

31 최기영, 위의 글, 163~181쪽.
32 朴趾源, 今村與志雄 譯, 『熱河日記 二』, 平凡社, 1995(初版 1987)을 참고했다.
33 박지원, 리상호 역, 『열하일기 하』, 보리, 2004, 587쪽.
34 최주한, 「근대소설 문체 확립을 향한 또 하나의 도정」, 『근대서지』 7, 근대서

최남선의 광문회는 1911년 12월『열하일기』를 간행했는데, 이광수는 이것을 저본으로 했다고 생각된다. 이광수가 대륙방랑의 길을 떠나기 2개월 전, 최남선은 아동잡지『붉은 저고리』의 후속잡지로서『아이들보이』를 창간했다.[35] 이 잡지에 게재하기 위해 그는 이광수에게 고전의 번역을 의뢰했을 것이다. 이광수가 대륙방랑을 떠나기 전에 번역한 원고를 최남선에게 맡겼다면 반 년 이상이나 게재되지 않았을 리가 없고, 또 나중에 살펴보겠지만 내용면에서 보아도「허생원」은 치타에서 번역되었을 가능성이 높다.[36]

「허생원」의 번역문은 원전에 꽤 충실하지만, 그래도 바뀐 곳도 있다. 우선 구성면에서는 전체를 일곱 부분으로 나누어 각 절에 알기 쉬운 소제목을 붙였고, 아이들에게는 어려운 정승 이완李浣과의 대화 부분은 전부 생략했다. 내용면에서도 몇 군데 고친 곳이 있다. 원전에서는 아내에게 잔소리를 듣던 허생이 10년 수행을 예정했던 것을 7년 만에 그만두고 집을 나가고 있지만,「허생원」에서는 "사나이가 한번 작정함이 있느니"라고 말하고 10년 수

지학회, 2013, 222쪽.
35 『붉은 저고리』는 1913년 1월에 창간되어 6월에 종간되고,『아이들보이』는 그해 9월에 창간되어 1914년 8월에 종간했다. 이광수가 귀국 후 편집에 관여한『새별』은 1913년 1월에 창간되어 1915년 1월에 종간했다.
36 주석 34) 논문에서 최주한은『열하일기』의 허생에 관한 이야기는 그다지 길지 않아서 이광수가 원문을 완전히 암기하고 있던 것을 번역했을 것이라고 추측하고 있다.

행을 마치고 나서 집을 나간다. 또 도적들을 남겨두고 섬에서 떠날 때 허생이 '글 아는 사람'만 데리고 가는 원전과는 달리, 이광수의 허생은 "엇메 걱정거리를 없이 하노라"고 하여 "돈과 병장기와 글발과 및 이것 아는 이"와 함께 떠난다. 여기서는 인간에게 재앙이 되는 것에 대한 이광수의 사고가 드러나 있다.

그러나 무엇보다도 가장 큰 수정은 다른 연구자도 지적하고 있는 것처럼 허생이 5년간 거액의 돈을 모은 경위를 변승업에게 들려주는 대목이다.[37] 원본에서는 조선에는 상품을 유통하지 않기 때문에 거래가 많지 않으니 하나의 상품을 매점買占하는 것이 간단하다는 설명에 그치고 있는 것을, 이광수의 허생은 '세상을 널리 쓰면 가는 데마다 가멸'(고딕은 인용자)이라는 소제목을 붙인 마지막 절에서 "대저 이 세상은 이르는 곳마다 리가 널렸느니 오직 거둘 줄 알고 늘일 줄 아는 이가 취하여 가멸을 이루는 것이라"[38] 하여, 활동할 만한 장소와 방법을 변승업에게 가르치고 있다. 넓은 시야를 가지고 커다란 무대에서 상업활동을 행할 것을 권함은 이 무렵 『대한인정교보』에 쓴 논설 「독립준비하시오」와 공통적이다.

「독립준비하시오」에서 이광수는 "상업은 그 나라와 제 몸을 가멸케 하는 동시에 이 땅의 문명을 저 땅에 옮기고 저 땅의 문명을

---

37 최주한, 앞의 글, 209쪽.
38 위의 글, 228~229쪽.

이 땅에 옮겨 문명을 전파하고 융합하는 작용을 하므로 (…중략…) 문명이 발달하면 상업이 발달하고 상업이 발달하면 문명도 따라 발달"한다고 쓰고, 조선 민족에게 상업이 있었던 예로 백제의 해외 상업활동과 문명의 흥륭을 들고 있다.[39] 처음 해외에 나간 이광수는 상하이에서 서구 자본이 중국을 완전히 지배하고 있는 정경에 충격을 받고, 또 가난하고 비참한 상태에 있는 동포들의 모습을 목도하고 마음 아파했다. 「독립준비하시오」는 이러한 현상을 타파하기 위해 상업의 진흥에 의한 실력양성을 호소한 것이다. 번역 「허생원」에는 이러한 문제의식이 반영되어 있다. 해외에 나오기 전의 이광수는 오산학교에서 사무에 쫓기고 인간관계로 번민했고, 이렇게 넓은 시야를 가질 여유가 없었다고 생각된다. 대륙방랑이 이광수의 인간형성에 커다란 영향을 준 것을 추측할 수 있다.

귀국 후 이광수는 번역 「허생원」을 근저로 한 산문시 「허생전」을 발표한다.[40]

서울이라 下南村에 선배한분 살더니라
움막살이 단간草屋 食ㅁ라고 다만內外[41]

---

39 최기영, 앞의 글, 167쪽. 또 '가멸'이라는 단어는 「무정」의 마지막장에도 등장한다.
40 박팔양은 1936년 『삼천리』 2월호에 쓴 「조선 신시운동사」에서 '초창기 신시의 인도주의적 경향'이 나타나 있는 시의 하나로 이 산문시를 들고 있다.

이 시는 원전에서 떨어져 거의 이광수의 창작이라고 할 수 있다. 아내에게 잔소리를 들어도 "큰고기는 깊이숨어 道를닦기 一千年에 / 한번風雨 만나는날 하늘높이 올라솟아"라고 대범해 말하는 허생에게 아내는 "잘있으오 나는가오"하고 위협하고, 하는 수 없이 허생은 이튿날 변승업을 찾아간다. 변승업에게 만냥을 빌려 달라고 이야기할 때 원전과 「허생원」에서는 그 자리에서 돈을 받고 있지만, 여기서는 5일 이내에 안성으로 가져오게 하는 것으로 바뀌어 있다. 이것은 1923년『동아일보』에 연재가 시작되는 장편『허생전』과 동일한 설정이다. 그밖에 섬을 나가는 허생이 남은 사람들에게 이야기하는 말도 "그妖物 생기거든 집과집에 싸움나고 / 쌀독에는 피가묻고 술항아리 깨어지고 / 노래하던 그입에는 慟哭소리 나리로다 / 그妖物은 얼굴곱고 말잘하는 두오누이니 / 오라비는 돈이라고 그의누이 글이로다"라는 풍부한 상상력으로 채색되어 있어 완전히 이광수의 「허생전」이 되어 있다. 산문시 「허생전」의 후반부는 아직 발견되지 않았는데, 번역 「허생원」과 산문시 「허생전」, 그리고 그것을 발전시킨 장편『허생전』의 비교 분석은 금후의 과제이다.

이광수는 일본어의 저본을 자기 방식대로 '번역'하여 『검둥의 설움』을 쓰고, 한문 『열하일기』를 '번역'하여 「허생원」을 썼으며, 이어서 이것을 기반으로 산문시 「허생전」을 썼다. 이런 '번역'이

---

41 『새별』16, 1915.1; 김종욱, 「특종자료발굴」, 『연인』, 2012년 겨울호, 112쪽.

이광수의 조선어 표현력 향상에 얼마나 도움이 되었던가는 이후의 창작에 나타나 있다. 2차 유학 전 이광수는 단편 「무정」으로부터 5년 만에 조선어 소설 「김경」을 발표했는데 여기에는 청년 지식인 김경의 정신편력과 유학과 민족봉사 사이에서 갈등하는 그의 내면이 고향의 풍경을 배경으로 탁월하게 묘사되어 있다. 그 후 동경에 간 이광수는 거기서 기혼 남성의 연애라는 모티프를 직조하여 「크리스마스밤」을 쓰고, 그해 연말에는 장편 『무정』의 집필에 들어가게 된다.

4. 결론을 대신하여—『무정』의 표기 문제

이상 『무정』 이전 이광수의 초기 창작을 '번역'이라는 측면에서 재조명해 보았다. 메이지학원에서 일본어와 조선어로 창작을 시작할 무렵, 이광수는 영화를 '번역'하여 「혈루」와 「어린 희생」을 썼다. 모어와 단절된 환경에 있던 그에게 '번역'은 조선어 표현력을 높이는 역할을 했던 것이다. 졸업 후에는 오산학교의 교원 생활을 하면서 *Uncle Tom's Cabin*의 일본어 초역인 사카이 코센의 『인자박애의 이야기』와 모모시마 레이센의 『노예 톰』을 저본으로 하여 『검둥의 설움』을 씀으로써 문장력과 소설 구성력을 몸에 익혔다. 대륙방랑 중에는 한문 『열하일기』의 일부를 번역하여 「먹적골 가난방이로 한 세상을 들먹들먹한 허생원」을 썼고, 이어서 그것을 토대로 한 산문시「허생전」을 썼다. 이 시는 나중에 장편『허생전』으로 발전된다.

이광수의 '번역'은 이후에도 이어진다. 상하이 망명에서 귀국한 뒤에는 톨스토이의 희곡『어둠의 힘』의 번역 단행본『어둠의 힘』을 간행하고 있다.[42] 이에 대해서는 조사해봤지만, 저본이라고 생각되는 일본어 번역서는 발견하지 못했다.[43] 이광수는 오산학교시절 톨스토이의 영어판 전집을 가지고 있었다고 쓰고 있으니,[44] 영어판을 저본으로 했을 가능성이 크다. 와세다대학에서 공부했고, 상하이에서 2년 간 지낸 후의 그에게는 그만한 실력이 있었을 것이다. 그밖에도 카렐 챠페크(Karel Čapek)의 희곡을 역술한「인조인人造人」[45]과 셰익스피어의『줄리어스 시저』의 일부를 번역한 것이 있어,[46] 이광수가 항상 타언어와 접촉하면서 표현

---

42 이광수 역,『어둠의 힘』(중앙서림, 1923.9),『이광수전집』16 수록.

43 그 후 최주한 씨가 1899년에 뉴욕에서 간행된 전집에 원본이 들어있다는 사실을 밝혔다. 최주한,「『어둠의 힘』(1923), 일본어 중역을 넘어서」,『한국근대 이중어 문학장과 이광수』, 소명출판, 2019, 215쪽.

44 『이광수전집』11, 509쪽.

45 『동명』, 1923.4.『이광수전집』19 수록. 와다 토모미(和田とも美)는『이광수 장편소설 연구-식민지에서의 민족의 재생과 민족』에서 이광수의 이 기사에 관해 언급하면서, 내용의 유사성으로부터『週刊朝日』1923년 1월에 실린 나가누마(長沼重降)에 의한 소개 기사를 본 것이 아닐까 추측하면서도, "이광수의 영어 실력과 정보망을 고려하면, 동구(東歐)나 미국에서의 공연의 성황을 이미 알고 있었을 가능성도 있다"고 적고 있다. 和田とも美,『李光洙 長篇小説 研究』, 276쪽.

46 『동아일보』, 1926.1.1;『이광수전집』16 수록.

능력을 높이는 노력을 게을리 하지 않았던 것을 엿볼 수 있다.

마지막으로 본고의 주제인 '번역'과는 다소 동떨어지지만, 본고를 쓰면서 줄곧 마음에 걸렸던 『무정』의 순한글 표기에 관한 문제에 대하여 언급해두고 싶다. 〈표 3〉에서 보는 것처럼, 러시아 체류 중에 쓴 것은 거의 순한글문이다. 그런데 이것은 이광수의 자각적 선택은 아니었다. 『권업신문』과 『대한인정교보』는 순한글문으로 쓰도록 되어 있고,[47] 『아이들보이』도 게재 작품을 한글 표기인 '합니다'체 구어문으로 통일하고 있었기 때문에, 그 방침에 따른 데 지나지 않는다.[48] 대륙방랑에서 돌아온 이광수가 발표한 작품은 모두 국한문으로 씌어져 있다. 자신이 편수編修한 『새별』에 동화 「물나라의 배판」를 국한문으로 쓰고 있고, 또한 순한글문으로 「허생원」을 쓴 그가 산문시 「허생전」을 국한문으로 쓰고 있는 데서 국한문 표기에 대한 이광수의 강한 애착을 엿볼 수 있다.

1910년 『황성신문』에 기고한 논설 「今日 我韓用文에 대하여」에서 이광수는 "解키 어렵게 純國文으로만 쓰고 보면, 新知識의 輸入에 沮害가 되겠으므로 (…중략…) 他日을 기다려 베풀기로 하고, 지금 余가 主張하는 바 文體는 亦是 國漢文 竝用이라"고 쓰

---

47 최기영은 이 매체의 문체에 대하여 "국문전용은 독자층의 교육 정도와 석판인쇄의 문제와도 관련이 없지 않지만, 교포 신문의 한 특징이기도 하다"고 쓰고 있다. 최기영, 앞의 글, 155쪽.
48 최주한, 「근대소설 문체 확립을 향한 또 하나의 도정」, 2013, 205·219쪽.

고 있다. 물론 '국문으로 쓸 수 없는 것만 한자로 쓰고, 나머지는 모두 국문으로 쓰자'로 새로운 문체를 주장하고 있지만, 국한문을 기조로 간주하고 있는 것은 틀림없다. 이러한 사고는 대륙방랑을 마치고 2차 유학한 후에도 변하지 않았는데, 이는 1916년 3월 간행된 『학지광』 8호에 실린 시와 소설이 국한문이라는 점을 보아도 분명하다.[49]

여기서 문제되는 것이 장편 『무정』의 표기이다. 앞서 언급한 것처럼, 『무정』 이전에 씌어진 「크리스마스밤」도 『무정』의 연재가 시작되고 곧 씌어진 「소년의 비애」, 「윤광호」, 「방황」 세 편도, 그리고 「무정」을 다 쓴 직후에 쓴 서간체소설 「어린 벗에게」도 국한문이다. 『매일신보』에서 『무정』의 연재가 끝나자 기행문 「오도답파여행」을 사이에 두고 『개척자』 연재가 시작되는데, 이것도 국한문이다. 요컨대 『무정』만 예외적으로 순한글문인 것이다.

실은 『매일신보』에는 연재 직전인 12월 29일(1916년은 연말인 30일과 31일이 토요일과 일요일로 휴간이었다)까지 '문단의 신시험'으로 『무정』에는 국한문을 채용한다는 예고 기사가 게재되었다. 그런데 신년에 연재가 시작되었을 때 『무정』은 완전한 한글 표기였

---

49 시 「어린 벗에게」와 소설 「크리스마스밤」. 김영민은 "이 무렵 이광수는 언문일치 문장의 중요성에 대하여 인식하고 있었지만, 시기적 제약과 개인적 실천력의 한계 등으로 인해 아직 자기의 주장과 그 실천과의 괴리라는 이중성을 보이고 있다"고 지적하고 있다. 김영민, 「한국근대소설사」, 솔, 1997, 447쪽; 김영민, 『한국 근대소설의 형성과정』, 소명출판, 2005, 183쪽.

던 것이다. 방침은 왜 돌연 변경되었고, 그것은 누구의 의도에 의한 것이었을까. 1910년대 『매일신보』에는 우선 신소설, 이어서 번안소설이 커다란 인기를 얻었는데, 이 시대의 소설이 흔히 그렇듯이 모두 순한글문이었다. 아마도 이광수는 신지식인으로서 그들과 선을 긋는다는 패기를 가지고 장편 『무정』을 국한문으로 썼고, 신문사 측에서도 일단은 그 방침으로 예고 기사를 내보냈을 것이다. 신문사로서는 이 기회에 지식층을 새로운 독자로 수중에 넣고 싶다는 타산도 있었으리라 생각된다.[50] 1월 1일 지면에는 「소설 문체 변경에 관하여」라는 통지문이 게재되어 변경의 이유로서 다음과 같은 이광수가 쓴 편지의 일절이 인용되어 있다.

漢文混用의 書翰體는 新聞에 適치 못한 줄로 思하여 變更한 터이오며 私見으로는 朝鮮 現今의 生活에 觸한 줄로 思하는바 혹 일부 有敎育한 靑年間에 新土地를 開拓할 수 있으면 無上의 幸으로 思함(하략)

연말에 이광수는 70회분 이상의 원고를 신문사에 보냈다. 그 가운데 '서한체'로 씌어져 있는 것은 제50회 영채의 유서밖에 없다. "물흐르는 듯한 궁녀테宮女體 언문"[51] 으로 쓰인 편지가 신문지상에 국한문으로 표기된다면 독자에게 위화감을 주게 될 것이다. 이를 걱정한

---

50 咸苔英, 「1910年代の李光洙の登場とその意味－『每日申報』の路線との關係を中心に」, 『朝鮮學報』第219輯, 2011 참조.
51 春園, 『무정』, 홍문당서점·회동서관, 1925, 219쪽.

이광수가 영채의 서간 부분만 순한글문으로 고쳐 써서 바꿔달라고
의뢰한 것은 아닐까. 그리고 이 편지를 교체 원고에 더하여 보낸
것은 아닐까 추측되는 것이다.[52]

애초에 『매일신보』에 쓰기 시작하여 3개월밖에 되지 않은 이 시
점에서 연재 개시 직전에 방침을 뒤집을 만큼의 발언권이 이광수에
게 있었다고는 생각되지 않는다. 오히려 이광수의 국한문소설을
전에 받았던 신문사측이 마지막 순간에 도착한 교체 원고의 유려한
순한글문을 보고 소설 독자의 기호에는 역시 이쪽이 어울린다고
판단하여 국한문 소설 연재라는 모험을 그만두었다고 생각하는 쪽
이 자연스럽지 않을까. 시간적으로 보아 원고를 한글 표기로 바꿔
쓴 것은 현장의 담당자일 것이다.[53]

그렇다 해도 놀랄 만한 것은 『무정』 원고의 한자를 한글로 고
쳐도 아무런 문제도 발생하지 않았다는 점이다. 부득이 한자를 사
용하더라도 문체 그 자체는 한문이 아니라 조선문이어야 한다는
『황성신문』에서의 주장을 이광수는 실행하고 이미 성취했던 것
이다. 그렇지만 한자를 사용하는 경우와 그렇지 않은 경우와는 작

---

52 김영민은 "결국 『무정』은 두 종류의 판본이 존재했다고 보지 않으면 안 된다"
고 적고 있다. 『한국 근대소설의 형성과정』, 183쪽.
53 김영민은 『한국근대소설사』(솔, 1997)에서 "결국 『매일신보』가 이광수 소설
의 국한문 혼용문제를 취하지 않고, 이광수가 『매일신보』의 순한글 문체에 따
른 것이다"라고 쓰면서도, 이것을 『매일신보』의 독자층을 의식한 이광수의 자
각적인 선택으로 간주하고 『한국 근대소설의 형성과정』(소명출판, 2005)에
서도 이 견해는 변하지 않는다.

가가 글을 쓸 때의 의식이 달라진다. 『무정』의 후반부 문장이 전반부의 문장에 비해 현격하게 근대적인 것은 후반부가 처음부터 순한글체로 쓰어졌기 때문이라고 생각된다.[54] 요컨대 표기를 바꿈으로써 이광수의 문장은 근대적인 문장으로 변모했던 것이다. 그러나 그럼에도 불구하고 이광수의 국한문에 대한 애착은 계속된다. 이후 『무정』과 「오도답파여행」의 성공으로 신문사에 대한 발언권을 강화시킨 이광수는[55] 『개척자』를 연재할 때는 국한문으로 쓴다는 자기주장을 관철했을 것이다. 이광수가 본격적으로 순한글로 소설 창작을 시작한 것은 상하이 망명에서 돌아오고 나서의 일이다.

---

54 김영민은 앞의 책 170쪽의 각주 60에서 이광수가 「작가로서 본 문단의 십년」(『이광수전집』 16, 395쪽)에서 최초로 쓴 순한글소설은 『무정』이라고 회상하고 있다고 지적하고 있는데, 후반부만이기는 해도 『무정』이 처음으로 순한글문으로 쓴 소설이라는 점은 틀림없다. 또 이광수의 이 회상은 번역 『검둥의 설움』과 「허생원」을 순한글문으로 쓴 것이 자각적 선택이 아니었음을 방증하고 있다.

55 매일신보사에서 이광수의 중요도가 오른 것은 원고료의 증액이 상징한다. 이광수는 처음은 한 달에 5원이었던 원고료가 『무정』 연재가 끝날 무렵은 10원, 『개척자』 연재가 시작될 무렵은 20원이 되었다고 회상하고 있다. 하타노 세쓰코, 『일본 유학생 작가 연구』, 소명출판, 2011, 99쪽.

제2장

『무정』의 표기와 문체에 대하여*

1. 시작하며

1917년에 발표된 이광수의 장편『무정』이 한국문학사에서 최초의 근대소설로 평가되고 있는 이유의 하나는 이 소설이 순한글문으로 쓰였다는 데 있다. 이 점에 관해서 김영민은『한국근대소설사』(1997)와『한국 근대소설의 형성과정』(2005)에서 이광수가『무정』을 원래 국한문체로 썼고, 연재 직전 표기를 한글로 변경했다고 주장했다. 본고는 김영민의 이 주장을 기점으로 삼는다. 이하 2절에서 김영민의 주장에 대해 상세히 검토한 뒤 3절에서 최근 필자가 발견한 자료를 근거로 이광수가 소설의 표기로서 한글을 택한 것은 상하이 망명에서 돌아온 후임을 밝히고 그러면 누

---

* 본고는 일본학술진흥회에서 과학연구비 지원을 받은 기반연구 (B)25284072 의 연구성과의 일환이다.

가『무정』의 표기를 한글로 바꿨는가를 추론한다. 마지막 4절에서는『무정』을 쓰기 이전의 이광수는 표기와 문장에 대해 어떻게 생각하고 있었는지, 그리고 어떤 경과를 거쳐『무정』의 문체에 도달했는지 고찰하기로 한다.

2.『무정』의 표기 문제

1) '영채에 관한 원고'

1916년 말 이광수는 와세대대학 근처의 하숙에서『매일신보』로부터 한 통의 전보를 받았다. 신년소설을 써달라는 의뢰였다. 제목만 먼저 보내라는 지시에 따라 '무정無情'이라고 전보를 친 이광수는 써두었던 원고 가운데 '영채에 관한 원고'[1]를 추려내어 그것을 토대로 겨울방학 동안 불면불휴不眠不休로 전반부 약 70회분의 원고를 단숨에 써서 신문사에 보냈다. 이 '영채에 관한 원고'에 대해 이광수는 다음과 같이 회상하고 있다.

그러면 왜 小說을 썼는가. 그것은 불쌍한 父母님의 일, 동생들의 일, 나 자신의 崎嶇한 어린 時代 의 잊혀지지 않는 情다운 記憶을 그

---

1 이광수, 「다난한 반생의 도정」, 『조광』, 1936.6;『이광수전집』 14, 삼중당, 1962, 399쪽.

려 보고 싶은 衝動에서 나온 것이라 할 것이다. 『無情』도 그 첫 부분인 英彩의 어린 時代는 곧 나의 어린 시대의 정다운 또는 쓰라린 기억이었다.[2]

이것에 의하면 '영채에 관한 원고'의 내용은 이광수 자신의 유년시절의 정답고도 쓰라린 기억을 영채라는 등장인물에 기대어 쓴 것이었다. 그러면 이 원고는 도대체 어떤 표기와 문체로 쓰인 것일까.

2) 예고문과 사죄문

김영민은 1997년 간행한 『한국근대소설사』와 2005년에 간행한 『한국 근대소설의 형성과정』에서 『무정』이 원래 국한문으로 씌어졌을 가능성을 시사했다.[3] 『무정』의 연재가 시작되기 전 『매일신보』에 게재된 예고문과 연재 개시 당시 게재된 사죄문이 그 근거다.

新年의 新小說

無情 春園 李光洙氏作 新年부터 一面에 連載[4]

---

2 위의 글.
3 김영민, 『한국근대소설사』, 솔, 1997, 446~451쪽. 『한국 근대소설의 형성과정』, 소명출판, 2005, 168~172쪽.
4 『무정』의 제1회는 3판 3면에 게재되었고 1월 3일 제2회부터는 줄곧 1면에

從來의 小說과 如히 純諺文을 用치 아니하고 諺漢交用 書翰文體를 用하여 讀者를 敎育있는 청년계에 求하는 소설이라 實로 朝鮮文壇의 新試驗이오 豊富한 내용은 新年을 第俟하라

文壇의 新試驗[5]

이 예고문은 1916년 12월 26일부터 29일까지 4일간에 걸쳐 『매일신보』에 게재되었다. 연말인 30일(토요일)과 31일(일요일)의 신문은 휴간이었기 때문에, 연재 개시 바로 전날까지 『무정』은 '언한교용 서한문체' 즉 국한혼용의 서한체로 쓰일 것이 독자에게 광고되었던 것이다.[6] 그런데 1월 1일 연재가 시작된 『무정』은 예고와 달리 순한글문이었고, 서한체도 아니었다. 그리고 다음과 같은 사죄문이 게재되어 있다.

小說 文體變更에 對하여 無情의 文體는 豫告보다 變更된바 其理由는 編輯同人에게 來한 作者의 書管中 一節을 摘記하여써 謝코자하노라 ……漢文混用의 書翰文體는 新聞에 適지 못할 줄로 思하여 變更한 터이오며 私見으로는 朝鮮現今의 生活에 觸한 줄로 思하는바 혹 一部有敎育한 靑年間에 新土地를 開拓할 수 있으면 無上의 幸으로 思하압[7]

게재되었다.
5 인용문은 띄어쓰기를 적용하고 현대 표기로 고쳤다.
6 이광수의 서간문체에 대해서는 최주한의 다음 논고가 있다. 「『무정』의 근대문체와 서간」, 『한국근대 이중어 문학장과 이광수』, 소명출판, 2019, 64~96쪽.

예고문에 있는 '언한교용 서한문체'와 사죄문에 있는 '한문혼용의 서한문체'라는 문구로 보아 '영채에 관한 원고'는 국한문으로 쓰인 편지 형식의 1인칭소설이었다고 추정된다. 이광수는 '영채의 편지'를 '영채의 신세타령'으로 바꾸어 사이드 스토리로 돌리고, 『무정』을 형식과 선형을 중심으로 한 스토리로 고쳤다. 그리고 영채의 이야기를 들으면서 형식의 마음속에 솟아오르는 생각을 묘사하면서 『무정』의 전반부를 썼다. 본래 서간체 1인칭 소설이었던 『무정』은 이리하여 3인칭소설로 바뀌었던 것이다.

『매일신보』에 실린 사죄문에 의하면, 이광수는 '한문혼용의 서한문체'가 신문 연재에 적합하지 않다고 판단하고 표기 변경에 대해 신문사에 편지로 알려왔던 것인데, 이 문면은 잘 읽으면 꽤 애매하다. 이 편지는 12월 29일 네 번째 예고가 게재된 후, 한글 원고와 함께 도착했던 것일까. 아니면 국한문 서한체로 쓰인 원고가 먼저 신문사에 도착했고, 거기에 순한글문으로 쓰인 새로운 원고가 도착했던 것일까. 혹은 한글로 표기를 변경해 달라는 의뢰의 편지만 도착하여 신문사 직원이 표기 변경 작업을 했던 것일까. 더욱이 표기의 변경은 여하튼 서간문 문체를 어떻게 변경할 수 있다는 것일까. 이런 점을 사죄문으로부터는 알 수가 없다.

그런데 신문사는 왜 표기에 관한 예고를 냈던 것일까. 새로운 연재가 시작될 때 소설의 내용에 대해 예고하고 선전하는 것은 일

7   이 사죄문은 1판 3면에 게재되었다.

반적이지만, 표기에 관해 광고하는 것은 드문 일이다. 신문사가 새로운 연재가 국한문소설임을 예고한 것은 그때까지 『매일신보』의 장편소설은 순한글문이라는 것이 관습이었기 때문이다. 그 배경에는 당시 지식층과 서민층이 사용하는 표기가 달랐던 사정이 있다. 여기서 간단히 '이중상황'에 놓여 있던 당시 조선의 표기 사정에 대해 언급해 둔다.

3) 표기의 이중 상황

1894년 갑오개혁 당시 고종은 칙령에 의해 '한글'을 '국자國字'로 위치지우고, 그때까지 한문으로 작성되었던 공문서에 국문, 즉 한글문을 사용할 것을 명시했다.[8] 이후 조선에서는 학교에서 한글을 가르치기 시작했고 공적 영역에서도 한글의 사용 범위가 확대되었지만, 공문서에서는 의미적 기능을 가진 단어를 한자로 표기하고 문법적 기능을 가진 부분을 한글로 표기하는 국한혼용문(국한문)이 주로 사용되었다. 국한문을 특히 선호한 것은 일본 유학 경험이 있는 사람들이었다.[9] 서양의 문물과 새로운 개념을

---

8 표기에 관한 역사적 상황에 대해서는 김영민, 『문학제도 및 민족어의 형성과 한국근대문학(1890~1945)』 제2장 「근대민족어의 형성과 근대문학 문체의 정립」, 소명출판, 2012, 139~256쪽; 三ッ井崇, 『朝鮮植民地支配と言語』, 明石書店, 2010, 78~84쪽; 李姸淑, 「朝鮮における言語的現代」, 『一橋研究』 12(2), 1987, 81~95쪽; 임상석, 『20세기 국한문체의 형성과정』, 지식산업사, 2008.
9 한국에서 조선인에 의해 간행된 최초의 조선어 잡지는 1895년 유학생들이 일본에서 창간한 『친목회회보』였는데, 이것은 국한문으로 표기되었다. 김영민, 『문학제도 및 민족어의 형성과 한국근대문학(1890~1945)』, 소명출판,

나타내는 '일본제 신한자어'[10]를 한자어로 그대로 수용할 수 있는 데다 일본어문 속에 있는 '한자어'를 한자어로 그대로 두고 조사만 한글로 바꾸면 시각적으로는 일단 의미는 통했기 때문이다. 국한문은 급속히 확산되었다.

조선시대에 한자와 한글을 사용하는 두 계층이 존재했던 것처럼, 개화기에는 국한문과 국문을 사용하는 두 계층이 존재했다. 1896년에 창간된 『독립신문』은 완전한 한글 표기였지만, 2년 후인 1898년에는 지식인 독자를 위해 국한문으로 표기된 『황성신문』(숫신문)과 한자를 읽지 못하는 서민층을 대상으로 순한글로 표기된 『제국신문』(암신문)이 나타났고, 1904년에 창간된 『대한매일신보』는 1907년부터는 한글판과 국문판을 동시에 간행했다. 『대한매일신보』를 강제 매수하여 한국 병합 후 '대한'이라는 두 글자를 떼고 간행된 『매일신보』는 그 방식을 이어 두 개의 판본을 발행했다가 1912년 이를 통합하여 같은 지면에 두 가지 표기 문장을 싣게 된다. 논설과 정치·외교에 관한 기사가 실린 1면은 국한문, 사회기사가 실린 3면은 순한글문으로 표기하는 방식이다.[11] 『매일신보』는 한문 애호자를 위해 한문 표기도 실었던 터라 지면은 세 가지 표기가 동시에 존재했다.[12] 신문에서 소설은 부녀자와 어

2012, 42쪽.

10 李妍淑, 앞의 글, 85쪽.

11 『매일신보』가 1912년에 실시한 지면 개혁에 대해서는 함태영, 『1910년대 소설의 역사적 의미』, 소명출판, 2015, 191~197쪽 참조.

린아이가 읽는 것으로 간주되어 순한글문으로 표기되었다. 반대로 지식인이 읽는 잡지에서는 논설뿐만 아니라 소설까지도 국한문 표기가 지배적이다. 나중에 보겠지만 이광수도 중학시절부터 줄곧 국한문으로 소설을 썼다.

『매일신보』는 대중독자를 끌기 위해 신소설, 그 다음에는 번안소설 연재에 주력했는데 이들은 항상 서민을 위한 순한글문이었다.[13] 따라서 국한문으로 된 장편소설을 연재한다는 것은 바로 관례를 깨는 '신시험'이고 신문사로서는 독자를 놀라게 하지 않기 위해 사전에 이를 알릴 필요가 있었던 것이다.

『매일신보』가 이런 '신시험'을 기도한 것은 예고 있듯이 '독자를 교육 있는 청년계에 구하'기 위해서였다. 총독부의 기관지인 『매일신보』는 지식인 독자의 획득에 고심하고 있었다. 나중에 보겠지만, 이광수가 『매일신보』에 논설을 쓰게 된 직접적인 계기는 『매일신보』의 기자였던 친구 심우섭이 학자금이 부족해서 곤란을 겪고 있던 그를 사장에게 소개해준 덕분이었다. 그러나 이광수의 발탁은 지식인 독자를 구하고 있던 『매일신보』의 기대와 일치했다. 이광수가 『매일신보』에 발표한 논설이 지식청년들의 인기를 얻자 신문사는 그에게 소설을 쓰게 하여 청년들을 독자로 확보

---

12 1917년 1월 1일 연재가 시작된 『무정』의 상단에 게재된 여규형(呂圭亨)의 「蛇譜」는 순한문이다.

13 1910년대 『매일신보』의 실린 98편의 소설 중 국한문으로 되어 있는 작품은 7편만이고 나머지는 다 순한글로 씌어졌다. 함태영, 앞의 책, 62~63쪽.

하려고 생각한다. 그러나 앞서 언급한 표기의 이중상황, 즉 독자가 국문과 국한문이라는 표기에 의해 두 개 계층으로 나뉘어 있는 상황에서는 국한문 표기의 소설을 연재한다는 '신시험'에는 위험이 따랐다. 지식 청년을 획득하는 대신 지금까지 고생해서 획득해 온 대중독자를 잃는 위험이 그것이다.

앞서 본 것처럼 연재 개시 직전 이 위험한 시도는 폐기되고 그 결과 한글 소설 『무정』은 많은 대중들에게 읽혀 이광수를 인기 작가의 지위에 올려놓았다. 만약 『무정』이 국한문으로 표기되었다면 그토록 많은 대중을 확보할 수는 없었을 것이다. 더욱이 순한글문이었음에도 불구하고 『무정』은 내용의 근대성으로 인해 지식인들에게도 읽히고 큰 호평을 받았다. 김영민은 『무정』이 서민층과 지식층 양쪽에게 읽힌 최초의 소설이자 그 성공은 "참된 근대 민족어 문학의 성공"[14]이었다고 평가한다.

그런데 이러한 평가에 이어 김영민은 이 표기 변경은 이광수의 "순간적 판단"[15]에 의한 "우연의 결정"[16]에 지나지 않았다고 평가절하한다. 왜냐하면 『무정』에 이어 연재가 시작된 『개척자』의 표기는 국한문이었기 때문이다. 『무정』의 한글 표기로 커다란 성공을 얻었음에도 불구하고 어째서 이광수는 『개척자』에서 재차 표기 변경을 시도했던 것일까. 그러나 다음 장에서 보겠지만 이 무

14 김영민, 앞의 책, 168쪽.
15 위의 책, 170쪽.
16 위의 책, 186쪽.

렵 일관해서 국한문으로 소설을 썼던 이광수에게는 『개척자』의 표기가 자연스러웠고 『무정』의 표기는 오히려 예외적이었다. 그렇다면 문제 삼아야 할 것은 이광수가 『무정』에서 취한 '순간적'이고 '우연'하게 보이는 그 행동일 것이다. 여기에는 뭔가 특별한 요인이 작용했다고 추측된다.

3. 이광수의 표기 변경

1) 「가실」

이광수가 중학시절에서 『무정』의 연재 직후까지 쓴 소설, 시, 기행문, 수필, 번역작품 등을 일람표로 정리한 것이 〈표 4〉이다. 〈표 4〉를 보면 알 수 있듯이, 『무정』 이전의 이광수는 1913년과 1914년에 쓴 네 편의 작품을 제외하고 모두 국한문으로 쓰고 있다. 실은 이 네 편도 이광수 자신의 선택에 의해 한글로 쓰인 것이 아니다. 『검둥의 설움』은 신문관에서 간행된 번역 총서 시리즈의 한 권으로 최남선의 방침에 따른 것이었다. 이듬해 시베리아의 치타에 체류한 이광수는 재러 조선인 신문 『대한인정교보』를 편집했는데,[17] 이 잡지의 방침과 석판인쇄라는 기술적 제약 탓에

---

17 최주한, 「이광수와 『대한인정교보』 9·10·11호에 대하여」, 『이광수와 식민지 문학의 윤리』, 소명출판, 2014, 401~431쪽. 부록에 『대한인정교보』의 기사 14편과 『권업신문』의 기사 1편이 수록되어 있다.

〈표 3〉『무정』 집필 전에 쓴 저작

게재 연월	게재 지면	작품	장르	표기
1908年 11月	『太極学報』第26号	「血淚」	翻訳	国漢
1910年 1月	『大韓興学報』第9号	「獄中豪傑」	詩	国漢
2月	『少年』第3年第2卷	「어린犠牲(上)」	翻訳	国漢
3月	『大韓興学報』第11号	「無情」	小説	国漢
	『少年』第3年第3卷	「어린犠牲(中)」	翻訳	国漢
		「우리英雄」	散文詩	国漢
4月	『大韓興学報』第12号	「無情(續)」	小説	国漢
5月	『少年』第3年第5卷	「어린犠牲(下)」	翻訳	国漢
6月	『少年』第3年第6卷	「곰」	詩	国漢
8月	『少年』第3年第8卷	「献身者」	随筆	国漢
1913年 2月	新文館	『검둥의 설움』	翻訳	한글
	『大韓人正教報』第11号	「지사의 감회」	随筆	한글
		「나라를 떠나는 셜음」	詩	한글
1914年 6月	『아이들보이』第10号	「먹적골 가난방이로 한 세상을 들먹들먹한 허생원」	翻訳	한글
12月	『새별』第15号	「물나라의 배판」	童話	国漢
	『青春』第3号	「새아이」	詩	国漢
		「上海서(第一信)」	紀行文	国漢
		「님 나신 날」	詩	国漢
1915年 1月	『青春』第4号	「上海서(第二信)」	紀行文	国漢
	『새별』第16号	「許生傳(上)산문시」	散文詩	国漢
		「내 소와 개」	随筆	国漢
3月	『青春』第6号	「한그믐」	詩	国漢
		「내소원」	詩	国漢
		「生活難」	詩	国漢
		「海蔘威로서」	紀行文	国漢
		「沈默의美」	随筆	国漢
		「金鏡」	小説	国漢
1916年 3月	學之光』第8号	「어린벗에게」	詩	国漢
		「크리스마슷밤」	小説	国漢
1917年 1月~6月	『毎日申報』	『無情』	小説	한글
6月	『青春』8号	「少年의悲哀」	小説	国漢
7月	『青春』第9号	「어린벗에게（第1.2信）」	小説	国漢
9月	『青春』第10号	「어린벗에게（第3信）」	小説	国漢
11月~3月	『毎日申報』	『開拓者』	小説	国漢
1918年 4月	『青春』第13号	「尹光浩」	小説	国漢
3月	『青春』第12号	「彷徨」	小説	国漢

한글로 쓰일 수밖에 없었다.[18] 또 이 무렵『아이들보이』에 게재한 박지원의 허생전을 번역한 동화「먹적골 가난방이로 한 세상을 들먹들먹한 허생원」도 역시 최남선의 편집 방침에 따른 데 불과 하다.[19] 조선으로 돌아온 이광수는 다시 국한문으로 쓰기 시작한 다. 토쿄 유학 전에 쓴「김경」은 물론, 유학하여 쓴「크리스마슷 밤」도,『무정』의 연재가 시작된 직후에 쓴 세 편의 단편「소년의 비애」,「윤광호」,「방황」도, 그리고『무정』의 집필을 마친 다음에 쓴 서간체소설「어린 벗에게」도 모두 국한문이다.[20] 그러고 보면 『무정』만 예외적으로 한글 소설인 것은 몹시 부자연스럽다. 김영 민도 이 점에 주목하고 각주에 다음과 같이 쓰고 있다.

이광수는『무정』이전에 한글로 글을 써서 발표하지 않았으므로 당연히 '영채' 관련 원고도 국한문혼용체로 썼을 것이다. 그렇다면

---

18 이광수는 재러 조선인 신문『권업신문』에도 논설을 썼는데, 그것도 순한글 표 기 신문이었다. 최기영은 "국문 전용은 독자층의 교육 정도나 석판인쇄 문제 와도 무관하지 않겠지만, 교포신문의 한 특징이기도 하다"고 언급하고 있다. 최기영,『식민지시기 민족지성과 문화운동』, 한울, 2003, 155쪽.
19 최주한,「근대소설 문체 확립을 향한 또 하나의 도정」,『근대서지』7, 근대서 지학회, 2013, 205 · 219쪽.
20 「소년의 비애」,「윤광호」,「방황」은 소설 말미에 각각 '1919.1.10. 朝' '1917. 1.11. 夜' '1917.1.17.'이라고 집필 날짜가 기록되어 있어『무정』의 연재가 시 작되고 곧 1월 중순의 1주일 동안 집필된 것을 알 수 있다. 또「어린 벗에게」에 대해서는『삼천리』1933년 12월의 특집「신문소설과 작자심경」에 쓴「『유 정』을 새로 쓰면서」에서 이광수는 이것을『무정』을 쓴 후 계속하여 썼다고 회 상하고 있다.

국한문혼용체『무정』을 국문체로 바꾼 인물은 누구인가? 그것이『매일신보』내부의 다른 필자라는 가설도 가능하다.[21]

원래 국한문으로 씌어진『무정』을 이광수 이외의 인물이 국문으로 표기를 변경했다는 대담한 가설이다. 그런데 김영민은 곧 이 가설을 취소하고 "다름이 아닌 이광수"가 스스로 표기를 변경한 것이라고 결론짓는다. 그 근거는 1930년 1월『별건곤』에 게재된 「작가로서 본 문단의 십년」에 나오는 다음과 같은 이광수의 회고 이다.

> 문체로 말하면, 그때의 것이 大概 古文體였고 내가 國文體로 쓰기는『무정』부턴 것 같습니다.[22]

'것 같습니다'라는 표현은 자기 행동을 기술한 것으로서는 좀 모호한 게 아닐까.『무정』의 집필은 이광수의 생애에 있어서도 중대한 사건이었기 때문에 그는 몇 번이나 이 시기를 회상했다. 1936년에 쓴 「다난한 반생의 도정」에서도 먼저 인용한 것처럼 '영채에 관한 원고'를 토대로『무정』의 전반부를 써서 신문사에 보낸 것을 꽤 구체적으로 회상하고 있다. 다만 여기에는 표기에

---

21 김영민,『한국 근대소설의 형성 과정』, 소명출판, 2005, 170쪽.
22 김영민,『한국근대소설사』, 447쪽. 이광수의 회고문은『이광수전집』16, 395쪽.

관한 언급이 없다. 이광수가 『무정』의 표기에 관해서 언급한 것은 지금까지 확인된 것으로는 김영민이 인용한 1930년의 문장밖에 없었다.

그런데 최근 필자는 이광수가 상해에서 귀국한 후 순한글문으로 소설을 쓰기 시작했다고 또렷이 표명한 자료를 발견했다. 『무정』의 표기에 직접 언급한 것이 아니지만 이광수가 이 작품을 순한글문으로 썼다고 생각하지 않았던 사실을 명백히 알 수 있는 자료다. 1921년 상하이 임시정부에서 돌아온 이광수는 발표를 기약하기 어려운 가운데 한글 소설 「가실」을 써서 1923년 2월에 'Y生'이라는 익명으로 『동아일보』에 발표한다. 그리고 그 해 10월에 이 소설을 다른 여덟 편의 작품과 함께 수록한 『춘원단편집』을 간행하고[23] 그 서문에 다음과 같이 썼던 것이다.

「가실」은 내ㅅ간에 무슨 새로은 試驗을 해보느라고 쓴 것이오 「거룩한 이의 죽음」, 「순교쟈」, 「혼인」, 「할멈」도 「가실」을 쓰던 態度를 變치 아니한 것이다. 그 態度란 무엇이냐. '아무ㅅ조록 쉽게, 언문만 아는 이면 볼 수 있게, 닑는 소리만 들으면 알 수 있게, 그리하고 교육을 밧지 아니한 사람도 理解할 수 잇게, 그러고도 讀者에게 道德的으로 害를 받지 안케 쓰자'하는 것이었다. 나는 만일 小說이나 詩를 더 쓸 機會가 잇다 하면 이 態度를 變치 아니하랸다.[24]

---

23 이광수, 『春園短篇小說集』, 홍문당, 1923.12.

'새로운 시험'으로서 「가실」을 '언문'으로 썼다고 하면 그 이전의 이광수는 적어도 의식적으로는 소설을 한글로 쓰지 않았다는 말이 된다. 즉 이광수는 상하이에서 돌아온 후 처음으로 '교육을 받지 아니한 사람' '언문만 아는 이'들을 소설의 독자로 상정하고 지식인을 대상으로 한 국한문 표기를 떠나서 한글 표기를 택한 것이다. 「가실」이야말로 이광수가 의식적으로 순한글문으로 쓴 첫 소설인 것이다.

이 사실을 처음으로 지적한 사람은 김사량이었다. 그는 1939년『モダン日本(朝鮮版)』[25]에 이광수의『무명』을 번역하여 발표했다. 다음해 이광수가 그 작품으로 제1회 조선예술상을 수상하자 모던 니폰사는 이광수 단편집『가실』,『유정』, 그리고『사랑』의 전편과 후편을 잇달아 번역 간행했는데 그 번역도 김사량이 감수했다.[26] 이때 김사량은 홍문당의『춘원단편집』을 단편집『가실』의 번역의 저본으로 사용하면서 그 서문을 봤을 것이다. 단편집『가실』해설에서 그는 "또 하나 독자들에게 소개하고 싶은 것

---

24 이광수, 「멧마듸」『春園短篇小説集』, 홍문당, 1923. 띄어쓰기를 했다.
25 1939.11.1.발행. 이 잡지에서 소개된 소설은 이광수의 「가실」 외에 이효석의 「蕎麦の花のころ」과 이태준의 「가마귀」이다.
26 김사량은『조선일보』에 1939년 10월 4일부터 연재한 「조선문학 측면관」의 제일회에서 어떤 잡지사의 조선문학 번역 소개 일을 하고 있다고 쓰고 있다. 『가실』,『유정』,『사랑』의 해설에는 저자의 이름이 없지만 김사량이 썼다고 생각된다.『유정』의 해설에 의하면『가실』에 들어있는 단편 중 「가실」「혈서」는 김일선, 「난제오」「鬻庄記」「꿈」은 김산천, 「무명」은 김사량이 번역했고 『유정』도 김일선이 번역했다고 한다. 김일선은『사랑』의 번역자이기도 하다.

은 이「가실」한 편을 쓸 때 작자는 특별한 기세를 보이고 있다는 점이다. 그것은 그때까지 소설에 쓰고 있던 국한문체를 일체 폐지하여 누구나 쉽게 읽을 수 있는 순한글문으로 쓰기 시작한 것이다"고 높이 평가하면서 그 서문을 일부러 일본어로 번역해서 인용하고 있다.[27] 그는 1917년에 연재되었을 때의『무정』이 한글소설이었다는 사실을 몰랐던 것이다.

그러면 이광수는 왜 이 때 순한글문으로 소설을 쓰자고 결심했는가. 당연히 그가 상하이에서 지낸 2년 간의 경험과 관계가 있었을 것이다. 1919년에 상하이에 망명한 이광수는 임시정부 수립에 참여해서『독립신문』사장으로 일했지만 점차 임시정부에 실망하여 간다. 그리고 상하이에서 알게 된 안창호의 흥사단사상을 조선에서 실행하려고 1921년 봄에 귀국한다. 귀국한 해의 11월에『민족개조론』을 쓰고 다음 해 2월에 수양동맹회를 창립한다. 「가실」을 쓴 것은 이 무렵이다.

신라인 가실은 전장에서는 용감하게 싸우고, 노예가 되어서는 열심히 일하여 주인의 재산을 늘려주고 늘 주위를 청결하게 하며, 종국에는 기다리고 있을지도 모르는 애인과의 약속을 지키기 위해 신라로 돌아온다. 가실은 바로『민족개조론』에서 이광수가 주장한 이상적 인간이다. 이광수는 논설『민족개조론』의 내용을 대중에게 알리기 위해 소설「가실」을 썼던 것이다.

---

27 『李光洙短編集 嘉実』モダン本社, 1940, 352쪽.

그가 귀국을 결심한 이유는 조선 대중과 떨어진 국외에서는 실력양성운동은 할 수 없다고 믿었기 때문이다. 대중과 같이 있기를 택해서 상하이에서 돌아온 이광수가 국한문 논설을 읽을 수 없는 대중을 위해 소설 표기로 순한글문을 택한 것은 당연한 일이었다. 그런데 결과적으로 이광수의 이 선택은 시대를 앞서간 것이었다. 1920년에 들어 한국에서는 문화통치로 출판이 허용되어 대량의 소설이 씌어졌는데, 이들 소설은 점점 완전한 한글 표기로 향해 간다.

2) 나카무라 켄타로

사정이 이렇다면 『무정』을 쓴 시점에서 이광수가 의식적으로 한글 표기를 선택했을 가능성은 낮아지고 반대로 '『매일신보』 내부의 다른 필자'가 국한문으로 표기된 『무정』을 한글 표기로 바꾼 것이 아닐까라는 김영민의 가설이 신빙성을 갖게 된다. 이 무렵 『매일신보』에는 편집국장의 지위는 없고,[28] 대신 나카무라 켄타로中村健太郎라는 인물이 '편집국장 격'으로 군림하고 있었다. 연재 개시 직전에 표기를 변경할 수 있는 권한을 가진 인물로 고려할 수 있는 것은 이 나카무라 켄타로뿐이다. 이광수는 「다난한 반생의 도정」에서 다음과 같이 회상하고 있다.

---

28 『경성일보』에는 마츠오(松尾)라는 편집국장이 있었지만, 이 무렵 『매일신보』에는 편집국장의 직위가 없었다. 『社史で見る日本経済史 植民編 第二巻-京城日報社史』, ゆまに書房, 2001, 7~19쪽.

每申에는 當時 中村健太郎氏가 編輯局長格이고 鮮于日, 李相協氏 等이
계실 때라고 記憶되는데, 朝鮮에서 新聞에 創作小說을 連載하기를 처
음 斷行하는 데는 많은 躊躇가 있었으리라고 생각하고[29] 아마 내 學費
보태는 것을 主된 目的으로 이 冒險을 敢行한 것이 아닌가 하며 每申
當局者 諸氏의 好意에 感謝하는 바이어니와[30]

1916년 와세다대학 예과를 수료하고 고향에서 여름을 보낸 이
광수는 대학에 진학하기 위해 토쿄로 돌아가는 도중 경성에 들렀
다. 이 무렵 이광수는 김성수에게 학비를 보조받고 있었는데, 제1
차 세계대전의 영향으로 일어난 인플레이션 탓에 그 액수로는 공
부를 계속하기가 어려워졌다.[31] 당시 경성일보사 기자였던 친구
심우섭은 이광수의 학비 부족을 걱정하여 조선인 학생을 도와주
고 있던 사장 아베 미츠이에에게 그를 소개한다.[32] 아베 사장은
『매일신보』 편집국장 격이었던 나카무라 켄타로에게 이광수로
하여금 뭔가 쓰게 하여 원고료를 학비로 보내도록 지시했을 것이

---

29 『매일신보』에는 그 이전에 이해조나 이인직이 창작한 신소설이 연재되고 있
   었기 때문에 이광수의 이 회고는 부정확하다. 혹은 『경성일보』에 조선인으로
   서는 처음 집필한 것을 혼동하고 있었는지도 모른다. 여하튼 『무정』 연재 무렵
   에는 일제 조중환의 『장한몽』과 하몽 이상협의 『해왕성』과 같은 번안소설이
   중심이었고 창작소설 연재는 중단되어 있었다.
30 『이광수전집』 14, 401쪽.
31 하타노 세츠코, 「이광수의 제2차 유학시절」, 『일본 유학생 작가 연구』, 최주한
   옮김, 소명출판, 2012, 98쪽.
32 「座談會 - 創刊 以來 34年 本報 成長의 回顧」, 『매일신보』, 1938.5.5.

다. 9월 8일 『매일신보』에 실린 이광수의 한시 「贈三笑居士」는 "南溪幽屋始逢君(남쪽 냇가 그윽한 집에서 처음 그대를 만났네)"으로 시작하고 있어 이광수가 나카무라의 집을 방문하여 협의했으리라는 것을 추측케 한다. 삼소는 나카무라의 호이다.[33] 이리하여 이광수의 논설이 9월 하순부터 『매일신보』에 게재되기에 이른다.

나카무라 켄타로(1883~1969)는[34] 일청전쟁과 일러전쟁 사이인 1899년에 쿠마모토熊本현 유학생으로 조선에 건너왔고 그 후 경부철도 직원, 『한성신보』 조선어판 주필, 통감부 신문 검열계를 거쳐 토쿠토미 소호德富蘇峰의 권유로 경성일보사에 입사하고 『매일신보』를 '주재'했다.[35] 조선어에 능숙하고 조선 사정에도 밝았던 그는 『청춘』과 『학지광』에 논설과 소설을 발표하고 있던 이광수의 이름도 알고 있었을 것이다. 그러나 이광수에게 신문소설을 쓰게 하자고 생각한 것은 이광수가 그런 희망을 내비쳤기 때문이 아니었을까 생각된다. 이광수는 나카무라에게 국한문 서간체로 소설을 쓰고 있다고 이야기하고 어쩌면 그 원고를 보여주었을지도 모른다. 『무정』이 '한문혼용의 서한문체'로 쓰여진다는 구체적인 예고가

---

33 김영민도 이 인물에 주목하고 상세히 조사하고 있다. 김영민, 「이광수 초기 문학의 변모 과정」, 『이광수 문학의 재인식』, 소명출판, 2009, 27~41쪽.

34 中村健太郎, 『朝鮮生活五十年』, 靑潮社, 1969, 9~50쪽. 나카무라는 1922년에 『매일신보』를 그만두고 조선총독부 촉탁이 되어 검열계 일을 하면서 1924년에는 내선유화 단체인 동민회 창립에 관여하여 이사가 되었고 1925년에는 재단법인 조선불교단 창립에도 관여하고 조선불교사 사장으로 잡지 『조선불교朝鮮仏敎』를 주재했다.

35 中村健太郎, 『朝鮮生活五十年』, 靑潮社, 1969, 57쪽

『매일신보』에 나간 이유는 그렇게밖에 생각되지 않는다. 그리고 신문소설을 쓴 적이 없는 한낱 학생에게 신년소설을 의뢰하는 것과 같은 '모험'에는 본인의 의사 표시가 있고, 그 준비도 어느 정도 되어 있다는 것을 확인하지 않고는 나카무라도 '감행'하기 어려웠을 것이다.

『매일신보』에 실린 이광수의 논설이 지식 청년에게 인기를 얻고 있는 것을 본 나카무라는 그에게 소설을 쓰도록 해보자고 생각했다. 지식 청년들은 당시 부녀자와 어린아이의 읽을거리로 간주되고 있던 한글 소설은 읽지 않아도 『학지광』과 『청춘』의 국한문 소설은 읽고 있었기 때문이다. 따라서 이광수에게 소설을 의뢰했을 때의 나카무라는 지식인 독자의 확보를 위해 국한문소설을 상정하고 있었을 것이다. 그런데 실제로 도착한 원고를 보고 그는 반년 간이나 이런 한자투성이의 소설을 연재한다면 그때까지 겨우 획득한 대중 독자를 잃지 않을까 하는 두려움에 사로잡히지 않았을까. 본인에게 연락해서 원고를 고치게 할 시간적인 여유도 없었던 터라, 학비 원조를 위해 지면을 내주고 있는 학생의 원고라는 안이한 생각으로 원고의 표기를 바꾸도록 그가 현장의 직원에게 지시했을 것으로 추측된다.

『무정』이 커다란 성공을 얻자 나카무라는 이번에는 이광수에게 조선 남부 지역의 여행을 의뢰하여 『매일신보』에는 국한문, 『경성일보』에는 일본어로 여행기 「오도답파여행」을 연재케 했다.

이로 인해 이광수의 명성이 더욱 높아지자, 다음의 『개척자』는 국한문대로 연재한 것이다.[36] 이 무렵 나카무라 이광수의 역학 관계는 이광수가 『경성일보』에 연재했던 「오도답파여행」을 나카무라가 다시 쓴 사건에도 드러나 있다. 「오도답파여행」 연재 최초의 5회분은 편집국이 이광수의 조선어 원고를 일본어로 다시 써서 '이광수'의 이름으로 연재했던 것인데 이것도 나카무라가 한 것이었다고 생각된다.[37] 나카무라의 눈에 비친 당시의 이광수는 학비를 위해 원고를 보내오는 가난한 유학생에 불과했던 것이다.

3) 회상하지 않은 이유

이상의 언급은 어디까지나 필자의 추측이다. 앞서 언급했듯이, 이광수는 『무정』의 표기 변경에 대해서 회상을 남기지 않았기 때문에 모든 것은 추측의 영역에 남을 수밖에 없다. 그러나 지금까지 서술해온 상황으로 보아 이광수가 『무정』을 국한문으로 썼고, 그것을 신문사가 한글문으로 고쳤을 가능성은 대단히 높다고 생각한다. 그런데 이 추측이 만약 옳다면 왜 이광수는 이것에 대해 회상기에 쓰지 않은 것일까. 그 이유를 생각해 보고자 한다.

우선 생각해 볼 만한 것은 이광수가 적어도 『무정』의 후반부는

---

36 독자의 인기를 얻은 이광수의 존재감과 발언권이 높아져 『무정』 집필 때와 같이 가볍게 표기를 변경할 수 없었을 가능성도 있다.

37 하타노 세츠코, 「일본어판 「오도답파여행」을 쓴 것은 누구인가」, 『상허학보』 42, 상허학회, 2014.

한글로 썼다는 점이다. 전반부가 한글로 게재된 이상, 후반부를 국한문으로 썼을 리는 없다. 그는 후반부는 처음부터 한글로 썼을 것이다. "내가 국문체로 쓰기는 『무정』부턴 것 같습니다"라는 애매한 회고는 여기서 비롯되었다고 생각된다. 국한문으로 쓰인 전반부와 한글문으로 쓰인 후반부의 문체 비교는 금후의 과제이다.

다음으로 떠오르는 것은 표기의 변경이 이광수에게 회상거리가 될 만한 문제는 아니었을 가능성이다. 신문사가 자신에게 알리지도 않고 멋대로 표기를 바꾼 데 충격을 받았든가 불쾌함을 느꼈다면 이광수도 이에 대해 뭔가 회상을 남겼을 것이다. 아마도 그는 이 사태를 저항없이 받아들였을 것이다. 그는 이미 최남선의 신문관 발간 번역 총서 시리즈의 방침에 따라 『검둥의 설움』을 한글문으로 썼고, 『아이들보이』에 발표한 동화 「먹적골 가난방이로 한 세상을 들먹들먹한 허생원」은 그 잡지의 다른 작품에 맞추어 순한글문 '-습니다'체로 발표했다. 이 때 최남선이 표기나 문체를 바꿨을 가능성도 부정할 수 없다. 게다가 치타에서는 신문사 방침과 기술적인 제약 탓에 논설조차도 순한글로 썼다. 이런 경험을 가지고 있던 이광수에게는 외부 사정에 따라 표기를 변경하는 것은 그다지 중대한 일이 아니었으리라고 생각된다.

그러나 그 전제가 되는 것은 표기가 변경되더라도 문제가 생기지 않는다는 확신이다. 이광수는 자기 문장에 있는 한자어가 한글로 바뀌더라도 독자가 소설을 이해하는 데 지장이 없다는 것을 알고 있었기 때문에 이를 큰 문제로 여기지 않았던 것이다.

"京城學校 英語敎師 李亨植은 午後 두時 四年級 英語時間을 마치고 내려쪼이는 六月 볕에 땀을 흘리면서 安洞 金長老의 집으로 간다"는 국한문은 "경성학교 영어교사 이형식은 오후 두시 사년급 영어시간을 마치고 내려쪼이는 유월 볕에 땀을 흘리면서 안동 김장로의 집으로 간다"고 순한글문으로 표기해도 문제가 생기지 않는 수준의 조선어문이었다. 박진영은 『개척자』의 국한문에 대하여 "철저하게 한국어 문장의 통사구조에 의거한 채 단지 표기 문자로서 한자를 선택했을 뿐이니 순한글문 표기로 바꾸어 놓더라도 의미나 문맥상의 차이는 전혀 발생될 여지가 없다"[38]고 언급하고 있는데, 이는 『무정』에도 그대로 적용된다. 『무정』에서는 근대적 문체가 이미 확립되어 있었기 때문에 표기의 변경은 이광수에게 큰 의미를 갖지 않았고, 그 결과 이 문제가 회상되지 않았던 것이다.

4. 이광수의 표기와 문체

1) 표기와 문체에 관한 논설
이 무렵 이광수는 표기와 문체에 관해 어떻게 생각하고 있었을

---

38 박진영, 『번역과 번안의 시대』, 소명출판, 2011, 190쪽. 박진영은 블로그에서 『개척자』의 서두 부분을 실제로 순한글로 바꾼 예를 제시하고 있다.
http://blog.naver.com/bookgram/120098960421

까. 『무정』을 쓰기 이전 이광수는 표기와 문체에 관한 논설을 세 편 썼다. 1908년의 「國文과 漢文의 過渡時代」, 1910년의 「今日 我韓用文에 對하야」, 그리고 1916년의 「文學이란 何오」가 그것이다.

1908년 이광수가 메이지학원 4학년 때 『태극학보』에 투고한 「國文과 漢文의 過渡時代」는 활자화된 것으로는 최초의 문장이다.[39] 이 글에서 그는 국민의 정수인 국어를 타국의 문자인 한자로 표기한 것이 금일 대한제국의 참상을 초래했다고 하여 한문을 전폐하고 국문만 쓸 것을 주장하고 있다. 국문으로 쓰자는 주장을 국한문으로 쓰지 않으면 안 되었던 데 당시의 표기 상황이 잘 드러나 있다. 당시의 문장은 아직 한자의 의미기능을 필요로 하고 있었고 순한글로 써도 의미가 통하지 않았던 것이다. 그 무렵 이광수에게는 실제 창작 경험이 없었기 때문에 이 논설은 주위 논조의 영향 아래에서 씌어졌다고 보이지만, 이광수가 처음부터 표기에 관심을 가지고 있었고 또 민족의식 아래에서 뿌리박은 한글 표기를 지향하고 있었음을 알 수 있다.

1909년 말부터 왕성한 창작활동을 시작한 이광수는 일한병합 직전인 1910년 7월 『황성신문』에 「今日 我韓用文에 對하야」라는 논설을 발표한다.[40] 이 글에서 그는 '순국문인가, 국한문인가'라고 질문을 던지고, 자기는 순국문으로 쓰고 싶고 무리하면 그것이

---

39 『태극학보』 21, 1908.5.
40 『황성신문』, 1910.7.24 · 26 · 27.

가능하지 않은 것은 아니지만 그러자면 꽤 곤란함이 따르는데다, 한글만으로 표기하면 '신지식의 수입을 저해'하게 되므로 훗날을 기약하기로 하고 우선 '국한병용문'으로 쓰자고 주장하고 있다. 단 그가 주장하는 국한문은 당시 횡행했던 '한문에 한글로 토를 단 것'에 지나지 않는 현토체 문장이 아니라, '고유명사'와 '한문에서 유래한 명사·형용사·동사' 등 한글로 쓸 수 없는 것만을 한자로 쓴 국한문이다.[41] 당시 18세의 이광수는 일단 국한문으로 쓰면서 한글 표현의 영역을 넓혀간다는 현실적인 선택을 하고 있었던 것이다. 그리고 그 주장대로 그는 그후 지속적으로 문장을 단련하여 『무정』과 같은 문체를 완성시켜 가게 된다.

1916년 『무정』을 쓰기 한 달 전에 발표한 「문학이란 하오」에서 주목되는 것은 '표기'와 '문체'가 나뉘어 서술되어 있다는 점이다.[42] 최근 한국어 소설에도 '순국문'과 '순현대어'가 사용되고 있는 것은 기쁜 일이라고 적고 있는데, 여기서 '순국문'은 한글 표기, '순현대어'는 언문일치체를 의미한다. 이광수는 "國漢文을 用하더라도 말하는 模樣으로 最히 平易하게, 最히 日用語답게 할 것", 즉 '표기'는 국한문을 사용하더라도 '문체'는 언문일치체로 하자고

---

41 임상석은 국한문의 유형을 한문 문장체인 '漢主國從', 한문 구절체인 '國主漢從', 한문 단어체인 '國主漢從'의 세 유형으로 나누고, 그 바깥에 "국문화의 정도가 더욱 진전된"『소년』의 국한문이 존재한다고 지적하고 있다. 임상석, 앞의 책, 143쪽.
42 『매일신보』, 1916.11.19. '文學과 文';『이광수전집』1, 514~515쪽.

주장하면서, "日本文의 變遷을 보더라도 山田美妙氏가 三十餘年前에 言文一致體를 主唱한 以來로 文學的 作品은 勿論이어니와 科學 · 政治 · 論文 等에 至하기까지도 純現代語를 採用하게 되니"라고 야마다 비묘山田美妙가 주장한 언문일치체를 예로 들고 있다. 야마다 비묘가 주장한 것은 문체에 관한 것이지 표기와는 상관이 없다. 일본어의 표기는 일관해서 국한문이다. 국한문으로 표기하면서 모든 분야에서 '순현대어=언문일치체'를 채용하고 있는 일본어처럼 조선어도 국한문으로 표기하면서 우선 문체를 언문일치로 하자고 이광수는 주장한다. '표기'와 '문체'를 별개로 사고하여 표기는 잠정적으로 국한문을 사용하면서 점차 순한글문의 방향으로 나아가는 한편, '문체'는 급속히 언문일치로 해야 한다는 것이 『무정』을 쓸 무렵의 이광수의 생각이었다.

2) 이광수의 표기와 문체

그러면 이광수가 어떤 문장을 쓰면서 『무정』의 문체에 도달했는지 보도록 하자. 앞서 보았듯이 상하이 망명에서 돌아와 「가실」을 쓰기까지의 이광수는 계속 국한문으로 썼지만 문체에 관해서는 영화의 번역이고 그의 최초의 문학적 문장인 「혈루」에서부터 이미 언문일치체의 방향으로 나섰고, 역시 영화의 번역인 「어린 희생」에서는 언문일치체가 거의 완성되었던 것이 아닐까하고 필자는 보고 있다. 물론 '-노라'나 '-더라'와 같은 어미는 그 뒤에도 오랫동안 그의 문장에 남아 있지만, 여기서 말하는 '언문일치'는 눈으로 보는 글이 아니라 말하는 음성을 존중하는 태도이고 자기의 내면과 결부된 목소리를 문장화하려는 창작태도를 가리킨다. 예컨대 「혈루」에는 로마의 노예 스파르타쿠스의 연설로서 다음과 같은 문장이 나온다.

> 슬프다, 余의父母는, 何處에서, 余를 爲하야, 泣하시는가. 何處에서, 余를 爲하야, 祈禱하시는가. 天國인가, 人間인가, 地獄인가.
> (…중략…) 余로, 하여곰 父母를 離別케 한 者誰며, 余의 權利를 剝奪한 者 誰며, 余의 自由를 拘束한 者 誰며, 余로, 하여곰 惡魔되게 한 者 誰뇨![43]

국한문으로 씌어져 있지만, 한자의 저 편에서 어떤 음성이 울리는 듯한 문장이다. 이 음성은 나라를 빼앗긴 고아 이광수 자신의 내면의 소리이기도 하다.

이광수는 중학시절 주말마다 친구들을 모아 여러 가지 이야기를 들려주었던 일을 술회한 적이 있다.[44] 자기가 본 영화의 줄거리를 친구들에게 구술하고 나서 기록한 것이 그의 문장을 음성화하는 데 기여했다고 추측된다.[45] 그러나 이 시점에서는 아직 글을 창출

---

43 이광수, 「혈루」, 『태극학보』 26, 54쪽.
44 「春園文壇生活二十年을 機會로한 「文壇回顧」座談會」, 『三千里』, 1934.11.
45 본서 제1장, 17쪽 참조.

하는 데까지 이르지 못한 까닭에, 예컨대 '우시는가'나 '누구며'라고 입으로 꺼낸 말을 기록할 때는 '泣하시는가'나 '誰며'라는 일본어식 한자로 쓰게 되었던 것이 아닐까. 그러나 마찬가지로 일본어에 둘러싸여 창작을 시작했던 김동인의 경우와 달리, 이광수의 문장에는 이상할 정도로 일본어의 영향이 느껴지지 않는다. 그것은 음성에 기반하여 문장을 창작하는 그의 창작방식과도 관계가 있겠지만, 대저택에서 자라 하층민과 대화를 나눌 기회를 갖지 못한 채 유년기를 보낸 김동인과 달리 고향과 경성에서 많은 것을 경험하고, 또 시골에 있을 무렵에는 종매從妹들에게서 구전 노래를 배우거나 책을 빌려 읽으며 조선의 정서가 몸에 밴 덕분도 있었을 것이다.

「혈루」로부터 1년 후 본격적인 초기 창작기에 접어든 이광수가 쓴 첫 조선어 창작인 단편 「무정」은 아직 조선어 사용이 어색하고 경직된 인상을 주지만, 그 다음에 영화를 '번역'한 「어린 희생」에서는 대단히 매끄러운 문장을 구사하고 있다. 그 후에도 이광수가 조선어 문장을 갈고 닦기 위해 번역은 큰 도움이 되었다. 제1장에서 언급했듯이 『검둥의 설움』은 메이지시대 일본에서 간행된 두 개의 초역抄譯을 조합한 것인데, 그 속에서 이광수는 두 저본을 혹은 직역하고 혹은 요약하며, 혹은 자신이 창작한 문장을 삽입시키는 등 다양한 궁리를 응축시켜 놓았다. 이 문체는 1930년대에도 위화감 없이 읽힐 정도로 새로운 것이었다는 것은 1935년에서 1936년에 걸쳐 『검둥의 悲哀』라는 제목으로 잡지

『삼천리』에 거의 수정 없이 재수록되고 있는 데서 증명된다.[46]

그후 대륙을 방랑하면서도 이광수는 문장 훈련을 계속했다. 시베리아 재러 조선인 신문과 잡지에 한글로 문장을 썼고, 최남선에게 「허생전」 번역 원고를 보냈으며, 귀국하고 나서는 소설 외에 기행문과 논설도 썼다. 「김경」과 「크리스마슷밤」에 이르면 그의 문체는 『무정』의 문체와 거의 동일한 수준에 도달했다고 볼 수 있다. 1916년 말 『무정』의 표기가 신문사의 판단에 의해 한글 표기로 변경된 것은 확실히 '순간적'이고 '우연'한 일이었다. 그러나 그러한 표기 변경에 영향받지 않을 만큼 이광수의 문체는 이미 확립되어 있었던 것이다.

5. 마치며

본고는 지금까지의 정설과는 달리 『무정』은 본래 국한문으로 씌어졌다는 김영민의 주장을 출발점으로 삼고 있다. 2장에서는 이러한 김영민의 주장을 검토하고, 『무정』의 시대에 존재했던 이중 표기 상황에 대해 고찰했다. 3장에서는 이광수가 의식적으로 한글 표기를 선택한 것은 상하이 망명에서 귀국하여 「가실」을 썼

---

46 『삼천리』1935년 9월호에서 1936년 4월호에 어말어미도 그대로 수록되어 있다. 페이지 형편으로 일부가 생략되어 있는 경우도 있지만 철자 이외는 거의 비슷하다.

던 때의 일이라는 것을 새로 발견된 자료에 근거하여 밝혔다. 그리고 이광수가 국한문으로 쓴 『무정』을 한글 표기로 변경한 것은 『매일신보』의 편집국장 격이었던 나카무라 켄타로일 것이라고 추론했다. 4장에서는 『무정』에 이르기까지 이광수의 문장이 밟았던 도정을 살폈다. 1908년 최초의 '번역' 「혈루」에서부터 이광수는 언문일치의 길을 내딛었고, 1910년의 '번역' 「어린 희생」에서는 언문일치체를 거의 완성시켰지만 표기는 국한문에 머물러 있었다. 그는 그후에도 번역과 창작을 통해 문장 훈련을 계속하여 『매일신보』 편집국의 판단에 의혜 『무정』의 표기가 돌연 변경되었을 때에도 그다지 영향받지 않을 정도의 문체를 이미 확립해 두고 있었다. 그래서 이광수는 『무정』의 표기 변경에 그다지 놀라지 않았고, 따라서 이 일에 관해서는 회상하지 않았던 것이다.

제3장

『무정』에서 「가실」로[*]

상하이 체험을 거쳐서

1. 시작하며 — 지금까지의 경과

이광수의 초기 문장을 '번역'[1]이라는 측면에서 재조명한 제1장 논문 「이광수와 번역 — 『검둥의 설움』을 중심으로」을 발표한 것은 2014년이다. 그의 초기 문학활동은 '번역'과 깊은 관계를 갖고 있다. 이광수가 메이지학원 재학 중이었던 1908년에 발표한 「혈루」[2]와 1910년 봄에 발표한 「어린 희생」[3]은 둘 다 영화의 '번역'이며, 1913

[*] 본 연구는 일본학술진흥회의 과학연구(C)16K02605 연구 성과의 일환이다.
[1] 제1장에서 저자는 '번역'이라는 말에 대해 다음과 같이 정의했다. "'trans-late'라는 용어는 경계를 넘어서 어떤 것을 다른 장소로 옮기고 다른 형식으로 치환하는 것을 의미한다. 저자가 '번역'이라는 용어를 사용한 것도 이런 의미로서, 영상의 내용을 언어로 치환하는 행위를 'translate = 번역'의 일종으로 간주한 것이자 '번안'의 의미까지도 포함하고 있다."
[2] 『태극학보』 26, 1908.11.
[3] 『소년』, 1910.5·6·8.

년에 신문관에서 간행한『검둥의 설움』은 일본어를 경유한『엉클 톰스 캐빈』의 '번역'이었다. 이후 대륙방랑을 떠난 이광수는 박지원 의『열하일기』의 일부 번역인「먹적골 가난방이로 한 세상을 들먹들 먹한 허생원」을 1914년 6월『아이들보이』에 발표하고, 나중에 이를 발전시켜 산문시「허생전」(1915)과 장편『허생전』(1923)을 쓴다. 조선에서 근대적 문체가 아직 확립되지 않았던 시기에 '번역'은 이광 수가 조선어 표현력을 기르는 데 강력한 도구가 되었던 것이다.

제1장 논문을 쓰는 과정에서 이광수의 초기 작품을 정리한 필자 는 어떤 의문을 가졌다. 이 시기 이광수는 기본적으로 국한문으로 소설을 쓰고 있다. 신문관에서 간행한『검둥의 설움』과『아이들보 이』에 발표한 허생원의 이야기는 최남선의 방침에 따라 한글문으 로 썼고 러시아 체류 중에는 현지의 사정 때문에 논설까지도 한글 문으로 썼지만, 귀국하자 국한문으로 복귀하고 토쿄에 다시 유학 하고부터 쓴 소설은 모두 국한문이다. 그런데도 1917년의『무 정』만은 예외적으로 순한글 소설인 것이다. 김영민은 그의 저작에 서『무정』은 원래 국한문으로 씌어졌다고 언급하고 있는데,[4] 그 주 장이 맞는 것이 아닐까 필자는 생각했다. 그래서 앞서 언급한 논문

---

4 김영민,『한국근대소설사』, 솔, 1997, 446~451쪽; 김영민,『한국 근대소설 의 형성과정』, 소명출판, 2005, 168~172쪽. 김영민은『한국근대소설사』에 서『무정』의 한글 표기는『매일신보』의 독자층을 의식한 이광수의 자각적인 선택이었다고 언급했고,『한국 근대소설의 형성 과정』에서도 그 견해는 바뀌 지 않았다.

「이광수와 번역」의 '결론을 대신하여-『무정』의 표기문제'에서 이를 언급하고, 이광수가 의식적으로 한글로 소설 창작을 시작한 것은 상하이 망명에서 돌아오고 나서의 일일 것이라고 추론하고 글을 맺었다.[5]

2015년에 발표한 제2장 논문 「『무정』의 표기와 문체에 대하여」에서 필자는 본격적으로 이 문제를 다루었다. 그리고 국한문으로 씌어진 원고의 한자를 게재 직전에 한글로 변경할 것을 결정한 것은 대중 독자가 국한문소설을 기피할 것을 걱정한 『매일신보』의 편집 책임자, 나카무라 켄타로中村健太郎일 것이라고 추론하고, 제3자에 의해 멋대로 표기가 바뀌었음에도 불구하고 독자가 아무런 문제 없이 『무정』을 읽을 수 있었던 것은 그 문체가 이미 근대적인 수준에 도달해 있었기 때문이라고 논했다. 그때 국한문으로 씌어진 전반부와 한글로 씌어진 후반부의 문체 비교는 금후의 과제로 미뤄두었다.

1919년에 상하이로 망명한 이광수는 2년 후 조선에 돌아와 한글 소설 「가실」을 집필한다. 그리고 1923년에 간행된 『춘원단편소설집』 서문에서 「가실」은 "아모쪼록 쉽게, 언문만 아는 이면 볼 수 있게, 읽는 소리만 들으면 알 수 있게, 그리하고 교육을 받지 아니한 사람도 이해할 수 있게, 그러고도 독자에게 도덕적으로 해를 받지 않게 쓰자"[6]고 한 "새로운 시험"이었다고 쓰고, 이후로도

---

5 본서 46쪽.

이 태도는 바꾸지 않을 것이라고 선언했다. 필자는 이를 근거로
하여 「가실」이야말로 이광수가 의식적으로 쓴 최초의 한글소설
이며, 민중과 함께 살기를 선택하여 상하이에서 돌아온 그가 국한
문을 읽지 못하는 그들을 위해서 소설의 표기를 한글로 바꾼 것이
라고 논했다.

　이에 대하여 김영민은 2017년에 「한국 근대문체의 형성과정
－이광수 문장의 언문일치와 구어체 소설의 정착」을 발표했다.[7]
1926년의 『젊은 꿈』에 이르기까지 이광수의 초기 문체의 변천을
정리한 이 논문에서 김영민은 『무정』의 표기 변경을 결정한 것은
이광수 자신이라고 주장하고,[8] 이광수가 말한 '새로운 시험'이 의
미하는 것은 단지 한글로 소설을 쓰는 것이 아니라 "순수한 조선
어 어휘를 사용한 구어체 한글소설을 쓰는 것"이며, 「가실」에서
이광수는 처음 만족할 만한 수준의 언문일치에 도달했던 것이라
고 썼다.

　필자는 이 논문에서 크게 촉발받았다. 그러나 동시에 여기서

6　이광수, 「멧마듸」, 『춘원단편소설집』, 홍문당서점, 1923.
7　김영민, 「한국 근대문체의 형성과정」, 『현대소설연구』26, 2017, 39~77쪽.
8　그 근거로 김영민은 1917년 1월 1일의 「社告」가 무엇보다 신뢰도가 높은 1차
　　자료라는 점과 「작가로서 본 문단의 십년」(『별건곤』, 1930.1)의 회고를 들고
　　있다. 그러나 1917년에 『경성일보』에 연재된 「오도답파기행」의 최초 5회분
　　의 경우 이광수의 이름을 사용하여 신문사 사람이 쓴 사실을 보면, 신문사의
　　윤리의식은 낮고 「사고」의 신뢰도도 높지는 않다(하타노 세츠코, 「일본어판
　　「오도답파여행」을 쓴 것은 누구인가」, 『상허학보』42, 2014 참조). 또 후자에
　　관해서는 제2장에서 그 표현이 애매함을 지적했다.

이광수의 상하이 망명 체험이 언급되어 있지 않은 것을 미흡하게 여겼다. 이광수는 조선의 근대적 문체의 확립에 있어서 누구보다도 선구적이고 누구보다도 커다란 관심을 가져 그 발전에 헌신한 작가이지만, 그와 동시에 조선민족의 독립운동에 매진하여 「조선청년독립단선언서」를 기초하고 상하이로 망명한 민족주의자이기도 하다. 이광수에게 문학활동과 민족운동의 두 가지는 떼어놓을 수 없는 것이었다. 상하이 망명에서 돌아온 후 이광수의 문체가 변한 데는 반드시 상하이에서의 경험이 관련되어 있을 것이다. 본고는 이러한 문제의식을 출발점으로 하고 있다.[9]

본고에서는 우선 필자가 이전에 '금후의 과제'라고 미뤄두었던 『무정』의 전반부와 후반부의 텍스트를 비교한다. 1916년 12월 이광수는 『무정』의 전반부 약 70회분을 국한문으로 써서 그 원고를 『매일신보』에 보냈다. 그러나 12월 29일자 광고와 1월 1일자 사죄문이 보여주듯 표기는 돌연 변경되었다. 연재가 시작된 후 이광수는 후반의 약 50회분을 이번에는 한글문으로 썼다. 그 흔적은 반드시 텍스트에 남아 있을 것이다. 이하 제2절에서는 전반부

9 이렇게 생각하고 있을 때 『역사평론』의 편집자에게서 2019년 3월호의 3·1운동 특집에 '이광수의 독립운동 경험과 활동'을 주제로 논문의 집필을 의뢰받아 「이광수의 한글 창작과 3·1운동」이라는 논문을 썼다. 논문을 쓰면서 이광수의 상하이 체험이 문체변화와 관련이 있음을 확인할 수 있었고, 본고 집필에도 큰 힘이 되었다. 이러한 집필 사정 탓에 본고와 위의 논문과는 일부 중복된 부분이 있음을 밝혀둔다. (「이광수의 한글 창작과 3·1운동」은 본서 제2부 4장에 수록했다.)

와 후반부의 텍스트를 비교하여 변경의 흔적을 탐색하여 표기 변
경의 사실성을 검증한다. 다음의 제3절과 제4절에서는 상하이에
서의 이광수의 활동을 고찰하고, 그가 어떠한 경위를 거쳐 '새로
운 시험'을 하게 되었는지 탐색하기로 한다.

2.『무정』의 전반부와 후반부 비교

필자는 이전에 몇 년에 걸쳐『무정』을 번역하여 2005년에 간
행했다.[10] 작업이 후반에 들어섰을 때, 어쩐지 문체가 새로워졌다
는 느낌을 가졌던 것을 기억한다. 당시는『무정』의 전반부가 국
한문으로 씌어지고 후반부가 한글로 씌어진 것을 상상도 하지 못
했던 터라 장편소설을 쓰는 동안 문장력이 향상된 것이라고 단순
히 생각하고 메모해 두지 않은 것이 후회된다. 이광수는 1910년
에 쓴 논설 「금일 아한용문我韓用文에 대하야」[11]에서 고유어로 쓸
수 없는 어휘만 한자어로 쓸 것을 제창하고, 그후 문장 수련을 계
속했다. 그 결과『무정』의 문체는 제3자가 한자를 한글로 바꾸어
도 위화감 없이 읽을 수 있을 정도의 문장 수준에 도달했고, 회화
나 행동을 서술하는 부분에 있어서는 전반부와 후반부의 텍스트

---

10 朝鮮近代文學選集 第一卷『無情』, 平凡社, 2005.
11 「今日 我韓用文에 對하야」,『皇城新聞』, 1910.7.24・26・27.

에 문체의 차이가 거의 발견되지 않는다. 그래서 여기서는 대상을 정확히 묘사하기 위해 다양한 어휘와 표현이 요구되는 묘사문 및 한자어가 많이 사용되는 논설조의 문장을 몇 가지 들어 비교할 것이다. 비교 대목은 많으면 많을수록 좋겠지만, 지면의 문제도 있고 해서 필자가 번역하면서 특히 인상에 남았던 대목에 한정한다.

텍스트는 초출인 『매일신보』 연재본에서 취했다. 연재본에는 구두점이 없고 띄어쓰기도 별로 되어 있지 않지만, 본고에서는 가독성을 고려하여 구두점을 넣고 띄어쓰기를 했다. 필요에 따라 1918년에 간행된 단행본도 참고삼는다.

1) 묘사문의 경우

여기서는 인물 묘사 문장을 전반부와 후반부에서 각각 한 곳씩, 풍경묘사 문장을 전반부에서 한 곳, 후반부에서 두 곳, 모두 다섯 텍스트를 들어서 비교해 본다.

① 우선 전반부의 제3회에서 형식이 처음 선형과 만나는 장면의 인물묘사이다. 필자가 번역하던 당시 이 부분을 번역하면서 묘사가 진부하다고 느꼈던 것이 떠오른다.

고기를 숙엿스미 눈은 보이지 안이ᄒ나 난 대로 닉어바린 감은 눈섭이 하얏코 넓읏ᄒ 니마에 쒸럿이 츈산을 그리고 기름도 아니 바른 쌈ᄒ 머리ᄂ 언제나 비섯ᄂ가 허트러진 두어 올이가 볼그레 복송아ᄉ 又ᄒ

두 뺨을 가리어 바람이 부는 대로 하느적하느적 쪽 다믄 입술을 싸리고

(후략)(『매일신보』, 1917.1.5)

미인을 묘사하는 스트레오타입의 문장으로, 선형이라는 인물의
내면을 엿볼 수 있게 하는 요소는 발견되지 않는다. 선형의 성격은
전반부에서는 애매하고, 후반부로 감에 따라 명확해진다. 아마도
작자 자신이 아직 선형의 성격을 설정해두지 못했고, 그 영향이 인
물묘사로 이어졌을 것이다.[12] 이 문장은 '춘산春山' 외에는 고유어
로 씌어져 있는 것이 도리어 고소설 같은 분위기를 느끼게 한다.
한자어를 사용하지 않고 고유어로 쓰는 것과 그 문장의 근대성 여
부는 별개 차원의 문제임을 알 수 있다.

② 이와는 반대로 후반부의 제73회 서두에서 하숙 노파의 상반
신에 대한 묘사는 힘차고 신선하며 번역하면서 놀랐던 기억이 있
다. 경성학교에서 학생들의 조소를 받은 형식이 하숙으로 돌아오
자 노파가 마루에서 담배를 피우고 있다.

형식은 정신업시 집에 돌아왔다. 로파가 웃동을 벗고 마루에 안져
서 담베를 먹는다. 억기와 팔구비에 썌가 울툭불툭 나오고 쥬름잡힌

---

12 저자는 이전의 논문에서 전반부의 선형에 관한 묘사가 "추상적이고 힘을 결여
    하고 있다"고 지적하고, 그 이유를 모델인 허영숙이라는 인물의 성격이 아직
    제대로 파악되지 않은 탓이 아닐까 언급한 바 있다. 하타노 세츠코, 『일본 유
    학생 작가 연구』, 소명출판, 2011, 147쪽.

두 젓이 말라붓흔 드시 가삼에 착 달라붓헛다. 귀 밋흐로 흘러나리ᄂ 두어 줄기 쌈이 마치 그의 살이 썩어셔 흐르ᄂ 송장물 ᄀᆺ흔 감각을 준다. 반이나 셰고 몃 오리 안이 남은 머리터럭과 쥬름 잡히고 움슉 들어간 두 쌤과 쓰거운 볏헤 시들은 풀닙과 ᄀᆺ흔 그 살과 허리를 굽으리고 담베를 먹ᄂ 그 모양 사름에게 말흘 슈 업ᄂ 슬픔을 준다.(『매일신보』, 1917.4.7)

노파는 이제 완전히 나이가 들고 자식도 먼저 보낸 처지이지만, 그래도 병이 나면 약을 먹고 추우면 솜옷을 입어가면서 아직도 죽을 생각은 아니 한다. 왜 사는가 따위는 생각해 본 일이 없고 담배 피우는 것을 낙으로 억척스레 살고 있는 노파에 대한 묘사는 개인을 넘어서 인간 전체의 인생을 생각하게 만드는 강렬한 인상을 준다. 이 문장은 '정신精神' '로파老婆' '감각感覺' 등 거의 고유어화한 한자어, 즉 한자어라는 의식을 안 가지고 쓰게 된 어휘 외에는 고유어만으로 되어 있다. 나중에 「가실」을 쓸 때, 이광수는 의식적으로 문장 전체를 '귀로 들으면 알 수 있게' 고유어만 사용하는데, 이는 이미 『무정』에서 시도되어 이렇게 높은 수준에 달했던 것이다.

위의 인용이 제73회의 서두라는 점도 유의할 필요가 있다. 이광수는 1916년 말 신문사에서 신년소설을 쓰라는 의뢰 전보를 받고 겨울방학에 불면불휴不眠不休로 약 70회분의 원고를 써보낸 사실을 회상한 바 있다. 필자는 이전에 『무정』을 분석하면서 단숨에 쓴 약 70회는 소설의 흐름으로 보아 형식이 교사를 그만둘 결심을 하고 경성학교를 나오는 제72회까지일 것이라고 추론했다.[13] 즉 이 제73회는 한글로 쓰기 시작한 최초의 연재분일 가능성이 높다. 『무정』은 6월 14일 제126회까지 계속되었고 이 제73회는 4월 7일의 게재이다. 후반부를 한글로 쓰기 시작한 이광수에게는 전반부를 집필할 때와 달리 시간적 여유가 있었다. 73회 서두를 쓸 때 이광수는 특별히 신경을 썼을 것이다.

그러면 다음으로 풍경묘사의 예를 보자. 전반부의 제65회에서 묘사되는 수묵화 같은 밤의 연산連山, 그리고 후반부의 제78회 서울의 해질녘 풍경과 제119회 삼랑진의 대홍수 광경의 세 묘사를 보기로 한다.

③ 우선 밤의 연산풍경은 전반부이므로 국한문으로 씌어졌을 텐데, 그럼에도 불구하고 고유어가 구사되어 있어 후반부의 풍경 묘사문과 차이가 느껴지지 않는다.

> 황히도 련산(黃海道連山)을 보앗다. 산들은 물먹으로 그린 묵화 모양으로 골작이도 업고 나무나 돌도 업고 모다 한 빗으로 보인다. 달빗과 밤빗과 구름빗을 합ᄒ야 크다란 붓으로 죠희 우헤 형셰 죠케 그린

13 하타노 세츠코, 「경성학교에서 일어난 일-『무정』 다시 읽기(중)」, 최주한 옮김, 『『무정』을 읽는다』, 소명출판, 2008, 315쪽.

그림과 굿다 ㅎ얏다.(『매일신보』, 1917.3.25.)

　밤기차의 창밖으로 수묵화 같은 밤풍경을 보고 있는 가운데 형
식의 마음은 마찬가지로 혼돈한 상태에 들어간다. 그리고 천지 창
조의 환영을 보면서 다른 어떤 사물과도 다른 자신만의 생명이 이
우주에 존재함을 자각하는 것이다.

　여기에는 '묵화墨畵' '합合하다' '형세形勢' 등의 평이한 한자어
만 사용되어 있다. 흥미로운 것은 여기서 "황해도연산(黃海道連
山)"이었던 것이 1918년에 나온 단행본[14]에서는 "황해도연산(連
山)"으로, "물먹으로"였던 것이 "슈묵(水墨)"으로 바뀌었다는 사실
이다. 전자는 지명의 한자를 한글로 바꾼 것인데, 후자는 역으로
한자어를 부활시키고 있다. 아마도 '물먹'이라는 말을 사용하기
는 했지만, 순치되지 않은 고유어보다도 '수묵'이라는 자주 사용
되어 거의 고유어화된 한자어 쪽이 적당하다고 판단했을 것이다.
시행착오를 엿볼 수 있는 변경 대목이다.[15]

　④ 다음으로 후반부의 제78회에서 형식이 김장로 집의 저녁식
사에 초대된 날 서울의 해질녘 풍경묘사를 보자.

14　春園, 『無情』, 新文館/東洋書院, 1918.7.20, 321쪽.
15　자주 사용되는 말로 수정한 것은 71회의 인명 변경에서도 볼 수 있다. 연재본
　　에서는 '柳下惠'였던 것을 단행본에서 '伯夷叔齊'로 바꾼 것은 正道를 지킨 성
　　인으로는 이들 쪽이 사람들의 입에 자주 오르내렸기 때문일 것이다.

남산 솔수풀 우에 살쟉 덧헷던 셕양도 무엇으로 지우는 드시 졈졈 슬어지고 그 무셩흔 가지와 닙사귀 속으로 자지빗 씌인 황혼이 거뮈줄 모양으로 아슬랑아슬랑 긔어나온다.

해박휘는 인왕산 머리에셔 뚝 썰어졋다. 북악산에 아직도 곳갈 모양으로 셕양이 남앗다. 댱안 만호에는 파르족〃흔 장막이 덥힌다. 그 한긋이 늘어나셔 북악산으로 덥혀 올라간다. 춤마너[16] 그 곳갈신지도 파라케 물을 들이고 말앗다.(『매일신보』, 1917.4.13.)

지명은 처음부터 한글로 표기되어 있다. 한자어는 '무성茂盛하다' '황혼黃昏' '장막帳幕' 등 평이하고 고유어에 가까운 것뿐이다. 웅대한 자연의 해질녘 묘사로부터 차츰 서울의 시가, 밤이 오고 흥청거리는 서민들의 생활, 그리고 안동 김장로 집으로 초점이 좁혀지고, 거기서 선형이 풍금을 치며 노래하는 효과음이 더해지다가 마침내 약혼 이야기가 시작된다. 마치 영화의 수법 같다. 풍경묘사가 스토리의 전개와 밀접하게 관련되어 있는 것을 알 수 있다.

⑤ 마지막으로 후반부의 제119회, 삼랑진의 대홍수 묘사를 보자. 이광수가 혼신의 힘을 쏟았다고 생각되는 대자연의 묘사가 압권이다.

---

16 단행본에는 '마츰내'로 수정되어 있다.

과연 대단흔 물이로다. 좌우편 산을 남겨노코ᄂ 원통 싯벌건 흙물이로다. 강 한가운듸로 굼실굼실 소용도리를 쳐가며 흘러나려가ᄂ 물소리가 들리ᄂ (듯)[17] ᄒ고 그 물들이 좌우편에 늘어션 산구비를 파셔 얼마 안니되면 그 산들의 밋히 싸져나갈 것 ᄀ다. (…중략…) 하날 우이며 쌍밋치 왼통 물셰상이로다. 이 물셰상에 셔서 사름들은 「엇지 되랴ᄂ고」 ᄒ고 하날만 우러러 본다.(『매일신보』, 1917.6.3.)

한자어는 '과연果然' '대단하다' '좌우편左右便' '셰상世上' 등 거의 고유어화한 것만 사용되어 있다. 대자연의 경이를 눈앞에 목도한 형식들 일행의 마음에는 이때 개인을 넘어선 "공통한 생각"이 솟는다. 그것은 이후 임산부의 간병 및 자선음악회를 여는 가운데 강해지고, 마침내 각자가 민족에 대한 봉사를 선언하는 장면으로 이어진다. 여기서도 풍경묘사는 스토리 전개에 중요한 기능을 담당하고 있다.

이상 두 곳의 인물묘사와 세 곳의 자연묘사 대목을 살펴보았다. 신문 연재 당시에는 한자였던 지명이 단행본에서 한글로 바뀌어 있다든가 '물먹'에서 '슈묵'으로의 수정과 같은 시행착오의 흔적은 있지만 전반부와 후반부 모두 고유어와 거의 고유어화한 한자어만 사용되어 있고, 이 시점에서 이광수의 묘사문은 1910년의 「금일 아한용문에 대하야」에서 주장한 문체에 도달해 있었음을

---

17 단행본에 '듯'이 삽입되어 있다.

보여준다. 그러나 ①의 예가 보여주듯 고유어의 사용이 오히려 진부함을 두드러지게 하는 곳도 있어 한자어의 사용 여부와 문학적 근대성이 반드시 일치하는 것은 아니라는 사실도 알 수 있었다. ②의 예에서처럼 노파의 상반신 묘사를 통해 인물의 생활방식까지 암시하는 묘사 및 스토리의 전개와 유기적으로 결부된 ③, ④, ⑤와 같은 풍경묘사에는 표기나 문체와는 다른 차원에서 『무정』의 근대성과 문학성이 드러나 있다.

2) 논설조 문장의 경우

계몽소설인 『무정』에는 논설을 그대로 소설에 삽입한 듯한 문장이 나온다. 그 문장들은 원래라면 국한문으로 씌어져야 했을 것이 소설인 까닭에 한글문으로 씌어졌다는 어색한 인상을 준다. 그러한 대목에 흔적이 남아 있는지 살펴보자. 여기서는 전반부의 제53회, 후반부의 제110회와 제119회를 들어 비교해 본다.

⑥ 우선 영채의 유서를 읽은 형식이 여성의 순결에 대해 철학적인 사색에 빠지는 전반부의 53회를 약간 길게 인용한다.

사름의 싱명(生命)의 발현(發現)은 다종다양(多種多樣)ᄒ니 혹 츙(忠)도 되고 효(孝)도 되고 뎡졀(貞節)도 되고 기타 무수무한(無數無限)ᄒ 인ᄉ현상(人事現象)이 되ᄂ 것이라. 그중에 무릇 민족(民族)을 ᄯᅡ라 혹은 국정(國情)을 ᄯᅡ르고 혹은 시ᄃᆡ(時代)를 ᄯᅵ라 필요샹이 무수무궁(無數無窮)호 인수현상중(人事現象中)에써 특종(特種)호 것 일기(一個)나 쏘는 수기(數個)를 취ᄒᆞ야 만반인수힝위(萬般人事行爲)의 중심(中心)을 삼으니 ᄎᆞ소위(此所謂) 도(道)요 덕(德)이오 법(法)이오 률(律)이라. [중략] 싱명(生命)은 하여(何如)호 도덕법률(道德法律)보다도 위듸(偉大)호 것이라. 그럼으로 싱명(生命)은 절듸(絶對)요 도덕법률(道德法律)은 샹듸(相對)니 싱명(生命)은 무슈히 현시(現時)의 그것과 샹이(相異)호 도덕(道德)과 법률(法律)을 조츌(造出)홀 슈 잇는 것이라.(『매일신보』, 1917.3.8.)

이 문장에는 국한문으로 씌어진 흔적이 확실히 남아 있다. 예컨대 '차소위此所謂' '하여何如한' 등의 한자어는 시각적으로 의미가 통하기 때문에 국한문에는 자주 사용되지만, 소리내어 읽으면 의미가 통하지 않기 때문에 한글문에서는 사용되지 않는 어휘이다. 이 어휘들이 사용되어 있는 것은 이 문장이 국한문으로 씌어졌고 나중에 한글 표기로 변경된 것임을 보여준다.

또한 한글만으로는 의미 전달이 곤란한 한자어가 많이 사용되어 있다. 그런 어휘 뒤에는 괄호로 묶어 한자를 제시하고 있는데, 동일한 단어가 나올 때는 반복하지 않는 것이 보통인데도 여기서는 몇 번이고 반복하여 제시되어 있다. 이것은 한글 표기로 바꾸는 작업을 행한 사람이 내용을 고려하지 않고 자동적으로 작업했기 때문이 아닐까 생각되고, 한자 옆에 그 발음을 자동적으로 붙이는 일본의

루비(부속국문) 방식을 연상케 한다. 단, 단행본으로 내면서 이광수
가 왜 고치지 않았는지는 의문이 남는다.[18]

⑦ 이에 비하여 후반의 제110회에서는 그러한 어휘가 사용되
어 있지 않다. 한자어의 사용 빈도가 낮고 한자를 제시한 곳도 적
으며, 중복하여 제시된 곳도 없다. 무엇보다도 논설조를 상당히
벗어나 있다.

> 형식은 엄정한 일부일부쥬의「一夫一婦主義」[19]를 고집ᄒ고 우션은
> 첩을 엇든지 기싱외입을 ᄒᄂ 것은 결코 남ᄌ의 잘ᄒᄂ[20] 일이 안이
> 라 ᄒᄂ다. 과연 우션으로 보면 첩이나 기싱이 안이고ᄂ 오린 일싱을 지
> 닐 것 ᄀᄌ지 아니ᄒ다. 우션의 일부다쳐쥬의나 형식의 일부쥬의[21]가
> 반면은 각각 이전 죠션됴덕과 셔양 예슈교 도덕에서 나왓다 ᄒ더라
> 도 반면은 확실히 각각 자긔네의 경우에서 나온 것이다.(『매일신보』,
> 1917.5.23)

한자가 제시되어 있는 곳은 첫머리에 나오는 '일부일부쥬의「一夫

---

18 이광수가 1918년에 간행된 단행본을 직접 교열한 것은 성에 관한 기술이 세
군데나 수정되어 있는 것으로 보아 확실하다. 하타노 세츠코 지음, 최주한 옮
김, 『『무정』을 읽는다』, 소명출판, 2008, 244쪽, 각주84). 김철은 "초판본은
춘원이 직접 교열한 것이다."고 쓰고 있다. 기철 교주, 『바로 잡은 『무정』』, 문
학동네, 2003, 740쪽.
19 단행본에 ()로 수정되어 있다.
20 단행본에 '잘못하는'으로 수정되어 있다.
21 단행본에 '일부일부쥬의'로 수정되어 있다.

一婦主義」'뿐이고 '일부다쳐주의一夫多妻主義' '죠션됴덕朝鮮道德' '셔양西洋 예슈교 도덕道德'과 같은 한자어도 모두 한글로 표기되어 있다. 이밖에 사용되어 있는 한자어는 '엄정嚴正하다' '고집固執하다' '첩妾' '기생妓生' '남자男子' '과연果然' '일생一生' '반면半面' '이전以前' '각각各各' '확실確實히' '경우境遇' 등으로 '엄정하다' 외에는 거의 고유어화 한 어휘들이다.

⑧ 이는 115회에서도 변함이 없다. ⑦과 마찬가지로 형식의 사색을 서술하는 문장이지만, 한글만으로 표기되었는데도 그다지 문제없이 이해된다.

그는 그의 동포가 ᄉᆞ랑을 작란으로 녁이고 희롱으로 녁이는 틱도에 딕ᄒᆞ야 큰 불만을 품는다. 즈긔의 일시 정욕을 만죡ᄒᆞ기 위ᄒᆞ야 이셩(異性)을 ᄉᆞ랑ᄒᆞᆫ다 흠을 큰 죄악으로 녁인다. 그는 ᄉᆞ랑이란 것을 인류의 모든 정신작용 중에 가장 즁ᄒᆞ고 거룩ᄒᆞᆫ 것의 하나인 줄을 밋는다. 그럼으로 즈긔가 션형을 ᄉᆞ랑ᄒᆞᆫ 것은 즈긔에게 딕ᄒᆞ야셔는 극히 ᄯᅳᆺ이 깁고 거룩ᄒᆞᆫ 일이오 즈긔의 동포에게 딕ᄒᆞ야셔는 큰 정신덕 혁명으로 싱각ᄒᆞᆫ다.(『매일신보』, 1917.5.30)

'이성異姓'이나 '이성理性'과 혼동하기 쉬운 '이성異性'이라는 단어만 한자로 표시되었고, '일시一時 정욕情慾을 만족滿足하기', '정신작용精神作用', '큰 정신덕精神的 혁명革命' 등의 어려운 어구도 한글로만 표기되어 있다. 또 '동포同胞', '희롱戲弄', '태도態度', '불만不滿', '죄악罪惡', '중重하다', '극極히' 등의 한자어는 사용 빈도가 높아서 고유어에 가까워진 어휘들이다.

전반부의 문장 ⑥과 후반부의 문장 ⑦, ⑧을 비교해 보면, 후반부 쪽이 훨씬 알기 쉬운 문장으로 되어 있다. ⑥에서는 국한문 특유의 한자 어휘가 사용되었기 때문에 그 한자를 한글로만 바꾸어 쓰면 의미 전달이 어려워져 괄호 표시 안의 한자가 지나치게 많아지는 등의 문제가 생겼지만, ⑦, ⑧은 처음부터 한글로 써서 의미를 전달할 수 있는 단어를 골라서 쓰는 것으로 그런 문제를 피할 수 있었다고 생각된다. 러시아 체류 때에는 논설도 한글로 쓰는 체험을 했던 이광수에게 이러한 궁리는 그다지 어렵지 않았을 것이다.

이상에서 『무정』의 전반부와 후반부를 비교 검토해 보았다. 묘사문에서는 표기 변경의 흔적이 그다지 발견되지 않지만, 한자어가 많이 사용된 논설조의 문장에는 국한문으로 씌어진 흔적이 남아 있었다. 범위를 넓히면, 이러한 흔적은 더 많이 발견될 것이다. 이로 보아 『무정』의 전반부는 국한문으로 씌어졌다가 한글문으로 변경되었고, 후반부는 처음부터 한글문으로 씌어졌다고 간주해도 지장이 없다고 생각한다. 전반부와 후반부의 묘사 문체에 큰 차이가 발견되지 않는 것은 이광수가 『무정』의 전반부에서 이미 근대적인 문체를 확립했음을 보여준다. 그러나 제73회에서 보이는 것과 같은 묘사문은 아마도 국한문으로 씌어졌다면 태어나지 않았을 것이라고 생각된다. 표기는 문체를 근대화시켰던 것이다.

그러면『무정』의 표기를 바꿀 것을 결정한 사람은 누구일까. 1916년 겨울방학이 가까울 무렵 연재 의뢰를 받은 이광수는 방학에 접어들자 써두었던 원고를 토대로 단숨에 약 70회 분의 원고를 써서 신문사에 보냈다.『매일신보』에 4회째 예고가 나간 12월 29일 이전에 그 원고가 도착했었다면 그것은 국한문 원고였을 것이고, 그 후 이광수에게서 표기 변경을 의뢰하는 편지가 도착했거나 현장 책임자인 나카무라 켄타로가 변경을 결단했다는 이야기가 된다. 원고가 도착한 것이 29일 이후였다면 그것이 한글 원고였다는 가능성(매우 낮다)과, 국한문 원고가 도착했지만 나카무라가 변경했을 가능성, 그렇지 않으면 국한문 원고에 표기 변경을 의뢰한 이광수의 편지가 동봉되어 있었다는 이야기가 된다. 필자로서는 나카무라가 변경했을 개연성이 높다고 생각하지만, 자료가 남아 있지 않은 이상 사실을 아는 것은 불가능하다. 애초에 그것은 큰 문제는 아니다. 중요한 것은 이 소설을 쓰는 과정에서 이광수가 근대적 문체를 확립했다는 점이다. 김윤식은『무정』이 한국문학사에서 기념비적인 작품일 뿐만 아니라, 이광수의 모든 문학행위 가운데 기념비적인 작품이라고 언급했는데,[22] 한국문학의 근대적 문체와 이광수 개인의 문체 확립이라는 면에서도『무

---

22 김윤식,『이광수와 그의 시대(수정증보판)』1, 솔, 1999, 566쪽.

정』은 기념비적인 작품이었던 것이다.

3. 상정 독자의 변경－지식층에서 대중으로

이광수는 어떤 사람들을 독자로 상정했던 것일까. '신지식의
수입'을 방해하지 않도록 당분간은 국한문을 쓰자고 주장했던
1910년의 논설 「금일 아한용문에 대하야」의 말미에서 그는 "此
篇은 全혀 報筆을 잡는 諸氏에게만 對홈인 것 갓흐나 (…중략…)
決코 報筆을 잡는 이들에게만 對홈이 아니오, 敎育家와 靑年學生
을 머리로 ᄒ야 一般讀者에 對홈이로라"[23]라고 쓰고 있다. 즉 그에
게 '일반독자'란 '신지식'을 흡수할 수 있는 지식계급의 사람들이
었다. 이런 생각은『무정』을 쓸 때도 바뀌지 않는다. 물론 이광수
가 조선에서의 독자의 계층성을 의식했고, 이를 우려하고 있었던
것은 확실하다.

어떤 연구자는『무정』의 연재가 시작된 1917년 1월『학지
광』에 발표된 이광수의 희곡 「규한 閨恨」에 등장하는 세 부류의
인물 — 유학 중인 남편에게서 온 이혼을 알리는 국한문 편지를
전혀 읽을 수 없는 아내, 읽지만 의미를 이해할 수 없는 친구, 읽

---

23 『皇城新聞』, 1910.7.24; 최주한・하타노 세츠코 엮음,『이광수 초기 문장집』
 I, 소나무, 2015, 116쪽.

고 이해할 수 있는 친구와 동생 — 을 통해 이광수의 문제의식을 드러내고, 그것이 『무정』의 돌연한 표기 변경으로 연결되었을 가능성을 시사하고 있다.[24] 탁견인데, 『매일신보』의 광고 문면에 적혀 있듯이, 『무정』은 원래 "독자를 有敎育한 청년계에서 구하는 소설"이었다. 빈번한 논설조 문장의 수준으로 보거나 『무정』에 묘사된 자선음악회의 청중 대부분이 2등차 승객이라는 설정으로 보더라도,[25] 『무정』은 역시 국한문을 '읽고 이해할 수 있는' 사람들을 대상으로 했다고 간주하는 것이 타당할 것이다.

표기가 한글로 바뀜으로써 『무정』은 대중에게도 읽히고 호평을 받았지만, 그후에도 이광수의 의식이 바뀌지 않았다는 것은 『무정』에 이어서 쓴 「어린 벗에게」[26]와 『무정』에 이어 연재된 『개척자』[27]도 국한문소설이었던 사실이 보여주고 있다. 그런 그가 망명처인 상하이에서 조선으로 돌아온 후 "언문만 아는 이면 볼 수 있게, 읽는 소리만 들으면 알 수 있게, 그리하고 교육을 받지 아니한 사람도 이해할 수 있게" 한글로 「가실」을 쓴 것은 왜일

---

24 김윤진, 「무정과 국문체」, 『제37회 한국근대문학회 정기학술대회 자료집』, 한국근대문학회, 2017, 12, 125쪽.
25 하타노 세츠코, 「『무정』을 읽는다(하)」, 최주한 옮김, 『『무정』을 읽는다』, 소명출판, 2008, 389~390쪽.
26 이광수는 1933년 12월 『삼천리』에 게재한 「『유정』을 쓰면서」에서 "22, 3세 때로 말하면 東京의 早稻田大學에 다니면서 첫 작품 『무정』을 썼던 때, 이어서 「어린 벗에게」를 썼던 때"라고 회상하고 있다. 「어린 벗에게」는 1917년 7월과 9월에 『청춘』에 연재되었다.
27 『매일신보』, 1917.11.10~1918.3.15.

까. 그 이유를 이해하기 위해 이번 항에서는 이광수가 상하이에서
보낸 2년 간의 활동을 개관하고, 그가 한글로 소설을 쓰기로 결심
하기에 이른 경위를 살핀다.

1) 상하이에서의 활동

이광수는 1919년 2월에 상하이로 망명했다가 1921년 3월에
귀국했다. 이 2년간의 상하이 생활은 크게 보아 세 시기로 구분될
수 있다. 우선 다양한 활동에 적극적으로 종사한 1919년, 다음으
로 건강에 문제가 생기고 임시정부도 재정난에 처했던 1920년
전반, 그리고 마지막 시기는 임시정부의 내부 대립에 실망하고 합
법적인 민족운동에 뛰어들기 위해 귀국하는 1921년 3월 말까지
이다.

1919년 2월에 상하이에 망명하여 즉시 신한청년당에 가입한
이광수는 3·1운동이 일어나자 본국의 상황을 상하이의 각국 매
체에 전하고 4월에는 임시정부 수립에 참가한다. 5월에 안창호가
상하이에 오고 7월에 임시사료편찬회가 발족하자 편찬 주임으로
서 편찬 작업에 뛰어들었고, 8월에 창간된 『독립』(나중에 『독립신
문』으로 개칭)에는 사장 겸 편집국장으로서 붓을 휘둘렀다. 『독립
신문』의 사설과 기사는 무기명이어서 필자는 특정하기 어렵다.[28]

---

28 사설을 쓴 것은 이광수만이 아니다. 김주현은 이광수가 상하이에 있는 동안의
『독립신문』 사설의 내용과 문체를 정밀히 분석하여 이광수가 쓴 것과 다른 사
람이 쓴 것을 분류하고 있는데, 이는 어디까지나 추정이다. 김주현, 「상해 『독

이광수가 쓴 것이 확실한 것은 '春園'의 이름으로 발표된 1편의 기도문[29]과 5편의 시, 그리고 '長白山人'의 이름으로 창간호부터 10월 말까지 18회에 걸쳐 연재한 논설 「선전 개조」이다.[30] 「선전 개조」는 귀국 후에 같은 이름으로 발표한 「민족개조론」과 내용이 공통되는데, 이는 신문 창간 무렵 그가 안창호의 홍사단 사상을 신봉하게 된 사실을 시사한다.[31] 이듬해 4월, 이광수는 원동遠東 홍사단 제1호 단우로서 입단하고, 홍사단 사상의 보급과 실천을 위해 일생을 바칠 것을 맹세했다.

토쿄에서 결핵을 앓았던 이광수는 1920년에 들어서 체력이 무너진다. 1월 18일, 이광수의 숙소를 방문한 안창호는 병으로 누워 있는 그를 발견하고 여관에 데려가 요양시킨 사실을 일기에 쓰고 있다.[32] 『독립신문』 1월 31일자에 있는 「病中吟 四首」가 씌어진 것은 이때일 것이다. 토쿄에서 객혈한 그를 헌신적으로 간호하고 그후로도 그의 건강을 걱정한 것은 토쿄여자의전을 졸업하고 의사가 된 애인 허영숙이었다. 이 무렵 허영숙에게 보낸 이광수의

립신문』에 실린 이광수의 논설 발굴과 그 의미」, 『국어국문학』 176, 2016, 623~626쪽의 표 참조.

29　목록은 다음과 같다. 「크리스마스의 기도」(1919.12.27), 「病中吟 四首」(1920.1.31), 「삼천의 원혼」, 「저 바람소리」, 「간도 동포의 참상」(1920.12.18), 「광복 기도회에서」(1921.2.17).

30　「선전 개조」는 1919년 8월 21일부터 10월 28일까지 『독립』에 연재되었다.

31　이광수가 안창호에게서 홍사단에 관한 이야기를 들은 것은 1919년 가을이었다고 『나의 고백』에서 회상하고 있다. 『이광수전집』 12, 247쪽.

32　김주현, 앞의 글, 598쪽.

편지에는 건강에 관한 화제가 많이 등장한다.[33] 3월에 잇따른 강연으로 목을 혹사시킨 탓에 나빠진 건강은 좀처럼 회복되지 않았고, 5월 상순『독립신문』에는 "과거 1개월 간 병으로 사무를 휴하고 치료 중"이라는 통지문이 실린다.[34] 5월 하순이 되어 건강은 회복하지만, 이미『독립신문』은 재정난에 빠졌고 6월에 일본 총영사관의 방해로 정간된 후 반 년간 휴간한다.

그 동안 훈춘사건이 일어나고 임시정부의 내부 대립은 더욱 격심해졌다. 임시정부에 대한 실망, 건강 문제, 그리고 정치와 외교에 적성이 맞지 않는다는 자각 등, 여러 가지 이유에서 이광수는 귀국을 고려하게 된다.[35] 12월 18일에『독립신문』은 재간행되지만, 이미 그는 조선에서 흥사단 운동을 하기로 결심하고 있었다. 그는 "그 신문사에서 손을 뗄 때" "긴 글을 한 편" 썼다고『나의 고백』에서 회상하고 있는데,[36] 재간 첫호인 12월 18일부터 2월 5일까지 6회에 걸쳐 연재된 사설「간도사변과 독립운동 장래의 방침」이 그것이 아닐까 생각된다.[37] 2월 17일에 발표한 시「광복기

33 「사랑하는 영숙에게-상해에서」,『이광수전집』18, 466~489쪽. 또 상하이 시절 이광수의 서한에 관해서는 이유진,「『독립신문』의 논설과 서한집을 통해서 본 이광수의 상해시절」,『제10회 춘원연구학회 발표 자료집』, 2015, 108~118쪽.
34 『독립신문』, 1920.5.6·8.
35 『이광수전집』13, 245쪽.
36 위의 책, 249쪽.
37 김주현, 앞의 글, 579쪽. 이광수는 논설의 제목을「국민개업, 국민개학, 국민개병」이라고 회상하고 있지만, 해당 논설은 발견되지 않는다. 또「간도사변과 독립운동 장래의 방침」은 사설이면서도 "아아, 임시정부 당국자에게 이러한

도회에서」를 마지막으로 이광수의 문장은『독립신문』에서 사라진다. 이 무렵 허영숙이 상하이에 오지만, 귀국을 결심한 이광수는 그녀를 먼저 돌려보내고 3월 말 조선으로 돌아온다.

2) '인민'과의 만남

『독립신문』에서 함께 활동했던 주요한의 권유였다고 생각되는데, 상하이에 있을 때 이광수는『창조』의 동인이 된다. 1920년 5월『창조』6호에 '春園'의 이름으로 처음 발표한 시「밋븜」은 "아아 믿고 싶다"라는 말로 시작되고 있어 이 무렵 그가 임시정부 내부의 의견 대립에 정신적으로 피로해 있던 사실을 엿볼 수 있다. 귀국하기 2개월 전, 1921년 1월『창조』8호에 이광수는 그의 세 번째 문학론인「문사와 수양」을 발표했다.[38] 주목되는 것은 이광수가 이 글에서 '인민'이라는 말을 처음 사용하여 문학이 대중에게 끼치는 심대한 영향력을 언급하고 있는 점이다.

문예는 그의 강렬한 刺激力과 무서운 선전력(차라리 전염력이라 함이 그 선전의 强하고 速함을 表하기에 적당할 듯)으로 인민에게 臨하여 그의 정신적 생활(문화)의 지도자가 된다."[39]

자각과 결심이 있는가"(제6회)와 같이 임시정부와 거리를 두고 씌어졌다.
38 말미에 '1920.11.11'이라고 적혀 있어 1920년 11월 11일에 집필한 것을 알수 있다.
39 春園,「문사와 수양」,『창조』, 1921.1;『이광수전집』16, 18쪽.

문학은 가장 인심에 直截하게 감촉되는 能이 있으므로 인민에게 정신적 영향을 줌이 종교에 不下하다.[40]

'인민'이라는 말을 사용한 것은 그가 상하이에서 만난 사회사상 외에 3·1운동으로 인식케 된 대중의 힘에 대한 경이와 관련이 있다고 생각된다. 정치에 좌절하고 문학으로 복귀한 이광수의 시야에 마침내 대중이 들어왔던 것이다. 대중이 집단이 되었을 때 분출하는 힘을 이광수는 '군중심리'로 간주하여 경계했는데,[41] 그만큼 그 힘을 제어하기 위한 계몽이 필요하다고 생각했을 것이다. 애초에 문학의 목적이 계몽이라고 생각했던 그가 흥사단 사상을 대중에게 보급시키기 위해 문학의 '선전력'에 주목한 것은 당연했다고 할 수 있다.

귀국한 이광수는 주위로부터 총독부에 귀순했다고 간주되어 배척당하고 그에게 발표 지면을 제공한 것은 『개벽』지뿐이었다. 이를 무대로 그는 왕성한 집필활동을 시작한다. 처음 발표한 것이 「중

---

40 위의 책, 24쪽.
41 「민족개조론」을 쓰면서 이광수는 귀스타브 르봉의 『민족발전의 심리』를 참고하여 일부 번역도 하고 있다. 그 저본은 『군중심리』와의 합본인 『민족심리 및 군중심리』이다. (하타노 세츠코, 「이광수의 「민족개조론」과 귀스타브 르봉의 『민족진화의 심리학적 법칙』에 대하여」, 『일본 유학생 작가 연구』, 소명출판, 2011, 158~169쪽). 그는 「민족개조론」에서 3·1운동을 군중심리라고 분명히 쓰고 있지는 않다. 그러나 독립협회의 운동이 실패한 원인을 "일시의 군중심리"를 이용한 탓이라고 언급하고 있듯 군중심리를 부정적으로 보고 있었던 것은 틀림없다. 「민족개조론」, 『개벽』, 1922.5, 28쪽.

추계급과 사회」⁴²이다. 현대사회에서 '중추계급'이란 다수자인 '무식계급, 무산계급'을 이끄는 소수의 '식자계급, 유산계급'인데, 조선에는 이 계급이 아직 존재하지 않으므로 사회봉사의 정신과 경제적 능력을 가진 사람들이 수양과 수학修學을 목적으로 하는 동맹을 결성하여 민족개조운동을 해나가야 한다는 주장은 「민족개조론」의 내용과 근본적으로 동일하다.⁴³ 이듬해 1922년 2월에 이광수는 '중추계급'을 양성하기 위한 조직인 수양동맹회를 발족시킨다. '식자계급'의 사람들을 향한 논설을 잇달아 발표하는 가운데 그는 네 번째 문학론인 「예술과 인생」을 쓰고, '무식계급'에 '건전한 예술'을 주자고 주장했다.⁴⁴ 이때 이광수는 국한문 논설을 읽는 '식자계급'과 한글밖에 모르는 '무식계급' 두 계층의 독자를 상정한 것이다.

고통으로 가득한 인생을 행복케 하는 방법을 논한 이 문학론에서 이광수는 행복해지기 위해서 "사회의 경제조직을 개조"할 것이 아니라 "자기 자신을 개조"하는 것, 즉 "자기의 심적 태도를 바꿀" 것을 제창한다.⁴⁵ "사람의 일생은 한 땀의 자유도 없는 노예의

---

42 「중추계급과 사회」는 '魯啞'라는 이름으로 발표되었다. 『개벽』, 1921.7; 『이광수전집』 17 소재.
43 「민족개조론」은 1921년 11월에 집필되어 이듬해 『개벽』 5월호에 게재되었다.
44 「예술과 인생」은 '京西學人'이라는 이름으로 발표되었다. 『개벽』, 1922.1. 말미에 '辛酉 十二·十二·夕'이라는 집필 날짜가 적혀 있어 1921년 12월 12일에 집필된 것을 알 수 있다. 『이광수전집』 16 소재.
45 「예술과 인생」, 『이광수전집』 16, 39쪽.

생활이라 할 만하지마는 그러한 속에서 우리는 무한한 창조의 자유를 향락할 수 있는 것입니다."[46] 요컨대 역학의 법칙과 국가의 법률에 위반됨 없이 개성을 발휘한 집을 짓는 건축가처럼, 구속 가운데서도 무한한 예술적 자유를 가질 수 있다고 그는 주장한다. 그가 일본의 식민지배 하에 있는 조선에 돌아온 것은 어떤 의미에서는 '노예 생활'의 선택이었다. 이 글을 쓰면서 그는 고구려의 노예가 되어서도 창조적인 생활과 실천으로 주위 사람을 변화시켜 간 신라의 노예 '가실'을 떠올렸을 것이다. 「춘원단편소설집』 서문에서 그는 수록 작품 가운데 가장 소중히 여기는 것은 「가실」과 「예술과 인생」이라고 언급했는데, 이 두 작품이 서로 깊이 결부되어 있음을 말해준다.

조선민중의 정신생활을 부활시키기 위해서는 '양반적·신사적'인 예술이 아니라 모두가 향유할 수 있는 민중예술이 필요하다고 이광수는 호소한다. "무식하고 빈궁한 조선민중이 골고루 향락할 만한 예술이야말로 오늘날 조선이 갈망하는 예술이외다."[47] 예술의 다양한 장르 가운데 이광수가 제공할 수 있는 것은 소설이다. 그러나 한글밖에 모르는 '무식하고 빈궁한 조선민중'에게 어떻게 해야 소설을 향유케 할 수 있을까. 「예술과 인생」에는 언급되어 있지 않지만, 이광수는 '읽는 소리를 들려줌'으로써

---

46 위의 글, 37쪽.
47 위의 글, 41쪽. 전집에는 '無職'으로 오식되어 있다.

가능하다고 생각했던 것은 "읽는 소리만 들으면 알 수 있게"라는
『춘원단편소설』 서문의 언급이 말해준다. 당시는 소리내어 읽는
음독이 일반적이어서 한글을 모르는 사람은 다른 사람이 읽는 것
을 들었던 것이다. 그런데 친구가 읽어주는 편지의 내용을 이해할
수 없었던 「규한」의 여주인공처럼 들어도 이해할 수 없어서는 의
미가 없다. 문자를 모르는 사람이 소설을 향유하기 위해서는 귀로
듣고 곧 이해할 수 있는 그런 문체가 필요한 것이다.

이광수가 「가실」에서 행한 '새로운 시험'이란 읽는 소리를 듣고
향유할 수 있는 문체의 창출이었다. 이를 위해 이광수는 커다란 노
력을 쏟았다. 이 무렵에 쓴 논설에서 그는 화가가 습작으로 수백의
화폭을 버리는 것처럼 문사는 수천 매의 원고지를 버리지 않으면
안 된다고 쓰고 있는데,[48] 그 정도로 노력했을 것이다. 그만큼 이
작품에 대한 애착도 커서 자기에겐 「가실」이야말로 "처녀작이자
최초의 자식"이라고 쓰고,[49] 나중에 일본에서 번역 단편집을 낼 때
는 「가실」을 표제로 삼았을 정도이다.[50]

전장戰場에서는 용기 있는 병사이고, 노예가 되어서는 착실하
게 일하고 주인집을 청결하고 부유케 하며, 고향에 있는 애인과의
약속을 잊지 않는 성실한 가실─「가실」은 '식자계급'을 향해 국
한문으로 씌어진 논설 「민족개조론」을 '무식계급'을 향해 한글로

---

48 「문학에 뜻을 두는 이에게」(『개벽』 19, 1922.3), 『이광수전집』 16, 55쪽.
49 「첫 번 쓴 것들」(『조선문단』 6, 1925.3), 『이광수전집』 16, 267쪽.
50 『李光洙短篇集 嘉實』, モダン日本社, 1940.4.

소설화한 작품이다. 「가실」이 집필된 것은 「민족개조론」과 「예술과 인생」을 쓴 것과 동일한 1921년 말 무렵으로 추정되지만, 발표 지면을 얻지 못했던 탓에 『동아일보』에 발표된 것은 1923년 2월이며, 그것도 'Y生'이라는 익명으로 게재되었다.[51]

4. 마치며―대중과 결부된 문체

이광수는 『무정』에서 근대적 문체를 확립했지만 의식적인 것은 아니었다. 전반부의 표기가 한글로 바뀌었기 때문에 후반부를 한글로 쓰게 되었을 때, 그때까지 국한문과 한글문을 오가면서 계속해 온 문장 수련의 결과가 이러한 형태로 나타났던 것이다. 이때 이광수가 상정한 독자는 '식자계급'이고, 그것은 그후로도 바뀌지 않았다. 이들을 위해 국한문으로 씌어진 「어린 벗에게」와 『개척자』의 문체는 『무정』 이전으로 돌아간 느낌이 있다.[52]

상하이 체험은 이광수에게 독자로서의 '인민'의 존재를 인식케 해주었다. 귀국하여 흥사단 사상의 보급에 나선 이광수는 독자를 '식자계급'과 '무식계급'의 둘로 나누고 전자를 향해 국한문 논설

---

51 1923년 2월 12일부터 23일까지 연재되었다.
52 1926년에 이광수는 「어린 벗에게」를 「젊음 꿈」으로 개칭하여 간행했는데, 당시 표기를 한글로 바꾸는 동시에 문체를 대폭 고쳤다. 김영민, 「한국 근대문체의 형성과정」, 앞의 글, 68~70쪽 참조.

을 쓰는 한편, 후자를 위해 귀로 들으면 알아들을 수 있는 한글문을 쓰고자 의식적으로 노력했다. 그리고 『춘원단편소설집』에 이 '새로운 시험'을 소개하고 이후로도 "이 態度를 變치 아니 하랸다"[53]고 선언했던 것이다.

논설 「민족개조론」을 소설화한 「가실」이 계몽성이 강하고 문학적인 면에서 『무정』보다 못한 점은 부정할 수 없다. 또 근대적인 문체는 이미 『무정』에서 확립되어 있었다. 그럼에도 불구하고 「가실」이라는 작품이 이광수 문학에서 결정적으로 중요한 것은, 이 작품에서 이광수가 대중을 독자로 삼는 자세를 확립했기 때문이다. 이후 이광수는 『동아일보』에 입사하여 많은 소설을 연재했다. 「가실」과 같은 계몽 의도가 노골적인 소설은 곧 모습을 감추고,[54] 3·1운동 좌절 후의 젊은이들의 군상을 묘사한 현대소설 『재생』을 히트시키며, 이어서 알기 쉽고 감정이입이 쉬운 역사소설을 써서 인기를 얻는다. 이광수의 소설에는 통속적이라는 비판이 따라붙지만, 이에 대해 그는 "내가 쓰는 소설이 대단히 평이해서 누구나 이해·감상하는 것이 죄라고 하면 그것은 감수할 수밖에 없고 (…중략…) 나는 독자를 기쁘게 하기 위해서 윤리적 동기

---

53 「몟마듸」, 『春園短篇小說集』, 홍문당서점, 1923.10.
54 『동아일보』에 입사한 이광수는 우선 안창호를 모델로 한 『선도자』(1923.3~7)를 연재하지만, 총독부의 간섭으로 중단된다. 그후 『허생전』(1923.12~1924.3), 『금십자가』(1924.3~5 중단)을 연재하고, 1924년 11월부터 『재생』의 연재를 시작한다.

가 없는 소설을 써본 일이 없다"고 반론했다.[55] 이광수의 이러한 언급을 지탱한 것은 자기가 소설을 통해 대중과 결부되어 있다는 자신감이며, 어디까지나 민족의식의 고취라는 계몽의 의도를 가지고 창작하고 있다는 자부심이었다고 생각된다.

---

55 이광수, 「여의 작가적 태도」(『동광』, 1931.4), 『이광수전집』 16, 194~195쪽.

제4장

상하이판『독립신문』의 연재소설
「피눈물」의 작자는 누구인가

1. 시작하며

상하이에서 대한민국임시정부가 성립되고 4개월여 후인 1919
년 8월 21일 정부 기관지로서『독립』[1](나중에『독립신문』으로 개칭.
이하『독립신문』으로 적는다)이 창간되었다.『독립신문』은 국한문 표
기로 주 3회 발행되었고 이광수가 사장이자 주필을 겸했다. 3년
전『매일신보』에 논설을 발표하여 일약 유명해진 이광수는 이듬
해 1917년 장편『무정』과『개척자』를 연재하여 작가로서의 지위

---

1   1986년에 서재필이 창간한『독립신문』과 구별하여 상하이판『독립신문』으
     로 불린다. 창간 당시의 제호는『독립』으로 1919년 10월『독립신문』으로 개
     칭되고 1926년 11월에 종간했다. 상하이판『독립신문』은 대한민국역사박물
     관 인터넷 사이트에서 읽을 수 있다.

를 굳혔고, 1919년 2월 토쿄에서 「독립선언서」를 기초하고 상하이로 망명했다.

『독립신문』에는 문예란이 있어 「피눈물」이라는 소설이 창간호부터 11회에 걸쳐 연재되었다.[2] 「피눈물」의 연재가 끝난 날에 「여학생 일기」라는 실록풍 소설이 시작되어 6회 계속되었다. 「피눈물」의 작자는 '其月', 「여학생 일기」이 작자는 '心園女史'로 되어 있다. 그러나 『독립신문』의 관계자는 그것을 이광수의 필명으로 간주했을 것이다. 당시 조선에서 제일가는 신문소설 작가였던 이광수가 자신이 사장으로 있는 『독립신문』에 소설을 집필한 것은 당연한 일이었다. 이 무렵 이광수는 사설과 기사 외에 '長白山人'이라는 필명으로 「선전 개조」(전18회)를 연재했는데, 망명 전에 일간지에 논설과 소설을 동시에 연재한 적이 있는 그에게 주 3회 발행의 신문에 그만한 분량을 쓰는 것은 어렵지 않았을 것이다.

그런데 이상하게도 문학 연구자들은 오랫동안 「피눈물」과 「여학생 일기」의 작자를 이광수로 간주하지 않았다. 1986년에 김윤식은 『이광수와 그의 시대』에서 이들 작품은 "어느 것이나 춘원의 작품으로 보기에는 난점이 있다"고 하여 "망명한 유학생"의 작

---

2 『독립신문』에 연재된 소설은 다음의 세 편이다. ① 其月, 「피눈물」(全11회), 創刊号~14号, 1919.8.21~1919.9.27. ② 心園女史, 「女学生日記」(全6回) 14号~21号, 1919. 9.27~1919.10.16. ③ 孤松, 「李舜華」(全3回), 140号~143号 1922.9.20~1922. 10.21. 이광수는 1921년 3월에 귀국했으므로 ③「이순화」는 그의 작품이 아니라고 생각된다.

품이 아닐까 추측했고,[3] 2010년 이상경은 여러 상황으로 미루어
「피눈물」은 주요한이 썼을 가능성이 있다고 조심스레 언급했으
며,[4] 필자는 2019년에 발표한 논문에서 다음과 같이 썼다.

「피눈물」의 필자는 이광수가 아니라 주요한이 아닐까 생각된다.
또 하나의 작품인 「여학생 일기」는 대화문의 자연스러움과 정교한
문장 구성으로 보아 이광수의 작품일 가능성이 높다.[5]

제1고등학교 학생이었던 주요한은 이 무렵 상하이에 와서 『독
립신문』의 창간을 돕고 있었다.

3·1운동과 상하이 임시정부 창립 100주년을 맞아 최근 상하
이 관련 논문이 많이 나왔다.[6] 그 가운데 두 사람의 연구자가 정면

---

3 "어느 것이나 춘원의 작품으로 보기에는 난점이 있어서 망명한 유학생들의 글
   이 아닌가 추측된다." 김윤식, 『이광수와 그의 시대』1, 솔, 1999, 704쪽.(초
   판은 1986년 한길사에서 간행되었다)
4 "연구자는 여러가지 정황으로 미루어 '기월'이 주요한의 필명일 가능성을 염두
   에 두고 있으나 아직 확인해서 논할 단계는 아니다." 이상경, 「상해판 『독립신
   문』의 여성 관련 서사 연구」, 『페미니즘연구』10-2, 2010, 116쪽. 이상경은
   「여학생 일기」를 소설이 아니라 일기로 간주하고, 작자 '心園女史'를 상하이에
   거주했던 여성이라고 특정하고 있다.
5 波田野節子,「李光洙のハングル創作と三·一運動」,『歷史評論』827, 2019, 61
   쪽. 본서 제2부 4장에 수록되어 있다.
6 「피눈물」의 작자를 이광수로 간주한 최초의 것으로 표언복의 논문이 있다. 표
   언복은 중국을 무대로 3·1운동이 묘사된 소설의 하나로 「피눈물」을 들고, 작
   자는 『독립신문』의 발행 책임자인 이광수가 아닐까라고 썼다. 표언복, 「중국
   유이민 소설 속의 3·1운동」, 『基督教思想』, 2018, 38쪽.

으로 이 문제를 다루고 「피눈물」의 작자는 이광수라고 주장하는 논문을 썼다. 김주현의 「상해 『독립신문』 소재 「피눈물」의 작자 고증」[7]과 최주한의 「『독립신문』 소재 단편 「피눈물」에 대하여」[8] 가 그것이다. 둘 다 이광수의 다른 작품과 비교한 것으로 전자는 주로 문체적 특성의 공통성을, 후자는 내용의 공통성을 근거로 하여 「피눈물」이 이광수의 작품이라고 결론짓고 있다. 필자가 특히 주목한 것은 김주현의 논문에 언급된 『독립신문』 창간 당시 한글 활자가 부족해서 일어난 오식誤植의 구체적인 사례였다. 전거가 된 주요한의 회상기를 읽고 『독립신문』 창간에 즈음하여 주요한 이 경험한 인쇄기술상의 여러 문제를 알게 된 필자는 이전과는 다른 시점에서 「피눈물」 텍스트를 정독한 결과 이 소설은 이광수가 썼다고 확신하게 되었다. 이 글에서는 필자가 왜 처음에는 「피눈물」을 이광수의 문장이 아니라고 생각했는지, 그리고 왜 그 생각이 바뀌게 되었는지 그 경위를 보고하고자 한다.

---

7 김주현, 「상해 『독립신문』 소재 「피눈물」의 저자 고증」, 『현대소설연구』 74, 2019, 71~105쪽.
8 최주한, 「『독립신문』 소재 단편 「피눈물」에 대하여」, 『近代書誌』 19, 2019, 161~183쪽.

2. 「피눈물」의 줄거리

「피눈물」은 3・1운동의 와중에 일어났다고 전해지는 어느 사건을 소재로 하고 있다. 태극기를 든 오른팔을 잘린 소녀가 왼팔에 기를 들고 만세를 부르다가 그 팔마저 잘려나갔다는 이야기로, 당시 미국과 중국에서 신문기사화되었다. 이광수는 조선에서 사람들이 가져온 여러 정보로 한문과 영문 기사를 만들어 신문사에 보낸 일을『나의 고백』(1948)에서 회상하고 있으므로, 이 사건을 매체에 전한 것은 이광수 자신이었을 가능성도 있다. 이광수가 쓴 것으로 보이는『독립신문』의 논설은 몇 번이나 이 사건을 언급하고 있다.[9] 그리고 그는 이 해 12월에 창간된『신한청년』에는「팔 찍힌 소녀」라는 시도 썼다.[10] 이하「피눈물」의 줄거리를 연재 회에 따라 소개하면 다음과 같다.

① 밤에 학생 윤섭은 시위로 머리를 다쳐 귀가하는 길에 보성학교 정문 근처에서 순사에게 난폭하게 취급되고 있는 여학생(정희)을 발견한다.

② 윤섭은 순사를 구타하여 여학생을 놓아주고, 집에 돌아가 행랑

---

9 팔 잘린 소녀에 대해 언급한 논설은 다음과 같다.「倭奴와 우리」(1919.10.28),「國民皆兵」(1920.2.14),「婦人과 獨立運動」(1920.2.17),「三一節」(1920.3.1), 최주한, 앞의 글, 165쪽 참조.
10 김주현,「상해시절 이광수의 작품 발굴과 그 의미」,『어문학』132, 250쪽.

에서 나흘만에 잠을 잔다.

③ 정희가 집에 돌아가자 가족은 모친밖에 없다. 정희는 한밤중에 잔다르크의 영에게 기도한다.

④ 아침 네 시 리더인 박암이 윤섭을 찾아온다.

⑤ 박은 여학생들이 만든 1천 개의 국기를 '소학도'들이 북악산, 인왕상, 남산의 소나무 가지에 걸었다고 말하고, 이날의 시위에 대해 지시한다.

⑥ 아침, 이산 저산에 1천 개의 태극기가 휘날리고, 일본병이 산에 올라 국기를 내린다.

⑦ 그때 대한문 앞에서 한 사람(윤섭)이 연설을 시작하고, 만세시위가 일어난다.

⑧ 한 소녀(정희)가 태극기를 가지고 만세를 부르다 헌병에게 양팔이 잘린다. 청년(윤섭)이 튀어나가 헌병의 군도를 부러뜨리고 사방에서 순사들의 칼에 난자당한다.

⑨ 학생들은 아직 숨이 남아 있는 두 사람을 순사들의 방해를 받으면서 제중원으로 옮긴다.

⑩ 제중원은 부상당한 사람들로 가득하다.

⑪ 두 사람은 병원에서 죽고 공덕리의 공동묘지에서 함께 묻힌다.

이 소설에는 시간과 장소가 항상 명시되어 있다. 첫날 밤 보성학교 가까이에서 윤섭이 정희를 돕고, 이튿날 아침 북악산, 인왕산, 남산에 1천 개의 태극기가 휘날리며, 오전 10시를 지나 대한문 앞에서 정희와 윤섭의 참사가 일어나고, 학생들이 두 사람을 부상자로 가득한 제중원으로 옮긴다. 그리고 며칠 후의 저녁 무렵 공덕리의 공동묘지에서 장례가 행해진다. 제2회에서 귀가한 윤섭이 "나흘만에" 잠을 잔 것이 3월 4일의 밤이라면, 「피눈물」의 구체적인 시간은 1919년 3월 4일과 5일, 그리고 매장일까지 3일간이라는 얘기가 된다.

대한문 앞에서 윤섭과 정희가 서로를 알아보았는지 어떤지는 불확실하다. 어둠 속에서 한 번밖에 만나지 않았으므로 아마도 두 사람은 서로 알아보지 못한 채 죽었을 것이다. 우연이 남용되어 있고 개인의 내면묘사는 거의 발견되지 않으며, 애국심에 불타는 젊은이들의 심리와 행동은 감동적이지만 틀에 박힌 감이 있다. 또 그 감동도 지나치게 많은 오식 탓에 손상이 심하다. 그러나 '양팔을 찍힌 소녀'라는 모티브로부터 이런 정도의 작품을 창작할 수 있는 것은 1919년의 상하이에서는 역시 이광수밖에 없었을 것이다.

3. 「피눈물」의 작자 주요한설의 근거

그럼에도 불구하고 필자가 이 작품을 처음 읽었을 때 이광수의 작품이 아니라고 생각한 데는 이유가 있다. "춘원의 작품으로 보기에는 난점이 있"다고 쓴 김윤식도 아마 필자와 동일하게 느끼지 않았을까 생각되는데, 이광수의 것 치고는 너무 서투른 것이다. 읽는 것이 고통스러울 정도이다. 또 다음에 언급한 것처럼 이광수다운 문장의 특징이 결여되어 있다. 예로 제1회와 제2회 서두의 문장을 제시한다.[11] 오식이라고 생각되는 부분, 의미가 불분명한 부분, 읽기 어려운 한자어는 고딕체로 표시하였다.

1) 允燮은 日人 消防夫의 鐵鉤에 쏠니인 머리를 運動帽로 꼿 가리우고 壽進洞 巡査派出所를 千辛萬苦로 숨어 지네어 磚洞 굴목으로 北을 向하고 울나간다. 陰慘 二月日 初生달이 벌서 넘어가고 軒燈의 熹微한 光線으로 찌어진 黑暗은 어름가루 갓흔 冷氣를 興奮으로 熱한 允燮의 얼굴을 불어 보내인다.[12]

2) 더구나 三月一日 以後로서는 韓人은 日人의 보기에 皆是罪人이오 不逞鮮人이오 犬馬엿다. 處女의 「살녀주시오」 하는 叫口는 아주 어득한 목에 虛口함은 아니엇다. 允燮은 가만히 血痕 잇는 周衣를 버서노코 나는 드시 달녀들어 背後로서 巡査의 耳邊에 一擊을 加하고 因해 그의 項을 扼하야 路上에 썩구러써리며 女子다려 「자, 어서 逃亡하시오」 한다.[13]

---

11 띄어쓰기, 아래 ㅇ와 이중자음은 현대어 표기했다.
12 『독립신문』, 1919.8.21.
13 『독립신문』, 1919.8.26.

첫째, 맞춤법이 부재했던 시기라고는 해도 '지네어' '울나간다' 등 분명한 오식이 많고, 경험 있는 작가의 문장이라고는 보이지 않는다. 둘째, 이광수의 소설 문장은 국한문으로 씌어진 것이라도 소리 내어 읽으면 매끄러운데, 여기서는 그 특징이 보이지 않는다. 셋째, 이광수는 10대 때부터 문체 개혁을 지향하여 한자밖에 쓸 수 없는 어휘 이외에는 한글을 썼고, 한자도 가능한 한 평이하게 사용하려 애썼다. 그런데 「피눈물」에는 그런 노력의 흔적이 보이지 않고, 안이하게 한자에 의존하고 있다. 『독립신문』의 독자는 지식인이고 소설의 목적은 그들을 분기시키는 데 있었기 때문에 한자의 비중이 커진 것은 할 수 없지만, 그렇더라도 이광수다움이 느껴지지 않는다. 이상과 같은 이유에서 필자는 이 소설의 작자가 이광수가 아니라고 생각했다.

이광수가 아니라면 남은 것은 『독립신문』의 창간 작업을 도왔던 주요한밖에 없다. 주요한은 이 무렵 『독립신문』의 편집을 하면서 논설과 수필을 썼고, 후술하겠지만 문선文選과 제판製版 작업까지 했다. 필자는 「피눈물」 6회째 텍스트의 하단에 돌연 나타난 거의 완전한 순한글 표기 부분에 주목했다. 이것은 의인화된 한성漢城인 '나'가 주위의 산들에 펄럭이는 1천 개의 태극기를 볼 때의 감개를 읊은 시의 후반부이다..

(상략) 아아 얼마나 그립던 太極旗 얼마나 달고 싶던 太極旗뇨. 怨讎

의 黑手國로써 土를[14] 光復하는 날 우리는 三千里 慟哭하던 江山의 一草
一木에게 (…중략…) 쩌지라도 태극기를 달니라. 산마다 바위마다 집
마다 劃할 수 잇는 온갓에 태극기를 그리고 새길 수 잇는 온갓에 태극
기를 새기리라. 심 년前 태극기가 나와 갓치 잇슬 째에는 나는 너의
귀한 줄을 못낫더니 태극기를 일혼 지 십년 억지로 원수나라 국기를
달아온 지 심 년에 태극기 나의 업지 못할 것인 줄를 알앗다. 태극기
야 진실로 네가 왓나뇨. 왓거던 내 가슴에 안겨라 쇠옥 씨여안고 다시
노흘 줄이 잇스랴. 싸린들 노흐랴. 사지를 씁은들 노흐랴. 산 채로 내
몸을 탕을 친들 노흐랴.[15]

이광수는 『나의 고백』(1948)에서 『독립신문』을 주요한과 둘이
서 만들었다고 회상하고, 주요한이 "중국의 명절에 중국인 식공
이 쉬일 때에는 손수 문선과 제판도 하였다"[16]고 쓰고 있다. 그런
데 연재 6회의 말미에는 마침 "이번 호는 中國文직공의 파공으로
디간되엿사옴"고 씌어 있다. 이것을 본 필자는 주요한이 자기가
쓴 소설로 한글 표기를 실험한 것이라고 생각했다. 자신의 작품이
라면 마음껏 손을 댈 수 있지만 다른 사람의 작품이라면 그렇지
않다. 필자가 「피눈물」의 작자를 주요한이라고 생각한 것은 이 때
문이다.

14 '怨讎의 黑手國로써 土를'은 '怨讎의 黑手로써 國土를'의 오식일 것이다.
15 『독립신문』, 1919.9.6.
16 『이광수전집』 13, 243쪽.

4. 인쇄의 문제

그런데 김주현이 참고문헌에 언급한 주요한의 회상문 「기자생활의 추억」(1934)과 「상해판 『독립신문』과 나」(1967)[17]을 읽고 필자의 생각은 바뀌었다. 창간 당시의 오자가 많고 한자가 많은 데는 『독립신문』 창간 당시의 인쇄상의 곤란함이 결부되어 있었던 것이다. 주요한은 이들 회상문에서 『독립신문』을 인쇄하는 어려움을 구체적으로 언급하고 있다. 우선 중국인의 인쇄소를 빌린 터라 한자 활자는 있지만 한글 활자는 하나도 없고 본국이나 일본에서 들여올 수도 없었다. 그래서 주요한은 4호 활자로 인쇄된 순한글판 성서 문자를 하나씩 오려내고 중국인 기술자에게 사진 동판을 만들게 하여 한글 자모를 만들었다.[18] 그렇게 주조한 것을 확대·축소하여 호수별 한글 활자를 만들고, 활자 케이스를 가나다라 순으로 나열했다. 그런데 식자 단계가 되자 중국인 식공은 한글을 모르고 조선청년중 제판의 경험이 있는 사람이 하나도 없다. 그래서 중국인과 조선인을 짝을 지어 중국인은 한자만, 조선

---

17 주요한, 「기자생활의 추억」, 『신동아』, 1934.5, 122~125쪽; 주요한, 「상해판 『독립신문』과 나」, 『아세아』, 아세아사, 1969.7·8 합병호, 150~152쪽. 이들 자료 외에 『한국일보』에 1975년 9월 11일부터 11월 11일까지 연재된 구술 필기 「나의 이력서」(「내가 당한 20세기」, 『朱耀翰文集-새벽 I』, 요한기념사업회, 1982 수록)도 참고했다.

18 「기자생활의 추억」에 의하면 상무인서관에 한글 자모를 주문하고 수동 주조기鑄造機 1대와 중국인 주조공鑄造工 한 사람을 데리고 2천 종의 한글 활자를 주조했다고 한다.

인은 한글만 골라 식자하여 단어를 이어가며 조판했다. 중국인 식공이 한글을 한자로 잘못 보고 식자한 것이 그대로 제판된 탓에 오자도 많았다고 한다.[19]

여기에 박차를 가한 것이 한글 활자의 부족이다. 김주현은 「피눈물」의 텍스트에 보이는 많은 오식이 한글 활자의 부족을 메우기 위한 궁리였다고 추측한다. 예컨대 '왼左'이라는 활자가 없을 때 가지고 있는 '외'와 '인'을 조합하여 '외인'이라고 식자했다는 것이다. 이밖에 소개되어 있는 예를 괄호에 연재 회수를 넣어 표시한다.[20]

왼 → 외인(5, 8), 섬나라 → 서음나라(7), 다음에 → 담에(8), 동생 → 동상/도ㅇ생(11). 제10회에서는 '옷'과 '웃'의 활자가 부족했던 듯하다. '옷고름'의 '옷'은 '옹'의 받침 ㅇ의 아랫부분을 지워 '옷'처럼 보이게 만들고, '방그레 웃는 듯하고'는 '방그레 뭇는 듯하고'와 같이 '웃'을 '뭇'으로 대신하고 있다. 부사 덕분에 의미는 통하지만 사실 읽기 힘들다. 이밖에 '듯이'를 '듯시'나 '드시'로 표기한 곳이 20여 군데 가까이 된다. 이들 가운데 어디까지가 '궁리'이고 어디까지가 단순한 오식인지는 판정하기 어렵지만,

---

19 「기자생활의 추억」에는 실례로 '사'를 '仆', '츠'를 '立'으로 착각한 예가 언급되어 있다.

20 김주현, 「상해 『독립신문』 소재 「피눈물」의 저자 고증」, 85쪽; 주석 25, 김주현, 「자료 「피눈물」」, 『近代書誌』 19, 2019, 199쪽; 주석 23), 연재회의 번호를 괄호에 넣고 일부 보충했다.

한글 활자의 부족이 인재人材의 부족과 아울러 텍스트에 많은 문제를 일으킨 것은 틀림없다.

주요한의 회상과 김주현의 지적을 읽고 필자는 두 가지를 생각했다. 첫째, 이 회상에서 주요한이 「피눈물」을 언급하지 않은 것으로 보아 그는 작자가 아니다. 주요한은 자기가 쓴 논설도 회상하고 있으므로,[21] 만약 이때 소설을 연재하고 그것으로 한글 식자를 시도했다면 그것을 회상했을 것이다. 따라서 「피눈물」의 작자는 주요한이 아니고 역시 이광수라고 보아야 한다. 『나의 고백』에 의하면, 이 무렵 이광수는 주요한과 신문사에서 생활하고 함께 침대에서 잤다고 한다. 중국인 식공이 쉬는 날 아마도 이광수는 주요한과 함께 인쇄소에 가서 「피눈물」의 시 부분을 한글만으로 식자하도록 그에게 부탁했을 것이다. 요구에 응하여 이를 시험한 주요한은 그후 잊어버렸지만, 이광수는 자신의 문장이므로 기억해서 『나의 고백』에서 회상했던 것이라고 생각된다.

또 하나 필자가 생각한 것은 인쇄의 기술적인 문제가 창작에 준 영향에 대해서이다. 문장을 쓴 사람이 그것을 인쇄하는 과정에까지 관여할 경우, 인쇄 기술상의 곤란함이 그가 쓰는 글에 영향을 미치는 경우가 있지 않을까. 뭔가 문장으로 표현하고자 할 때 인쇄가 곤란한 단어는 선택지에서 제외하는 경우가 있을지도 모

---

21 주요한은 "전국민이 행해야 할 6종을 国民皆兵, 国民皆学, 国民皆労 등으로 나누어 논한" 논문을 써서 안창호에게 칭찬받은 일을 회상하고 있다.

른다. 예컨대 앞장에서 예로 든 제1회에 나오는 문장 "軒燈의 熹傲한 光線으로 찌어진 黑暗은 어름가루 같은 冷氣를 興奮으로 熱한 允燮의 얼굴을 불어 보내인다"를 읽고 필자는 이광수라면 이렇게 한자에 의존하는 문장은 쓰지 않았을 것이라고 생각했다. 그러나 한글 활자가 부족한 탓에 '희미한' '어둠' '뜨거워진'의 식자가 어렵다는 사실을 알고 있었다면 이들 단어를 피하고 한자로 대신해 버린 경우도 있을 수 있었을 것이다. 혹은 극단적인 상상이지만, 이광수가 쓴 원고를 그대로 식자할 활자가 없을 때 현장에 있던 주요한이 의미가 같은 한자 활자를 사용하여 급한 대로 인쇄에 임했을 경우도 있었을지 모른다. 당연하게도 이렇게 부자연스러운 창작 환경에서 문장의 리듬과 유창함은 상실되고 만다.

5년 전인 1914년 시베리아의 치타에서 『대한인정교보』를 편집했던 이광수는 독자가 식자층이 아닌 탓과 석판 인쇄라는 기술적인 제약 탓에 한글만으로 논설을 쓸 수밖에 없었다. 그는 고유어로 의미를 전달하기 위해 시행착오를 했을 것이고, 이 경험은 한글문을 쓰는 데 좋은 훈련이 되었을 것이다. 그런데 상하이에서 이광수가 직면한 것은 이와 정반대의 상황이었다. 독자는 한자에 익숙한 지식인이고, 한자 활자는 있지만 한글 활자가 절대적으로 부족했던 것이다. 「피눈물」을 읽을 때에는 이러한 창작 환경을 고려할 필요가 있다. 그렇게 생각한 필자는 이광수가 작자라는 전제 아래 「피눈물」을 다시 읽어 보았다.

5. 「피눈물」 다시 읽기

다시 읽을 때에는 이광수가 원고에 쓰고 싶었으나 쓸 수 없었을지도 모르는 어휘나 문장을 염두에 두고자 유념했다. 예컨대 앞서 언급한 제2회의 "巡査의 耳邊에 一擊을 加하고"라면 '귓가를 때리다'를 떠올리는 것이다. 다행히 『근대서지』에 「피눈물」을 띄어쓰기 하고 오자를 정정하여 괄호에 넣은 텍스트가 수록되어 있어서[22] 신문연재본을 읽는 것에 비하여 매우 편리했다. 그렇게 정독한 결과 발견한 점을 적어 본다.

첫째, 한자의 남용은 후반에 가까워짐에 따라 줄어든다. 부자연스런 한자어의 수가 감소하고 고유어가 증가하다.[23] 이는 한글 활자가 점차 보충되었기 때문일 것이다. 제2회에서 사용되었던 '耳邊'이라는 한자어도 제9회에서는 고유어인 '귀쌈'과 '귀삼'으로 바뀌었고, 문장도 전체적으로 자연스럽고 매끄럽게 된다.[24]

둘째, 대화문은 처음부터 지문에 비해 한글 표기가 많고 자연스러운 문장으로 되어 있다. 이것은 대화에서는 고유어가 많이 사용된 까닭이다. 앞서 언급한 대로 필자는 「피눈물」에 이어 연재된

---

22 김주현, 「자료 「피눈물」」, 『근대서지』 19, 근대서지학회, 2019, 183~199쪽.
23 그렇다고는 해도 "夢을 醒듯시"(10회), "下棺前의 無聊를 淸遣하려 함인지"(11회) 등 많은 한자어가 마지막까지 사용되어 있다.
24 "女學生을 담은 擔架에 손을 대려할 때에 그 擔架를 들엇던 여학생이 손은 들어 巡査補의 귀쌈을 붓치며 嗚咽하는 목소리로 「이놈아, 이 즘성놈아. 이 개놈아」하고 또 한반(번) 귀삼을 부친다."

「여학생 일기」에 대하여 "대화문의 자연스러움과 정교한 문장 구상으로 보아 이광수의 작품일 가능성이 높다"고 썼는데, 「피눈물」에 대해서도 대화문만 추려낸다면 동일하게 말할 수 있다.

셋째, 제10회 서두의 문장에는 3·1운동에 대한 이광수의 복잡한 사고가 나타나 있다.

그날은 朴嚴의 計劃대로 거의 成功되엇다. 그 證據는 濟衆院의 滿員임에 본다. 病室은 毋論이오 寢臺를 노흘 만한 데는 뷘통 업시 피토성이 된 患者로 찻스며 地下室과 診察室에까지도 찻다.

이광수는 우수한 리더인 박엄의 계획이 성공한 것을 무조건 기뻐하고 있지 않다. 피와 요드포름의 냄새로 숨 막히는 제중원은 머리가 깨진 자, 총검으로 눈을 찔린 자, 옆구리가 갈라져 창자가 노출된 자, 한쪽 손, 한쪽 귀, 손가락이 없는 자, 한쪽 뺨에 구멍이 난 자들로 가득한데, 이 참혹한 광경을 초래한 것은 박엄의 계획이 성공한 까닭이다. 3·1운동의 커다란 희생을 알게 된 이광수는 무질서한 저항운동에 대하여 회의적이 되었는데, 그 회의가 이곳에 나타나 있다.

넷째, 「피눈물」, 『무정』 및 『개척자』의 서두의 문장을 뽑아 나열해 보았더니, 「피눈물」의 작자가 이광수라고 생각하지 않았을 때는 간과했던 사실을 깨달았다. 주어와 술어의 배치가 유사하고,

시간과 장소가 모두 첫 문장이나 다음 문장에 언급되어 있는 점 등이 그러하다. 이광수는 매우 동일한 패턴의 문장을 사용했는데, 이것도 그 일례라고 생각된다.

京城學校 英語敎師 李亨植은 午後 두時 四年級 英語時間을 마초고 나려쏘이는 六月볏헤 짬을 흘니면서 安洞 金長老의 집으로 간다.(『무정』)

化學者 金性哉는 疲困한 드시 倚子에서 일어나서 그리 넓지 안이한 實驗室을 왓다갓다 한다. 西向 琉璃窓으로 들여쏘는 十月 夕陽빗이…(『개척자』)

允燮은 日人 消防夫의 鐵鉤에 쎌니인 머리를 運動帽로 옷(꼭) 가리우고 壽進洞 巡査派出所를 千辛萬苦로 숨어 지네(내) 磚洞 굴(골)목으로 北을 向하고 울(올)나간다. 陰曆 二月日 初生달이 벌서…(「피눈물」)

『무정』의 서두는 이광수가 쓴 것으로 추정되는 국한문으로 표시했다. 항상 지식인을 위한 국한문으로 소설을 써온 이광수는 『무정』과 『개척자』를 쓸 무렵에도 이 자세를 변치 않았다. 「피눈물」도 그 연속선상에 있다.

다섯째, 마지막회인 11회에서 이광수다운 기교가 보인다. 공덕리의 공동묘지에서 정희와 윤섭의 묘를 파는 중로의 매장꾼 인부는 주변 모습에 감동하는 기색도 없이 이따금 호미를 쥔 팔로 땀을 씻고는 노래를 읊조리고, 작업이 끝나자 "아이고 허리야. 다 되엇습니다"라며 담뱃대에 담배를 담는다. 사회의 저변에서 사는 인부에게는 전국에 일어난 애국운동도 그 희생자도 상관이 없는 듯하다. 심각한 장면을 묘사하면서 곁에 전혀 다른 존재를 배치함으로써 그 심각함을 객관화하는 수법을 이광수는 자주 사용했다. 『무정』에서 영재의 몸값 천 원으로 번민하는 형식이 문득 천정을 쳐다보자 거기에는 인생에서 뭔가 연기라도 하듯 앞다리를 비비고 있는 파리가 있고,[25] 영채가 남긴 편지를 초조하게 기다리는 형식의 앞에는 낮잠에서 깬 얼룩 고양이가 배를 깔고 하품을 한다.[26] 여기서 그 역할을 담당하고 있는 것이 매장꾼이다. 「피눈물」의 마지막에 사회 하층민 인부가 등장하는 것은 상징적이다. 이광수는 곧 자기가 계몽해야 하는 대상은 지식인이 아니라 그와 같은 대중이라고 생각하기에 이른다.

---

25 이광수, 『무정』, 회동서관·홍문당서점, 1925, 114쪽.
26 위의 책, 215쪽

6. 마치며

「피눈물」을 발표한 이듬해는 이광수에게 시련의 해였다. 건강 상태는 악화하고 『독립신문』은 재정난으로 6월부터 휴간한다. 임시정부는 '외교론' '준비론' '혈전론' 사이에 의견이 통합되지 않고, 10월에 훈춘사건이 일어나자 다시 '주전론'과 '비전론'으로 의견이 분열한다. 이러한 정황 속에서 상하이에서 새로운 사상과 만나고, 3·1운동을 통해 대중이 가진 힘을 깨달은 이광수는 대중에게 눈을 돌리게 된다. 1921년 1월 『창조』에 발표한 문학론 「문사와 수양」에서 이광수는 문학이 '인민'에게 주는 정신적 영향의 심대함을 강조했는데, 이것은 그때까지 지식인을 위해 소설을 써온 이광수의 시야에 대중이 들어왔음을 의미한다. 『무정』이 한글 표기로 인해 대중 독자에게 받아들여진 사실의 의미를 이광수가 깨달은 것은 이때가 아니었을까.

대중을 계몽하기 위해서는 한글로 쓰지 않으면 안 된다. 그러나 그것만으로는 충분하지 않다. 「피눈물」의 마지막회에 등장하는 매장꾼 인부는 아마도 한글도 읽을 수 없었을 것이다. 그러한 사람에게도 누군가 읽어서 들려준다면 이해하고 감동할 수 있는 소설, 즉 "읽어주는 것만으로 알 수 있는" 문체가 필요한 것이다. 한자어를 사용하지 않고 순수 고유어만으로 쓰고 그 어휘의 리듬과 음운에 응하여 어순과 표현도 그때까지와 다른 새로운 문체,

1921년에 상하이에서 귀국한 이광수는 그러한 문체를 지향하여 「가실」을 쓰게 된다.[27] 그리하여 상하이판 『독립신문』에 연재된 「피눈물」은 「여학생 일기」와 더불어 이광수가 쓴 마지막 국한문 소설이 되었던 것이다.

---

27 김영민, 「한국 근대문체의 형성과정」, 『현대소설연구』 26, 2017 참조.

제2부
기타

제1장

김동인의 단편소설「감자」에 대하여

필자는 김동인의 단편과 중편 몇 편을 일본어로 번역하여 2011년 헤이본샤平凡社에서 조선근대문학선집 제5권『김동인 작품집』으로 간행한 일이 있다. 그 과정에서 그의 대표작인「감자」의 제목 '감자'의 의미를 조사하다가 김동인이 이 말을 '감자'가 아니라 '고구마'의 의미로 사용한 것을 밝힐 수 있었기에 이 사실을 간단히 보고하고자 한다.

필자는 처음 이 작품을 읽었을 때 주인공인 복녀가 '감자'와 동시에 배추도 훔치러 가고 있는 대목에서 갸우뚱했었다. 잘 알려져 있다시피 배추의 수확 시기는 10월이지만, 필자의 경험으로 감자의 수확 시기는 6월 무렵인 까닭이다. 이상하다고 생각했지만, 평양에서는 감자의 수확 시기가 일본과는 다를지도 모른다고 생각해서 깊이 따지지 않았다.

그러나 막상 번역하려 하자 이 문제를 해결해야만 했다.[1] 그래서 '감자'라는 말에 대해 조사해 본 결과, '감자甘藷'라는 말은 옛날에는 지방에 따라 감자나 고구마를 의미했던 사실을 알게 되었다. 이에 대해서는 오구라 신페이小倉進平의 『조선어 방언의 연구』에 상세히 나와 있다.[2] 그런데 이 책에는 평양에 관한 조사기록이 없어서, 김동인이 「감자」에서 어느 쪽을 지칭하려 했는지 알수 없었다.

곤란해 하고 있던 무렵, 토쿄외국어대학의 이토 히데토伊藤英人교수를 만난 자리에서 이 이야기를 했더니, 그것에 대해서는 토쿄외대의 초 쇼키치長璋吉 선생님이 이전에 어떤 책에서 쓰셨다고 가르쳐 주셨다. 1988년에 돌아가신 초 쇼키치 선생님은 필자의 은사이시기도 하다. 1975년 코마쇼린高麗書林에서 간행된『한국어대역총서(2) 김동인 단편집韓國語對譯叢書(2) 金東仁短篇集』의 대역소설「감자いも」에 선생님은 다음과 같은 주를 달고 계셨다.

주1. 감자甘藷, 여기서는 작자 자신이 강조하고 있는 대로(「국민문

---

1 참고로 과거 일본어로 번역된 「감자」의 제목을 몇 개 제시한다. 李壽昌訳, 「馬鈴薯」, 『文芸倶楽部』, 新潮社, 1928; 長璋吉訳, 「甘藷」, 『朝鮮短篇小説編』, 岩波文庫, 1984; 青山秀夫訳, 「さつまいも」, 『朝鮮短篇小説選集』, 大学書林, 1981; ONE KOREA 翻訳委員会編訳, 「甘藷(いも)」, 『そばの花の咲く頃』, 新幹社, 1995.
2 『朝鮮語方言の研究』下巻, 岩波書店, 1944. 이외의 참고서로는 藤井茂利, 『東アジア比較方言論-「甘藷」と「馬鈴薯」の名稱の流動』, 近代文藝社, 2002. 오구라의 저작과 최학근의 『한국방언사전』, 현문사, 1978을 참고한 저술이다.

학」지), 평안도 방언으로 '고구마'를 가리킨다. 본문에 나오는 수확 시기로 보아도 감자는 아니다.

『국민문학』몇 호인지 씌어 있지 않아서 복각본에서 찾아봤더니, 창간호에 김동인이 일본어로 쓴 평론 「조선문단과 내가 걸어온 길朝鮮文壇と私の歩んだ道」에서 다음과 같은 문장을 발견했다. 자신에 대한 카프 문인들의 태도를 김동인이 해학적으로 진술하고 있는 구절이다.

그리고 '동반자'를 구하기에 급급한 그들(카프 — 인용자)은 이 세상의 움직임도 알지 못한 채 초연하게 있는 나의 납득할 수 없는 완미함에 기막혀하거나, 혹은 내 작품 「サツマ芋(사쓰마이모=고구마)」(어떤 역자가 'ジャガ芋(자가이모=감자)'라고 한 것은 잘못이다) 등을 단순히 그 소설 주인공이 빈민이라는 점을 근거로 나를 '동반자'라고 일컬어 기뻐하거나

작자 자신이 '내 작품 「고구마」'라고 쓰고 있으니까 확실하다. 김동인 자란 곳에서는 '감자'라는 말이 '고구마'를 의미했고, 그러니까 중국인 왕서방에게 붙잡혔을 때 복녀의 바구니 속에 들어 있던 것은 감자가 아니라 고구마였던 것이다. 나는 제 번역의 제목을 「いも甘藷」로 짓기로 했다. 'いも(甘藷)'라는 말은 지방에 따

라서 고구마와 감자 둘 다를, '간쇼甘藷'라는 한자어는 고구마를 의미한다.

이러한 의미의 혼동은 김동인 당대에도 이미 있었던 것 같다.[3] 작품이 발표된 3년 후에 이 작품이 이수창李壽昌이라는 일물의 번역으로 일본 잡지 『분게이구라부文藝俱樂部』에 게재되었는데, 이때 제목은 「馬鈴薯(바레이쇼=감자)」였다.[4] 조사한 바에 따르면, 「자가이모ジャガ芋」라는 김동인의 작품이 일본 잡지에 게재된 예는 발견되지 않으므로, 김동인이 『국민문학』에서 '어떤 역자가 「자가이모ジャガ芋」라고 했다'고 문제삼은 것은 이 번역일 것이다. 그 4년 후 이광수는 일본 잡지 『카이조改造』에 발표한 「조선의 문학朝鮮の文學」에서 김동인을 조선 근대작가 중에서 '가장 우수한 수완을 가진 작가'라고 소개하면서, 김동인의 「마령서馬鈴薯」가 「신쵸新潮」에 번역 개제되었다고 쓰고 있는데, 조사한 결과 「마령서馬鈴薯」라는 소설이 『신쵸』에 실린 적이 없으므로 이것도 신쵸샤에서 간행된 『분게이구라부』에 개제된 이수창의 번역을 가리킨 것으로 보인다. 평안북도 출신인 이광수도 '감자'를 고구마가 아니라 그냥 감자로 받아들이고 있었던 것 같다.

---

3 「감자」가 발표된 것은 『조선문단』 1925년 1월호다.
4 김동인, 「馬鈴薯」, 『文藝俱樂部』, 新潮社, 1928년 10월호, 108~113쪽. 『改造』, 1932년 6월호, 208쪽. 이수창은 이광수의 『무정』을 일본어로 번역한 인물이다. 번역은 1929년에 『조선사상통신』이라는 재조선 일본인들을 위한 일간잡지에 연재되었다.

내가 일본으로 번역한 다른 작품 속에 '고구마'나 '감자'라는 말이 안 나오기 때문에[5] 김동인이 언제까지 '감자'를 '고구마'의 의미로 사용했는지 알 수 없었다. 그런데 이 원고를 읽은 한국 친구가 김동인이 일제말기에 「고구마」라는 제목의 수필을 썼다는 것을 알려주면서 그 사진까지 보내 주었다. 읽어보니 전쟁협력의 내용을 담고 있는 무미건조한 수필이었지만 김동인도 뒤에는 고구마를 표준어로 썼다는 사실을 알 수 있어서 흥미로웠다.[6]

1983년에 출판된 마당문고의 『배따라기』에 수록된 「감자」를 보면, 본문 가운데 일부러 「감자(고구마)」라고 괄호 안 설명이 붙어 있어 독자가 잘못 읽지 않도록 주의를 촉구하고 있다.[7] 김동인의 '감자'가 의미하는 바를 알고 있던 감수자는 혹시 지방출신자였을지도 모른다. 지금도 지방에 사는 나이든 사람 가운데는 '감자'를 고구마의 의미로 사용하고 있는 사람이 있다고 한다.

최근 근대문학작품을 읽기 어려워하는 젊은이들을 위해 주석과 삽화를 곁들인 책이 나오고 있다. 그런 책 하나에서 감자가 든 바구니를 가지고 있는 복녀의 모습이 그려져 있는 삽화를 보았다. 그래도 좋을지 의문이 든다.

---

5 참고로 『金東仁作品集』에 수록된 작품을 다음과 같다. 「배따라기」, 「笞刑」, 「눈을 겨우 뜰 때」, 「감자」, 「女人」, 「구두」, 「狂炎소나타」, 「雜草」, 「大同江의 惡夢」, 「狂畵師」, 「곰네」, 「反逆者」.

6 『방송지우』 1945년 1월호, 45~46쪽. 나에게 그 사진을 보내 주신 최주한 선생에게 이 자리를 빌려 감사의 뜻을 표한다.

7 『배따라기』(마당문고 021), 마당문고사, 1987(초판 1983), 162쪽.

제2장

허영숙 산원의 산파 타카하시 마사의 아들
칸야高橋幹也 씨와의 인터뷰

1. 경과

2013년 11월 17일 메이지학원대학에서 개최된 국제 심포지움 '이광수는 누구인가'에 참석하기 위해 이광수의 차녀인 이정화 박사가 일본에 왔을 때의 일이다. 토론자로서 참가했던 토호쿠대학東北大學의 마츠타니 모토카즈松下基和 씨가 이정화 박사에게 놀라운 이야기를 했다. 식민지시대에 효자정孝子町의 허영숙 산원産院 가까이에 살고 있던 산파産婆의 아들이 지금도 건재하여 이와테현岩手縣 키타카미시北上市에 살고 있다는 것이었다. 종교학이 전공인 마츠타니 씨는 식민지시대에 조선 반도에 살고 있던 기독교 신자를 조사하는 과정에서 타카하시 칸야 씨를 알게 되었다고 한다. 타카하시 씨의 집안은 그 무렵 이광수 집안과 온 가족이 교제했다고 한다. 타카하시 씨를 잘 기억하고 있던 이정화 박사는 이 이야기를 듣고 놀라서 마츠타니 씨의 휴대전화를 빌려 그 자리에서 타카하시 씨와 통화했다. 해방된 해로부터 68년 남짓만의 목소리를 통한 재회였다.

이 사실을 알게 된 필자는 타카하시 씨에게 직접 이야기를 듣고 싶다고 생각하고 타카하시 씨에게 인터뷰를 신청하여 흔쾌히 허락을 얻었다. 2014년 1월 11일 눈덮인 타카하시 씨의 자택에서 첫 번째 인터뷰를 하고, 그후 편지를 주고 받으며 여러 차례에 걸쳐 인터뷰 내용을 확인하고 보충했다. 그리고 5월 15일 마지막으로 두 번째 인터뷰를 했다. 타카하시 씨는 경성중학교의 졸업생들과 오랫동안『쵸류潮流』라는 동인지를 내고, 지금도 연2회 정도 간행하고 있다. 당시의 일을 잘 기억하고 있는 것은 이 잡지에 경성시절의 추억을 썼던 덕분이기도 할 것이다.

이하에서는 타카하시 칸야 씨의 연보에 맞춰 인터뷰의 내용을 정리하고, 각 시기에 대하여 필자의 질문과 타카하시 씨의 대답을 기록했다. 그리고 필자가 주석을 달았다.

1928년(昭和 3) 2월 22일

이와테현岩手縣 모리오카시盛岡市에서 태어났다. 부친인 타카하시 하루토키高橋春時는 소학교 교원이고, 모친 마사マサ는 산파産婆였다.

1932년(昭和 7) 달력나이로 5세

부모가 누이와 동생을 데리고 조선으로 건너갔다. 나는 병약해서
일본에 남아 숙부 댁에서 1년간 살았다.

1933년(昭和 8) 달력나이로 6세

다른 숙부를 따라 조선에 갔다. 집은 경성의 코시초孝子町에 있었다.
그후 한번 이사했지만, 역시 같은 효자정이었다. 부친과 모친, 4년 위
의 누이 케이코惠子, 나, 1년 아래 동생 소스케宗輔, 가족은 모두 5명이
었다.

1934년(昭和 9) 달력나이로 7세

종로소학교에 입학했다. 숙명여학교 뒤쪽에 있는 내지인의 소학교
로 남녀공학이었지만, 5학년과 6학년은 남녀 각각의 학급이었다. 학
급에는 항상 조선인 학생이 한두 명 있었다. 부친의 희망으로 특별히
이 학교에 들어온 양반 집안의 자식으로 항상 상위의 성적을 차지하
는 우수한 아이들이었다. 효자정에서 종로소학교까지는 멀었다. 걸
어서 30분 정도 걸렸는데, 누이 케이코와 함께 통학했다.

하타노   내지인 소학생과 조선인 소학생들 사이에 교류는 있었
         습니까?
타카하시 거의 없었습니다. 개인적으로도 집단끼리도 거의 교류

가 없었습니다만, 그래도 다툼은 있었습니다. 집단끼
리의 싸움이 되면 저쪽 편이 강했고, "발차기를 하니까
조심하자"고 우리 쪽이 두려워했습니다. 태권도라는
것이 그 무렵부터 아이들에게도 유행하고 있었습니다.

하타노   동네 근처에는 조선인 아이들도 있었을 텐데, 조선인
아이들과는 함께 놀았습니까?

타카하시   조선인 아이들은 많이 있었습니다. 그렇지만 함께 놀
지는 않았습니다.

하타노   종로소학교 학생들이 자주 놀러갔던 곳은 어디입니
까?

타카하시   종로소학교 때는 삼각산(북악산), 농장산(農場山, 사투리
로 노제야마)이라는 풀밭과 붉은 흙 투성이 운동장, 인왕
산, 도립 상업학교(현 경기상업고등학교)의 연못 스케이
트장 등등. 겨울에는 경회루의 스케이트장에 자주 갔
습니다.

1935년(昭和 10) 달력나이로 8세

모친인 마사マサ가 토쿄의 닛세키산원日赤産院에서 연수했다. 그 때
문에 1월 말부터 연말까지, 그러니까 소학교 1학년 3학기부터 2학년
겨울방학까지 1년 남짓 만주의 안산鞍山에 사는 숙모 댁에 맡겨졌다.[1]

---

1   타카하시 씨는 이 시기에 대한 추억을 소설화하여 동인지『초류(潮流)』22에

'세이케이센淸溪川'이라는 북에서 남서쪽으로 흐르는 개천이 있었고, 어디서나 내선인內鮮人이 이웃하여 살고 있었다. 지나인 마을은 있었지만, 일본인 마을, 조선인 마을이라는 구별은 없었던 것 같다. 어디서든 '이웃끼리'였다. 생활 속에서 조선인을 두렵다고 생각한 적은 한 번도 없었다. 다만 중국인은 두려웠던 기억이 있다. '보미루宝美樓'라는 중화요리점이 있어, 주방에서 주방장이 국수를 늘이고 있는 것을 친구들과 엿보고 있자면 주방장이 쫓아 나와서 무서웠다. 소학교 3, 4학년 때였다고 생각한다. 또 효자정의 중화요리점 '보화루宝華樓'에는 '산파 타카하시'라고 하면 전화 한 통으로 무엇이든 배달받을 수 있었다.

1938년(昭和 13) 달력나이로 11세

효자정에서 허영숙 선생의 산원이 문을 열어 산파였던 모친이 출입하기 시작했다. 산파는 임산부에게 문제가 있을 때 곧 연락할 수 있는 의사가 없어서는 안 되기 때문에 산부인과 의사와는 유대가 강했다.

서 26까지 「버들개지 뿌옇게 날리는 하늘(柳絮のかすむ空)」이라는 제목으로 연재했다. 저자는 이 작품을 읽고 타카하시 씨의 이력을 조회하여 같은 시기 허영숙이 마사와 같은 병원에서 연수한 것을 알게 되었다. 허영숙은 1935년 8월부터 닛세키병원에서 연수를 시작했다. 이광수는 이해 말 토쿄에 와서 가족과 함께 해를 넘기고, 1월 조선에 돌아와 곧 '허영숙 산원' 부지로서 효자동 175번지를 구입했다. 허영숙과 타카하시 마사는 조선에서 함께 와 있었던 점도 있고 해서 닛세키 병원에서 보낸 반년 사이에 친해졌을 것이다. 효자정의 토지를 고른 데는 마사가 관여했을 가능성이 높다. 그러나 타카하시 씨는 아직 어렸고, 이때 일본에 가지 않았기 때문에, 이 시기의 일은 알지 못했다.

모친과 허영숙 선생은 무척 친했다. 허 선생이 "내게도 이런 시절이 있었답니다"라고 말하며 앨범에서 꺼내 주었다는, 일본식으로 머리를 묶은 젊은 시절의 모습이 담긴 사진을 모친은 줄곧 갖고 있었다.[2] 그러나 내가 이광수 부부와 만난 것은 누이가 죽고 난 후의 일이다.

1941년(昭和 16) 달력나이로 14세

몸이 약했던 탓에 6학년을 2년만에 마치고 이해 3월 종로소학교를 졸업했고, 4월에 경성중학교에 입학했다. 경성중학교는 토쿄라면 부립府立 제1중학교에 해당하는 내지인 엘리트학교였지만, 역시 학급에서 한 두 명은 매우 우수한 조선인 학생이 있었다. 이해 12월 28일 누이 케이코惠子가 폐결핵으로 죽었다. 열여덟 살이었다.

하타노   내지인 중학생과 조선인 중학생의 관계는 어떠했습니까?

타카하시   중학생끼리도 소학생끼리와 마찬가지였습니다. 떨어져 있으면 '발차기', 가까이하면 '박치기'가 날아온다고 우리들은 항상 경계하여, 서로 노려보는 자리조차 만들지 않으려고 했습니다. 조선인이 다니는 중학교

---

2   이 사진은 저자가 맡았다가 2014년 3월 필라델피아에서 개최된 ASS학회에서 이정화 선생께 건네드렸다. 그밖에 도테라(褞袍, 솜을 넣은 잠옷)를 입고 게다(下駄)를 신은 이광수가 마당에서 담배를 피우고 있는 모습이 담긴 사진도 함께 건네드렸다.

는 많이 있었지만, 거의 잊었습니다. 다음의 세 학교
는 기억하고 있습니다. 휘문중학교, 중앙중학교, 배
재중학교, 그 외에 제1, 제2고등보통학교도 있었군
요. 전부 국어(일본어)로 교육했고, 배속 장교도 있어
서 교련 수업도 했던 듯합니다.

하타노　경성중학교의 학생들이 자주 놀러 갔던 곳은 어디입
　　　니까?

타카하시　경성중학시절은 공부에 쫓겨 무리지어 놀러가는 일
　　　은 없었습니다.

하타노　학교 수업에서 가장 기억나는 것은 무엇입니까?

타카하시　교련입니다.

하타노　영화는 보지 않았습니까?

타카하시　학교에서 금지하고 있었습니다만, 교복을 벗고 명치
　　　정明治町, 황금좌黃金座, 희락관喜樂館 등에 갔습니다.
　　　「전격 이중주電撃 二重奏」라는 스기 쿄지杉狂二라는 배
　　　우가 출연한 영화가 기억납니다.

하타노　죽은 누이 케이코 씨는 어느 학교에 다녔습니까?

타카하시　소학교 졸업 후 제1고등여학교 시험에 실패했는데, 마
　　　침 부친이 춘천의 소학교에 혼자 부임해 계셔서 춘천
　　　고등여학교에 들어가 기숙사생활을 했습니다. 그리고
　　　2학년부터 경성에 돌아와 제2고등여학교로 전학했지

만, 결핵에 걸려 입원을 반복하다가 죽었습니다.

1942년(昭和 17)~1943년(昭和 18) 달력나이로 15~16세

모친이 허영숙에게 딸의 일을 이야기했고, 허영숙은 그것을 이광수에게 이야기했을 것이다. 이광수가 케이코의 투병일기를 읽고 감동하여, 그 일기에 글을 덧붙여 써넣는 형식으로 케이코와 이광수의 공저로 책을 내기로 이야기가 되었다. 가족은 교정쇄를 읽으며 교정을 도왔다. 장례식 후 이렛날의 법회 때 이광수가 그 원고를 낭독해주었다. 그때까지 이광수를 본 일은 있었지만, 정식으로 만난 것은 그때가 처음이었다. 웬 일인지, 결국 이 책은 간행되지 않았다.

그후 온 가족이 함께 교류하기 시작했다. 우리 가족이 그쪽 집에 가거나, 그쪽에서 우리집에 와서 식사를 하거나 이야기를 나누거나 게임도 했다. 코린토 게임(파친코와 같은 종류), 트럼프 7장 늘어놓기, 군가를 부르며 엎어놓은 그릇을 돌리다가 노래가 끝날 때 앞에 그릇이 놓인 사람이 벌칙으로 노래 부르기 등등.

이광수의 차남 미츠아키光昭(이영근)는 조선인이 다니는 중학교에 다녔다. 경성 시내에 있는 중학교였는데, 어느 학교에 다녔는지는 모른다. 급우가 장난으로 난로의 굴뚝을 벌집으로 만들어 놓은 이야기를 하니, 그 녀석들, 그런 짓을 해서 어쩔 작정인가 하고 화를 냈던 일도 기억이 난다. 그는 항상 소리내어 영어 공부를 했고, 머리가 좋았다. 그런데 어째서 그런 중학교에 갔을까 하고 이상하게 생각했었다.[3]

하타노 　이영근 씨가 경성에 있는 중학교 입학에 실패하여 일단 시골 학교에 입학했고, 그리고 나서 경성에 있는 중학교로 전학하여 돌아온 일은 알고 있었습니까?

타카하시 　몰랐습니다. 그러고 보니, 가고 싶어서 간 학교는 아니라서 그렇게 욕설을 했던 것일까 하는 생각도 듭니다.

하타노 　누이도 춘천 고등여학교에 입학하여 2학년부터 경성이 제2고등여학교로 전학했다고요?

타카하시 　네. 부친이 잠시 춘천에 혼자 부임해 있었기 때문에 그곳에 있는 학교에 들어가 부친과 함께 지내고, 이듬해 서울로 돌아왔습니다.

하타노 　일단 시골 학교에 진학하고 나서 서울로 전학하는 방식은 입시에 실패했을 때 자주 통용되었습니까?

타카하시 　네. 자주 있는 일이었다고 생각합니다.

하타노 　이광수 집안의 아이들을 어떻게 불렀습니까?

타카하시 　테이카 쩅庭花ちゃん, 테이란 쩅庭蘭ちゃん, 미츠아키 상 光昭さん이라고 불렀습니다. 산원은 카야마산원香山産院이라고 불렀고, 허영숙 선생님은 카야마 센세香山先生,

---

3　이영근 씨의 수필 「이런 일 저런 일」(『그리운 아버님 춘원』, 우신사, 1993)에 의하면, 1943년 봄 입학시험에 실패한 이영근을 중학교에 진학시키기 위해 이광수가 자식을 강서(江西) 중학교에 입학시키고 함께 강서에서 살기 시작했다고 한다. 이광수의 일본어 소설 「카가와 교장(加川校長)」은 그 시절을 배경으로 하고 있다. 이광수 자신이 모델인 아버지는 병이 재발하여 서울로 돌아가고 자식은 서울의 중학교에 전학하는 것으로 되어 있다.

이광수 선생님은 리 센세李先生이라고 불렀습니다. 제 인상에는 창씨개명은 강제는 아니었습니다. 종로소학교에도 경성중학교에도 홍상, 심상, 최상이라는 급우가 있었고, 어떤 구애나 차별도 없었습니다.

하타노　정화는 '廷華'의 음독音讀이군요. 이정화 선생은 '카야마 미츠요香山光世'라고 창씨개명한 것으로 알고 있습니다만, 어째서 일본 이름이 아니고 그 이름을 사용했습니까?

타카하시　모릅니다. 모친이 '테이카 짱' '테이란 짱'이라고 불러서 저도 그렇게 불렀습니다.[4]

하타노　카야마 집안의 언어에 조선어 악센트는 없었습니까?

타카하시　있었다고는 생각됩니다만, 대체로 깔끔한 표준어였던 듯합니다. 이런 일화를 기억하고 있습니다. 카야마 선생(허영숙)이 모친에게 이야기한 것을 모친이 제게 들려준 이야기입니다. 카야마 선생이 외출하여 테이카 짱과 테이란 짱 둘이서 빈집을 지키고 있는데, 경찰인 듯한 사람 둘이 와서, 내용은 알지 못합니다

4　허영숙은 토쿄에 연수하러 갈 때 아이들 셋을 데리고 갔는데, 이영근 씨는 곧 소학교에 입학할 예정이라 이광수와 함께 귀국했다. 이 무렵 허영숙과 서로 알고 지냈던 타카하시 마사는 여자 아이의 이름을 일본식 발음으로 '테이카 짱' '테이란 짱'이라고 불렀을 것이다. 한편 이영근 씨의 이름을 부를 기회는 창씨개명 이후까지는 없었을 것으로 추정된다.

만, 여러 가지를 물었다고 합니다. 그때 카야마 선생이 돌아오자 아이들이 와하고 울며 품에 안겨서 일본어로 "엄마, 어디 갔었어" "왜 일찍 돌아오지 않았어" 하고 말했는데, 이 광경을 본 두 사람은 "응, 이것이 진짜다. 이광수는 진짜다"라고 말하는 것을 듣고, 카야마 선생이 울어 버렸다는 것이었습니다.

하타노 경성 사람들의 일본어는 표준어였는지 어땠는지 기억하고 있습니까?

타카하시 경성 사람들의 언어는 토호쿠東北 말, 큐슈九州 말 등이 뒤섞인 '방언의 도가니'였습니다. 제 양친은 말다툼을 하면 토호쿠 말을 썼습니다. 저는 중학교에 들어가고 나서 표준어를 썼습니다.

하타노 이광수가 도테라를 입고 게다를 신고 있는 사진은 자택의 마당에서 찍은 것입니까? 이광수는 자택에서 이 사진과 같은 차림을 하고 있었던 적이 있습니까?

타카하시 아마도 자택이었던 것 같습니다만, 잘 모르겠습니다. 저희들이 그쪽 집에 가면 서양식 복장으로 나왔습니다. 저희집에 초대되어 식사하러 오실 때는 한복 차림이었습니다.

1944년(昭和 19) 달력나이로 17세

이광수는 혼자 양주揚州 집에 틀어박혀 있었다. 이해 여름방학에 아우 소스케宗輔가 놀러가서 1주일 정도 지냈다. 거기서 좌선坐禪하는 방법을 배웠다는 이야기를 듣고, 부친은 이광수를 "고승高僧과 같은 분"이라고 말했다.

허영숙은 아이들에게는 독선적인 면모가 있었던 듯하고, 미츠아키光昭(이영근)는 모친에게 반항하게 되었다. 모친에게 이런 이야기를 들은 적이 있다. 하루는 영근이 자신과 충돌하여 집을 나갔다면서 허영숙이 뛰어들어 왔다. 둘이서 걱정한 끝에, 어쩌면 아버지에게 간 것이 아닐까라는 이야기가 나와서 전화로 연락을 했다. 그런데 전화를 받은 이광수가 기쁜 목소리로 "아아, 와 있지"라고 이야기하자, 허영숙이 씩씩거리며 노여워했다고 한다.

에피소드 1

모친이 허영숙에게 들은 이광수 부부의 젊은 시절의 '사랑 이야기'를 다른 아주머니에게 이야기하고 있는 것을 나도 곁에서 들어버린 일이 있다. 싸움이 났을 때 허영숙이 지나치게 시끄럽게 소란을 피워서 이광수가 도망나와 벽장 속에 틀어박혀 버렸다. 화가 난 허영숙이 거기까지 쫓아와 이광수를 억지로 끌어내려 하는 동안 왠지 모르게 분위가 좋아지고 말았다는 이야기로, 이 이야기를 들으면서 그런가, 두 사람은 연애 결혼인가 하고 생각했다.

에피소드 2

『경성일보』(우리집에서 구독한 것은 이『경성일보』였지만, 혹은 이따금 읽고 있던『오사카 마이니치大阪每日』였을 가능성도 있다)에 파리를 해치우자는 캠페인 기사를 읽었는데, 거기에 이광수의 이름이 있었다. 저 유명한 작가도「파리(蠅)」라는 소설로 파리의 박멸을 호소하고 있다고 씌어 있어서, 리 선생은 신문에 오르내릴 정도로 유명한 작가로구나라고 생각하고 기뻤다. 집에는 이광수의『사랑』이라는 책이 있었던 것을 기억한다.

에피소드 3

홍청자洪淸子 씨라는 조선영화사朝映의 아름다운 여배우가 산원에 셋방살이를 하고 있어, 자주 허영숙과 충돌을 일으키고는 모친에게 울며 뛰어들어 왔다. 그녀는 나중에 아이가 생겨 그 아이를 안고 찾아오곤 해서 함께 놀아주었다. 사정은 잘 모르지만, 정말 예쁜 사람이었다. 지금도 나는 그녀의 사진을 갖고 있다. 이치카와 엔노스케市川猿之助, (1888~1963 가부키 배우)의 양녀였다고도 들었다.[5]

---

5 그후 와타나베 나오키(渡辺直紀) 씨와 구인모 씨의 도움으로 홍청자에 대해 알 수 있었다. 그 무렵 조선악극단에 있었고「조선해협(朝鮮海峽)」(1943)과 「병정님(兵隊さん)」(1944) 등의 영화에도 출연했다.

1945년(昭和 20) 달력나이로 18세

3월 본래는 5년제 졸업인 것을 '학기단축學期短縮'으로 4년만에 경성중학교를 졸업하고, 4월 경성의학전문학교에 진학했다. 집안끼리의 축하 모임에는 이광수도 와 주었다.

7월 총검훈련 도중 졸도하고, 폐결핵이 발병하여 경성의전병원에 입원했다. 이 무렵 어른들은 모이기만 하면 이대로 질 거라고 걱정하면서 이야기했지만, 젊고 진지한 우리 학생들은 그런 말을 입에 올리는 것은 비국민非國民이라고 생각했다.

8월 15일 아침 라디오에서 중대 발표가 있다고 알렸고, 낮에 라디오를 듣고 패전한 것을 알았다. 오후 동급생들이 와 주었고, 경성 시내가 소란스러워지고 있는 것을 알았다.

8월 16일 개성 소학교에 혼자 부임해 있던 부친이 경성에 돌아와서 병원으로 나를 데리러 왔다. 이미 인력거도 택시도 사용할 수 없었고, 부친에게 의지하여 집까지 걸어왔다.

나는 곧 허영숙 산원의 병실에 입원하여 진찰을 받고 투약 처방까지 받았다. 이윽고 가족도 집에서 내쫓겨 산원으로 옮겨왔다. 가족 모두가 허영숙 선생의 신세를 지게 되었던 것이다.

허영숙 선생은 기가 셌는데, 기억하는 일이 한 가지 있다. 병실에 누워 있자니, 어떤 남자와 허 선생이 언쟁하는 소리가 들렸다. 이윽고 선생이 찰싹하고 상대의 뺨을 때리는 소리가 들리더니, 남자가 쾅하고 문을 닫고 나갔다. 대단하다고 생각했다.

11월 가족이 일본으로 되돌아왔다. 덮개 있는 화물차의 긴 열차 가운데 1칸만 환자용 객차였고, 나는 거기에 탔다. 허영숙 선생은 그곳까지 따라와서 헤어질 때 소리높여 울었다. 열차는 중도에 몇 번이나 멈췄고, 부산까지 하룻밤이 걸렸다. 열차가 고장났다고 하고는 승무원이 수리 비용을 걷으러 와서, 그때마다 일본인들에게 돈을 빼앗아 갔다. 부산 부두에서 또 며칠인가 기다렸다. 환자인 나와 병간하는 모친은 다른 환자와 함께 사무소 건물에 수용되었지만, 다른 사람들은 부두에 앉아 있거나 자거나 하면서 기다렸다. 해산기가 있는 여인이 있어, 산파인 모친이 사무소까지 불러들여 아이를 받아준 사건도 있었다.

1945년 귀국 후 현재까지

하카하타항博多港에 도착한 후 시마네현島根의 친척집에서 1개월 정양하고, 이와테현岩手縣의 외갓집으로 돌아갔다. 그후 국립요양소에서 3년 동안, 집에서 4년 동안 요양했다. 본래라면 경성의전에서 일본의 의학전문학교로 편입학이 허용되었을 테지만, 그 사이 의학의 길은 단념하지 않을 수 없었다. 그후 스트렙토마이신과 파스(PAS, 결핵 치료제) 치료를 받아 결핵은 완치되었지만, 그 사이 스토마이의 부작용으로 왼쪽 귀가 잘 들리지 않게 되었다.

완치 후 타마가와대학玉川大學에 입학하여 농예화학을 전공하고, 고등학교에서 생물·화학 교사의 길을 걸었다. 1962년(昭和 37) 4월

기쿠치 가즈코菊池和子와 결혼하여 2남 1녀를 두었다. 술을 가까이 하

지 않아서 86세인 지금도 건강하게 생활하고 있다.

『潮流』13(2007)에 실린 다카하시 칸야의 회상기

타카하시 칸야

『有情』을 손에 들고

이광수, 일본에서 그 이름이 일반 사람들 기억에서 사라진 지 이미 오래다. 그런데 그의 작품이 이 시대에 일본에서 출판되리라 고 누가 생각했으랴. 나는 뜻밖에도『有情』(1983년 고려서림간)을 손에 들었을 때 40년 만에 이 선생의 온화스러운 얼굴에 접한 것 같은 기쁨과 흥분을 느꼈다. 1940년경 서울, 그 무렵 서울은 지금 과는 달리 조용한 모습의 아름다운 거리였다. 그리고 여름에서 가 을에 이르는 맑고 푸른 하늘은 이를 데 없이 아름다웠다. 그 하늘 의 북녘에 서울의 수호신처럼 솟아있는 북악산, 그 기슭에 효자동 이라는 동리가 있었다. 거기가 내가 이 선생과 만난 땅이었다.

'이광수 선생과 허영숙 선생' 그 이름을 회상할 때 사무쳐 올라 오는 것 같은 그리움과 함께 온갖 생각이 왕래해서 가슴이 뜨거워 지는 것을 느낀다. 거기에는 時空을 넘은 영혼과 영혼의 교류가 있는 것처럼 느껴지고 그것은 또한 나에게 있어서 드높은 이광수

---

* 타카하시 칸야 씨가 경성중학의 동창생들과 내고 있던 동인잡지『초류(潮流)』 제13호(2005)에 게재되었다. 10년 전 지명관에게 의뢰 받아 지명관이 주재 한 계간지『역사비판』제8호(1989)에 기고했던 글이다. 여기서는『역사비 판』에 실린 글을 그대로 싣는다.

문학에 대한 부름처럼 느껴진다. 『유정』의 최석과 남정임은 이 세상에서는 결합될 수 없었지만 영혼의 세계에서는 반드시 연결됐겠지. 나도 이런 상념에 잠겼을 때 두 선생과 영혼의 세계에서 교류할 수 있는 것을 다행하게 생각한다.

참 『유정』에 그려진 사랑은 왜 그다지도 처절하고 아름다운 것일까. 그 전편에 흐르는 맑은 시정과 완고하다고 할 만한 스토이시즘, 이처럼 거센 정념이 이처럼 냉철하게 승화해가는 사랑의 표현이 어디 달리 있었을까. 그것은 바로 그 나라 사람들의 격정성과 유교에 뿌리를 내리고 있는 윤리관이 자아내는 독특한 민족성을 표출한 민족문학 그 자체였던 것이 아니었을까. 나중에 친일파로 지탄을 받은 이광수의 도리어 가장 배일적非日的 민족성을 미의 극치까지 응집해 보여준 작품, 『유정』에는 그런 일면이 있는 것 같이 생각된다. 일본어판 『유정』에는 나에게 있어서 또 하나의 감동할 측면이 있었다. 그것은 이 넓은 세상 한 구석에 한국도 아닌데 일본에서 이광수 문학에 뜻을 가지고 그 번역에 노력한 여러 사람들 즉 지명관 선생을 비롯한 '칠인회七人會'가 있다는 것을 처음 안 것이었다. 이광수 문학은 살아 있었다. 『유정』에서 시작해서 「가실」, 『사랑』, 「무명」 같은 명작이 금후 이들의 진력으로 계속 일본에서 소개될 것을 마음으로부터 기대해 마지않는다. 이름도 없는 시정의 독자의 한 사람인 이 사람이 이광수 문학과 이광수 허영숙 부부를 그리워하기 때문이 이 추억의 기록을 본지에 기

고할 수 있는 영광을 가지게 된 것을 다행하게 생각한다. 이하 생
각나는 대로 그 무렵에 있어서의 두 분의 모습을 소개해 보고자
한다.

어느 술좌석의 날에

「황군皇軍은 전쟁터에 있고 나는 술취한다……인가」라고 술좌
석이 한창일 때 이 선생은 은근히 자조적인 말투로 이렇게 독백을
하셨다. 그 얼굴을 술취한 눈으로 바라보더니 한 사람이 큰 소리
로 말했다. 「뭘 그래요, 선생. 오늘은 칸야幹也군(필자)의 합격 축
하회 아니요. 그런 것 잊어버리고 자 마셔요, 마셔요, 건배」 그때
까지 선생은 단정하게 앉아서 잔을 기울이고 있었으나 점점 흩어
지기 시작한 좌석 속에서 이 긴박한 전시하에 이렇게 마시고 떠들
어도 되는가고 자계自戒 섞인 말투로 푸념을 하셨던 것이었다.
1945년 4월 나는 경성중학에서 경성의전에 진학하였다.(경성이라
고 쓰는 것을 용서해 주기 바란다) 이미 물자가 부족한 시절이었지만
어머니가 여러 자기 쫓아다녀서 안주를 마련하고 담임선생과 친
지들을 불러서 간단한 자리를 마련했던 것이었다. 「자, 의사가 될
녀석. 어때, 한 잔 하지 그래. 오늘은 괜찮지. 축하해」 이렇게 떠들
면서 어른들이 계속 잔을 준다. 쩔쩔매면서 아버지 얼굴을 슬금슬
금 바라보면서 대여섯 잔 받았는데 열일곱 살 어린 몸에 상당히
알콜이 돌고 있었다. 그때 슬그머니 내 팔을 잡아서 자기 등 뒤로

나를 이동시켜 옆방으로 밀어낸 것이 이 선생이었다. 좀더 마셔보고 싶다는 내 약한 흥분된 장난기를 조용하지만 엄연한 몸짓으로 제어하시는 데 나는 견디지 못하고 자리에서 물러나고 말았다. 그것은 무언의 책망이었다.

이광수 선생과는 가족까지 깊이 사귀고 있었다. 그 당시 산파였던 내 어머니는 가까운 곳에서 개업하고 있는 산부인과의 허영숙 선생과 직업상으로도 가까이 지내고 있었다. 그 허영숙 선생의 부군이 이광수 선생이었다. 허 선생은 일본여자의전 출신의 여의사였지만 또한 취미에 있어서 훌륭한 음악가이기도 했다. 나는 선생에게서 올갠을 배웠다. 그 후에 음악교사를 할 수 있게 된 것도 그 덕분이다.

이 선생은 당시 이미 많은 작품으로 알려진 문학자였을 텐데, 소년인 나에게는 그렇게 위대한 분으로는 보이지 않고 언제나 「산원産院의 이 선생」에 불과하였다. 산원에는 세 사람의 친구가 있었다. 나와 동연배의 광소(光昭, 둘째 아들 영근의 창씨명 - 편자) 씨가 제일 위고 그 밑에 정란 양, 정화 양 두 여동생이 있었다. 광소 씨는 명랑하고 재기가 넘치는 수재형의 사람이고 언제나 방에서는 영어 독본을 낭독하는 소리가 들려왔다. 정란 양은 전쟁이 끝날 무렵에 5학년이고 정화 양은 1학년이었다. 두 사람이 다 귀여운 아이였다.

허 선생이 파아티를 즐기신 분이었을 것이다. 우리는 계절 따라 여러 가지 구실로 초대를 받아 산원의 온돌에서 호화스러운 회식에 참여하였다. 산원의 어두컴컴한 낭하 한 구석에 언제나 석고 裸像이 희게 드러나 있는 것이 인상적이었다. 저명한 예술가의 작품이라는 것이었다. 그런 파아티에는 이 선생은 나타나시기를 그다지 좋아하지 않았지만 부인께서 끌어내다시피하여 자리를 함께 하셨다.

식사가 끝나면 모두가 삥 둘러앉아 한 사람씩 장끼를 피로하였다. 옛날에는 사실은 음악가가 되고 싶었다는 허 선생이 먼저 시작하여 아름다운 쏘프라노로 그 지방 민요 같은 것을 들려주었다. 이 선생은 굵직한 목소리로 「거리 서북쪽 와세다의 숲에…」하고 모교의 응원가 등을 불렀다. 그 다음에 너는 하고 지명을 받아 나는 경성중학의 교가나 군가를 불렀다. 정화 양은 애틋하게 동요를 불렀다. 그러고는 모두가 박수를 칠 때 얼굴이 빛나던 것이 귀여웠다. 정란 양은 부끄러워하면서 「황성 옛터의 달」 같은 노래를 하였다. 노래가 끝나면 언제나 허 선생에게 달려들어 얼굴을 숨겼다. 그런 때에 긴 머리가 하늘하늘 어깨에 떨어지는 것이 매우 아름답고 귀여웠다. 그 무렵 나는 차차 어른이 되고 있었기 때문에 정란 양이 점점 아름다워지고 있는 것을 의식하게 되었었다.

그것을 갚는다는 것이었을까. 이 선생 가족을 우리 집에 초대한 것도 몇 번인가 있었다. 그런 때에는 이 선생만은 반드시 바지저고리에 두루마기라는 한식 복장으로 오셨다. 일본 가옥 방에 한

복이 풍기는 특이한 무드에 우리들은 손님을 맞이한 기쁨을 충분히 느낄 수 있었다. 또한 거기에 드높게 민족의 궁지를 견지하고 계시는 이 선생의 모습 같은 것을 어린 마음에도 느낄 수 있었다.

가버린 누나와 공저

내게는 누나 한 분이 있었다. 글을 쓰기를 좋아하는 문학소녀였으나 이 선생의 지우를 얻기 전에 이미 폐결핵으로 18세의 생애를 끝마쳤다. 그런데 그녀가 병상에서 쓴 방대한 유고가 있어서 어느 때인가 그것이 이 선생의 눈에 띄었다. 뜻밖에도 좋은 평가를 받았다. 선생은 이미 저 세상에 간 그녀를 무척 사랑해서 그녀와 의리의 부녀 관계를 맺어주셨다. 그리하여 여러 데다 「아직 만나지 못한 아버지로부터」라는 대화 식의 삽입구를 넣어서 그것들을 한 권의 책으로 만들어 주셨다. 선생과 누나의 공저라는 형식이었다. 우리들은 그 조판 교정을 몇 번이나 도와드렸다. 그러나 그것은 인쇄 직전에 종전 소란이 일어나 교정지대로 남아 그만 세상에 나와 햇볕을 보지 못하고 말았다. 따라서 그것은 선생의 연보 어디에도 들어가 있지 않다. 이 선생은 우리에게 세뱃돈을 주실 때 언제나 세 개의 조그만 주머니를 준비하셨다. 두 개를 나와 동생에게, 그리고 나머지 하나는 「케이코惠子 양에게 아직 만나지 못한 아버지로부터」라고 겉봉에 써서 누나 제단에 놓아주셨다.

언제나 보아도 미소를 띠우시는 온화한 그리고 어른들의 말에 의하면 정말 깊이가 있는 고승과도 같은 분이었다. 나는 아직 어려서 선생의 문학에 접할 기회는 가지지 못했지만 선생이 주신 몇 권의 저서 속에서 좀 두꺼운 한 권의 책에 『사랑』이라고 책등에 써있던 것을 기억하고 있다. 그리고 어른들이 문학론을 전개하면서 "이 선생의 『사랑』은 그런 것이 아니라 좀더 깊은 커다란 사랑이야……"라는 둥 말하는 것을 듣고 나도 언젠가 그것을 읽어보고 싶다고 생각했었다.

종전 그리고 작별하고 나서

종전과 더불어 서울은 소란의 거리로 변했다. 지도층의 일본인에게는 물론 지금까지 친일파였던 여러 한국 사람들에게도 심한 단죄의 봉화가 일어났다. 선생은 그 표적으로서 가장 중요한 인물이었다. 선생은 난을 피하는 것처럼 시골에 은둔하고는 다시 서울에 되돌아오지 않았다. 우리에게 있어서도 그것이 선생과의 마지막 작별이었다. 시골에서는 「내 생각은 변하지 않아」라고 하시면서 매일 단정하게 앉으셔서 붓으로 같은 글자를 몇 백번씩이나 쓰면서 상념에 잠기고 계신다고 허 선생에게서 전해 들었을 뿐이었다.

그 땅과의 깊은 인연을 끊고 그해 세모에 우리는 륙색 하나로 일본에 되돌아 왔다. 코가 얼 것 같이 몹시 추운 날이었다. 용산역의 혼잡 속에 허영숙 선생이 전송하러 오셨다. 몇 주일 전부터

우리 가족은 집을 잃어버리고 난민처럼 선생의 산원에 들어가 있었다. 거기다가 나는 폐결핵 환자가 돼 있어서 산원의 한 방을 내 전용 병실로 내주었다. 전문 외지만 선생이 진찰해주시고 약도 주셨다.

그처럼 선생은 마치 멀리 추방당해 가는 친척이라도 비호해 주는 듯 무엇이든 모든 것을 헌신적으로 돌봐 주셨다. 일본인 일가를 숨겨두는 것으로써 일어날 수 있는 유형무형의 불이익을 충분히 각오하시고 하시는 일이었다. 한쪽에서는 가장 사랑하는 부군의 안부를 염려하면서 또 한편에서는 자신들의 앞날에 대한 불안 등으로 선생은 초췌한 모습이었다. 그 선생을 그대로 남겨둔 채 떠나야 하는 우리들의 입장도 괴롭고 슬픈 것이었다. 떠나게 될 때「그럼……」하고는 울음을 터뜨리고 쓸쓸하게 사라져간 허영숙 선생의 모습을 나는 영원히 잊을 수가 없다.

이 선생은 동란 때 북으로 납치되고 난 다음에 그 행방이 묘연한 채 알 길이 없다고 한다. 처형된 것인지, 병사하신 것인지…. 생각하면 생각할수록 마음이 아프다.

허영숙 선생과는 20년의 성상을 지난 다음, 이상한 인연으로 개미길 같은 한 줄의 길이 틔어 한 번만 편지를 교환할 수 있었다. 그것은 정말 기적적인 해후였다. 그것은 내 외우 연세대 의과대학 徐廷三 교수의 도움에 의한 것이었다. 1969년 일이었지만 선생은 바로 그때에 또 커다란 재난을 겪은 직후였다.

"칸야 씨! 주신 편지 감사하게 읽었습니다. 편지를 받은 때가 바로 내가 재난을 겪고 있을 때이기 때문에 곧 회답을 드리지 못했습니다. 지난 7일 내가 거처하는 아파트에 화재가 났습니다. 그래서 헬리콥터로 병원에 입원하여 14일에 표기한 집으로 왔습니다. 물질적 육체적 손해보다도 정신적 충격이 커서 지금도 제정신이 아닌 것 같습니다.

칸야 씨의 정성어린 편지 몇 번이고 몇 번이고 읽는 동안에 눈물이 나와 편지를 적시고 말았습니다. 20년 전 용산역에서의 그 비극적인 작별. 두 번 다시 이 세상에서 만날 수 없으리라고 생각한 칸야 씨가 두 어린이의 아버지로서 내 앞에(내가 사진을 보냈기 때문에) 나타나리라고는, 경이와 환희의 심경 이 붓으로는 다할 수가 없습니다. 더욱 이 잃어버린 일본어, 병중의 약한 나로서는 이 마음에 서린 정을 어떻게 표현해야 할지 모르겠습니다.

칸야 씨 감사합니다. 당신은 재생하셨습니다. 당신의 인격이 당신을 재생시킨 것입니다. 그때 효자동 12호실에 계셨던 당신은 젊었었지요. 아니 젊다기보다는 어렸었지요. 그래도 늠름하고 침범할 수 없는 인격이 언제나 번뜩이고 있었습니다. 내게 대해서는 화재를 만났지만 몸에 상처는 없고 물질적 손해도 없고 건강해서 이렇게 편지를 쓸 정도이니 안심해 주십시오. 나는 금년에 73세, 4년 전에 미국에 가서 3년간 광소와 함께 살다가 왔습니다. 광소는 지금 40세. 존스·홉킨스대학 물리학 부교수로 애 다섯, 광혜(光惠, 장녀 정란의 창씨명 – 편자) 아이 둘, 광세(光世, 장녀 정화의 창씨명 – 편자) 아이 셋, 미국에 우리 가족이 16명 살고 있습니다. 춘원은 남북전쟁 때 납북되어 지금까지 소식불명. 대체로 이런 상태입니다. 칸야 씨의 양친께서 건재하시다니 뭣보다 기쁩니다. 동생도 아버지가 되셨다고요. 모든 것이 꿈만 같습니다. 그럼 안녕히 계십시오. 또 쓰지요."

선생은 그후 얼마 되지 않아 다시 광소 씨 댁에 맞이되어 미국에 이주하여 가신 다음에는 또 소식 불명이 되고 말았다. 저 귀엽고 아름다웠던 정란 양, 정화 양도 미국에 정주하고 있는 듯한데역시 소식 불명이다. 모두 안녕하기를 다만 빌 수밖에 없다. 한국근대문학의 선구자로서 부동의 위치를 가지면서도 일본과의 불행한 관계 때문에 문호 이광수에게 대한 칭찬과 시비는 지금도 복잡하다고 듣고 있다. 불운한 분이었다. 그렇지만 소년기의 나의인간 형성에 바로 직접적으로 깊은 관련이 있었던 '산원의 이광수 선생과 허영숙 선생' 그 혼백은 언제나 살아서 여기에 있는 것같은 생각이 든다. 그리고 내 영혼이 있는 한 언제까지라도 계속함께 있어 주시리라고 생각한다.(일본 岩手縣黑澤尻南高校 교사)

제3장

셰춘무謝春木의 일본어 창작*

「그녀는 어디로」(1922)에서 「유리 너머로 본 남조선」(1924)까지

1. 타이완 최초의 근대소설

꽤 오래 전 일인데, 타이완의 국립정치대학에서 한국문학을 가르치고 있는 최말순 교수에게서 타이완 최초의 근대소설은 유학생이 일본어로 쓴 작품이라는 이야기를 듣고 깜짝 놀랐다. 한국에서 최초의 근대소설『무정』을 쓴 이광수도 유학 당시 최초의 소설을 일본어로 썼기 때문이다. 조사해 본바 그것은 셰춘무라는 인물로, 토쿄 유학 중이던 1922년 「그녀는 어디로彼女は何處へ」라는 소설을 발표하고 2년 뒤 「시를 흉내냄詩の眞似する」라는 타이완에서 최초의 근대시로 간주되는 작품을 발표했는데, 그후 문학에서 멀어지고 말았다는 사실을 알았다. 왜 그는 일본어로 소설과 시를

---

* 본 연구는 일본학술진흥회의 과학연구(C)16K02605 연구 성과의 일환이다.

썼고, 그 후 창작을 그만뒀을까. 그 경위를 고찰한 것이 본고이다.

본고를 쓰기 위해 주로 일본어 자료에 의존했는데, 다행히 셰춘무의 생애를 상세히 조사한 허이린何義麟의 토쿄대학 석사논문이 있어서 인물상을 파악할 수 있었다.[1] 타이완문학의 언어 사정과 일본어 교육에 대해서는 천페이펑陳培豊의 저작이,[2] 1920년대 전반기 타이완의 문학 상황에 대해서는 류하이엔劉海燕의 박사논문이 도움이 되었다.[3] 예스타오葉石濤의 『타이완문학사강』,[4] 펑레이진彭瑞金의 『타이완 신문학운동 40년』,[5] 천팡밍陳芳明의 『타이완문학사』[6] 등 주요한 문학사가 일본어로 번역되어 있는 외에, 일본인 연구자에 의한 『타이완 근현대문학사』[7]를 비롯하여 연구논문과 저작이 다수 나와 있어서 일본에서의 한국문학 연구 현황을 생각하면 부러울 정도다.

펑레이진은 『타이완 신문학운동 40년』에서 「그녀는 어디로」를 "타이완 신문학 창작에 선편을 쥐었"[8]던 작품이라고 평가하고, 설

---

1 何義麟, 『臺灣知識人における植民地解放と祖國復歸－謝南光の人物とその思想を中心として』, 東京大學 總合文化研究所 國際關係專攻 修士論文, 1993.

2 陳培豊, 『日本統治の植民地漢文－臺灣における漢文の境界と想像』, 三元社, 2012, 『'同化'の同床異夢－日本統治下臺灣の國語教育史再考』, 三元社, 2010.

3 劉海燕, 『臺灣新文學運動の初期的展開－1920年代 植民地知識人青年の近代探索』, 名古屋大學 大學院 國際言語文化研究科 多元文化專攻 博士學位論文, 2012.

4 葉石濤, 『臺灣文學史綱』, 中島利郎·澤井律之 譯, 研文出版, 2000.

5 彭瑞金, 『臺灣新文學運動 40年』, 中島利郎·澤井律之 譯, 東方書店, 2005.

6 陳芳明, 『臺灣新文學史上下』, 下村作次郎·野間信幸·三木直大·垂水千惠·池上貞子 譯, 東方書店, 2015.

7 中島利郎·河原功·下村作次郎 編, 『臺灣近現代文學史』, 研文出版, 2014.

령 일본어로 씌어졌다 해도 이 소설은 "타이완 신문학을 상징하는 작품이자 대표작인 것에는 변함없다. 왜냐하면 이 작품이 내포하는 정신이 신문학의 이론적 개혁 이전이었음에도 불구하고 문화 개혁과 신문학 건설의 길을 걷고 있었기 때문"[9]이라고 쓰고 있다. 필자는 우선 종주국의 언어로 씌어진 작품을 자국의 문학사에 받아들이는 사실에 놀랐다. 한국의 문학사는 일본어로 쓰인 소설에 대해서는 거의 언급하지 않는다.[10] 여기에는 근대문학이 등장했을 때 이미 서사문자書寫文字를 가지고 있던 한국과 서사문자가 없는 말을 일상어로 삼았던 타이완 간의 차이가 반영되어 있는 듯하다. 민난어閩南語와 커지아어客家語 그리고 원주민족의 말에 더하여 외성인外省人의 언어라는 복잡한 언어 사정 위에 성립된 타이완문학은 다양성에 대한 관용이 숙명일 지도 모른다. 최근 한문소설「무시무시한 침묵可怕的沈黙」이 발굴되어 이것을 최초의 근대소설로 간주하는 설이 있지만,[11] 천팡밍은『타이완 신문학사』에서 이 작

---

8 彭瑞金, 『臺灣新文學運動 40年』, 13쪽.

9 위의 책, 14쪽.

10 이광수가 중학 재학 중이던 1909년에 교지 『시로가네학보(白金學報)』에 투고한 「사랑인가(愛か)」는 1971년 오무라 마스오(大村益夫)에 의해 발굴되었다. 그러나 1989년에 간행된 조동일의 『한국문학통사』(지식산업사)를 비롯하여 한국의 문학사는 이를 언급하지 않는다. 마찬가지로 1940년대의 일본어 창작에 대해서도 최근까지 '암흑기'의 문학이라 하여 연구대상에 포함되지 않았다.

11 陳万益, 「于無聲處聽驚雷 — 析論 臺灣小說 第一編「可怕的沈黙」」, 『于無聲處聽驚雷 — 臺灣文學論集』, 臺南市立文化中心, 1996, 119~142쪽. 천완이(陳万益)에 의하면, 1991년 간행된 『光復前臺灣文學全集』을 편찬한 장항하오(張恆豪)는

품은 오히려 수필 문체에 속한다고 하여「무시무시한 침묵」은 타이완문학 최초의 수필이고 최초의 소설은「그녀는 어디로」, 최초의 시는「시를 흉내냄」이라고 쓰고 있다.[12]

본고에서는 토쿄시절 셰춘무의 일본어 창작활동을 고찰한다. 구체적으로는 1922년에 씌어진「그녀는 어디로」, 1923년의 논설「마에카와 여학교 교장의 소론을 읽음前川女學校長の所論を讀む」, 1924년에 발표된「시를 흉내냄」과 기행문「유리 너머로 본 남조선硝子越に見た南朝鮮」을 검토하고, 그가 문학에서 멀어진 이유를 생각하고자 한다.

2. 토쿄 유학

셰춘무가 태어난 것은 타이완이 일본의 식민지가 되고 나서 7년 후인 1902년이다. 타이완 타이중주臺中州 베이더우군北斗郡 샤산마을沙山庄(현재 彰化縣 芳苑鄉)에서 지주의 넷째 아들로 태어났고, 네 살 때 부친을 여의었다.[13] 서당에서 전통적인 교육을 받은 뒤

셰춘무의「그녀는 어디로」와「시를 모방함」을 "기념비적인 최초의 창작"이라고 했지만, 그것은 당시 발굴된 작품에 한정되었기 때문이라고 해서 그 후 발굴된 1921년 4월『臺灣文化叢書』제1호에 게재된「무시무시한 침묵」을 타이완 최초의 소설로 간주했다. 단 저자가 읽기로는「무시무시한 침묵」은 소설이라기보다 정치문답이나 콩트에 가깝게 보인다.

12 陳芳明,『臺灣新文學史上』, 65~66쪽.

이림공학교二林公學校(공학교는 당시 한국의 보통학교에 해당한다)에 입학했고, 1917년에 타이베이臺北의 국어학교(2년 뒤 사범학교로 개칭)에 합격했다. 이 사범학교 시절에 그는 항일의식을 갖게 된다.[14] 동급생으로 '죽마지우'이기도 한 시인 왕바이위엔王白淵이 1931년 모리오카盛岡에서 일본어시집 『가시밭길棘の道』를 냈을 때 그 서문에 춘무는 이렇게 썼다. "타이완에서 타이완인 교육의 목표는 일본에 동화하는 데 있으며, 일본인을 숭배케 하고 지나인을 ××케 하기 위해서 있었다. 공학교까지는 확실히 성공했다. 공학교를 다닌 우리들은 철저한 일본 숭배자였다. 그러나 현실 사회에 나온 우리들은 그 관념이 엉터리라는 것을 깨닫지 않으면 안 되었다."[15]

사범학교 시절의 자신은 "우울 벌레에 씌어 있었다"[16]고 춘무는 회상한다. 아마도 그는 우울한 문학소년이었고, 일본어 문학

---

13 셰춘무의 생애에 대해서는 앞서 언급한 허이린의 석사논문과 「臺灣知識人の對日觀－謝南光と王白淵を中心として」(『淡江史學』, 淡江大學 歷史學系発行, 1999), 柳春琴, 『荊棘之道－臺灣旅日青年的文學活動與文化抗爭』臺北: 聯經出版社業股份有限公司, 2016(초판 2009), pp.25~49 및 木下一郎, 「謝南光(春木)氏の足跡(稿)」(謝南光, 『復刻板 臺灣人は斯く觀る・臺灣人の要求・日本主義的沒落』付祿, 龍溪書舍, 1974)를 참고했다. 셰춘무의 출생지는 柳春琴, 위의 책, 27쪽.

14 何義麟, 앞의 글, 11쪽.

15 謝春木, 「序文」, 王白淵, 『棘の道』, 盛岡: 久保庄書店, 1931. 단 저자가 본 것은 『臺灣詩集』, 日本統治期臺灣文學集成』18, 錄蔭書房, 2008(초판 2003), p.10. 인용문은 모두 현대 표기로 한다.

16 위의 글, 9쪽.

작품을 탐독하면서 습작도 시작했었을 것이다. 그렇지 않으면 유학한 지 겨우 1년만에 「그녀는 어디로」와 같은 일본어 소설을 쓸수는 없었을 것이다. 1921년에 사범학교를 수석으로 졸업하고 총독부의 장학금을 받아 토쿄고등사범학교에 유학한 그는 이듬해 22년 쭈이펑追風이라는 필명으로 「그녀는 어디로」[17]를 『타이완臺灣』 일문란에 발표한다. 이 잡지는 1920년에 토쿄의 유학생들이 창립한 신민회新民會의 월간 기관지 『타이완청년臺灣靑年』를 개칭한 것으로 '일문란'과 '한문란'이 있었다. 타이완에서는 금서였음에도 불구하고 타이베이사범학교에 매호 수십 부씩 들어왔고 학생들이 회람하고 있었다고 세춘무는 회상한다.[18]

3. 「그녀는 어디로—번민하는 젊은 자매에게」

「그녀는 어디로」는 1922년 7월부터 10월까지 4회에 걸쳐 『타이완』에 연재되었다. 다섯 장으로 구성되어 있는데, 제1회 연재때 두 장, 그 뒤로는 한 장씩 게재되었다. 부제는 '번민하는 젊은 자매에게'이지만, 여성뿐만 아니라 타이완의 구식 결혼제도로 번

---

17 追風, 「彼女は何處へ」, 『臺灣』 第3年 第4号—7号, 1922.7~10. 이하 『臺灣』, 『臺灣民報』, 『フォルモサ』, 東方文化書局 復刻本.

18 謝春木, 『臺灣人の要求—民衆黨の發展過程を通じて』, 臺灣新民報社, 1931, pp.14~25(龍溪書舍 復刻本).

민하는 모든 젊은이들을 향해 씌어진 계몽소설이다.

제1장 '기다려지는 배 들어오는 날'에서 주인공인 여학생 귀화桂花는 약혼자 칭펑清風이 여름방학으로 토쿄에서 돌아올 것을 생각하고 한껏 행복에 부풀어 있다. 20세의 작자가 처음 쓴 소설 탓인지 그녀가 중매결혼에 이른 경과와 부친이 등장하지 않는 부자연한 가정환경에 대한 설명이 빠져 있고,[19] 일본문 회화도 좀 어색하다. 그러나 도착한 전보를 곧 건네지 않고 딸을 애태우는 모친의 행위를 "노인의 젊은이에 대한 부러운 마음도 얼마간 한몫하고 있다"고 설명하는 등 심리묘사는 훌륭하다. 전보는 귀화의 사촌인 차오디草地에게서 온 것으로, 칭펑과 함께 지룽항基隆港에 도착한다는 알림이었다. 두 사람을 맞으러 나간 귀화는 배 위의 칭펑과 차오디의 뒤에 양산을 들고 선 여학생이 마음에 걸리지만, '걱정스런' 마음을 부정하고 재회의 기쁨에 빠진다.

제2장 '청수清水에 지나가는 돛 그림자'에서는 배 위에 있던 여성 아롄阿蓮과 칭펑이 서양식 건축물이 있는 천변의 정수장 '수원지水源池'에서 데이트하면서 토쿄에서의 만남을 추억한다. 두 사람이 로렐라이의 이야기를 하고 있을 때, 단강淡江에서 돌아온 듯

---

19 류하이엔(劉海燕)은 부친이 등장하지 않는 것은 가부장제의 현실적 압력을 강하게 의식한 셰춘무가 충돌을 회피한 결과이자 이 소설의 결함이라고 간주하고 있다(劉海燕, 앞의 논문, 24쪽). 또 나카지마 토시로(中島利郎)는 『台湾近現代文学史』, 研文出版, 2014에서 이 소설의 후반부는 계몽성이 강하고 "문학적 묘사라기보다 정치적인 '프로파간다'의 외침에 빠지고 있다"(42쪽)고 쓰고 있다.

한 차오디와 '번민하는 모습'의 귀화가 탄 배가 지나가는 황혼 장면은 아름답다. 칭펑은 이 날 함께 단강에 놀러가자는 권유를 거절했던 것이다. 귀화를 동정하는 아레는 엉겁결에 자신들의 사랑을 단념하자고 하지만, 칭펑은 그래도 사랑은 사라지지 않으며 어차피 귀화는 괴로워하게 될 테니 장래를 위해 이 사랑을 관철시키자고 격려한다.

제3장 '되돌아오는 반지'의 전반부는 차오디와 귀화 모친과의 대화 장면이다. 약혼 전에 칭펑의 마음을 확인했느냐는 차오디의 질문에 답이 궁하여 점차 불안에 빠져드는 모친의 심리는 잘 묘사되어 있다. 그러나 칭펑에게는 이미 연인이 있고 귀화와의 약혼은 금년 정월에야 알려진 사실을 안 모친이, "중매쟁이"와 "칭펑 집안의 전제專制"에 대한 "분노로 쓰러질 듯하게" 되어서도 "묘하게 칭펑을 원망하는 마음은 일어나지 않았다"고 서술하고 있는 대목은 자못 계몽적이어서 어느 연구자는 "기계적이기조차 하다"고 평가하고 있을 정도다.[20] 이 장 후반부에서 차오디는 칭펑의 문제를 자기의 '걱정거리'로 꾸며 이야기하고 귀화의 입에서 그런 혼담은 거절해야 한다는 말을 나오게 하는 데 성공하지만, 실제로 칭펑의 편지를 읽고 사실을 안 귀화는 쓰러지고 만다.

제4장 '병 아닌 병'에서 귀화는 자기가 겪는 비극의 근원이 타

---

20 張文薫, 「日本統治期臺灣文學における'女性'イメージの機能性」, 『日本臺灣學會報』第7号, 2005, 93쪽.

이완의 '사회제도'와 '중매제도', '가족 전제專制'에 있음을 깨닫고 더 이상 희생자를 내지 않도록 토쿄 유학을 결심한다. 그리고 제5장 '떠나는 배'에서 토쿄로 향하는 배 안에서 부모가 결정한 결혼을 피하여 유학 중인 연인의 곁으로 향하는 여성과 만나 함께 타이완 여성을 위해 일할 것을 맹세한다. 4개월 후, 귀화의 약혼 파기 스캔들과 그것을 반박하는 칭평의 편지가 실린 신문기사를 모친이 보내온다. 그러나 이미 '한층 커다란 문제'의 해결을 지향하고 있는 귀화에게 그것은 '사소한 일'에 지나지 않았다. 꿈꾸는 평범한 여성이었던 귀화는 부쩍 성장했던 것이다.

「그녀는 어디로」라는 소설은 3가지 요소를 갖고 있다. 첫째, 결혼제도의 개혁을 호소하는 계몽소설이라는 요소다. 둘째, 근대적 연애소설이라는 요소다. 그러나 심리묘사의 문학적 테크닉은 일정한 수준에 달하고 있지만 근대적인 연애소설에 달하지 못했다. 인습에서도 사랑은 생길 수 있다. 그런데 칭평을 "미래의 남편으로 깊이 가슴에 새겨"버린 귀화가 그를 잃은 절망에서 헤어나오는 내면의 갈등은 모친과의 대화를 통해 표면적으로 묘사될 뿐이다. 이 대목인 연재 제3회가 부자연스럽게 짧은 것은[21] 귀화의 내면적 고뇌를 묘사할 능력이 작자에게는 부족했던 탓일지도 모른다.

셋째, 식민지 지배에 반항할 의사표명이라는 요소다. 모친이 보내온 신문 기사를 보고 "그저 미소지을 뿐"인 귀화의 심리를 세

---

21 연재 쪽수는 다음과 같다. 제1회 7쪽, 제2회 8쪽, 제3회 3쪽, 제4회 6쪽.

춘무는 "그런 사소한 일은 지금 그녀의 관심사가 아니다. 그녀의 머릿속에는 이제 한층 커다란 문제가 해결을 기다리고 있다"고 쓰는데, 결혼제도의 폐해가 '사소한 일'이라면 '커다란 일'은 무엇인가. 바로 식민지 지배의 문제였을 것이다. 일본에 와서 유학생 단체의 활동 속에서 항일의식을 첨예화한 셰춘무는 「그녀는 어디로」의 마지막 대목에 이를 반영시켰던 것이다. 그러나 이 정치의식은 그가 끝내 연애를 그리지 않고 문학에서 멀어져가는 이후의 궤도를 예고하는 것이기도 했다.[22]

그런데 「그녀는 어디로」가 씌어지고 나서 11년 후, 타이완 최초의 순일본어 문예지 『포르모사フォルモサ』 창간호에 실린 오티엔 상吳天賞의 「롱龍」[23]이라는 소설은 셰춘무가 쓸 수 없었던 부분을 이어받은 작품이라고도 볼 수 있다. 부친이 결정한 결혼을 거부하는 롱을 찾아가 아무래도 결혼을 단념할 수 없다고 호소하는 약혼자는 인습과 용해되어버린 사랑에서 빠져나올 수 없는 귀화이기도 하다. 결혼할 수 없다면 죽을 것이라는 그녀를 방치할 수 없는 롱은 식을 올리지만, 한 달 후 두 사람의 시신이 해안에 떠오른다. 이 소설은 타이완에서 인습적인 결혼이 그 후에도 오랫동안 변하지 않았다는 사실과 함께 10년 동안에 타이완 신문학이 도달한 지점을 엿보게 해준다.

---

22 이에 대해서는 하타노 세츠코, 「동아시아 근대문학과 일본어 소설」, 『일본어라는 이향』, 소명출판, 2019, 281쪽 참조.
23 吳天賞, 「龍」, 『フォルモサ』 創刊號, 1933.7.15.

4. 논설 「마에카와 여학교 교장의 소론을 읽음」

이듬해 셰춘무는 『타이완』에 한문논설과 일문논설을 발표했
다. 「내가 이해하는 인격주의자我所了解的人格主義者」[24]는 그의 철
학적인 사고방식이 잘 드러나 있는 한문논설이다.[25] 한편 「마에카
와 여학교 교장의 소론을 읽음前川女學校長の所論を讀む」[26]은 약관
21세의 고등사범학교 학생이 타이완의 여자고등보통학교 교장
의 민족 차별적 언사에 대해 조리 정연하게 반박한 논설로서 주
목된다.[27]

문명 정도가 높은 일본인이 문명 정도가 낮은 타이완인을 지도
하여 동일 수준으로 끌어올려 주어야 한다는 마에카와의 주장에
춘무는 그렇다면 타이완이 일본을 따라잡은 뒤 추월해도 좋은 것
인가하고 날카롭게 질문한다. 따라잡는 속도로 가면 당연히 추월
하게 될 텐데, 마에카와는 그런 것은 상정하지 않고 선천적으로
우수한 일본인이 항상 앞설 것을 전제하고 있다고 춘무는 지적하

---

24 謝春木, 「我所了解的人格主義者」(上)(中)(下), 『臺灣』 第4年 2号~4号, 1923.
　　2~4.
25 '인격주의'의 정의는 아베 지로(阿部次郎)의 같은 제목의 저서에서 취한 것이
　　고, (上)만 읽으면 마치 철학논문인 듯하다. 그러나 (中)에서 춘무는 인격주의
　　를 의회청원운동과 결부짓고 이 운동의 목적은 "인격 향상의 기회의 자유"이
　　며, '자유'란 법치국가에서 법이 허용되는 범위 내에서의 인격 향상 활동의 자
　　유라고 언급하고 있다. 『臺灣』, 第4年 第3号, 10쪽.
26 謝春木, 「前川女學校長の所論を讀む」, 『臺灣』, 第4年 第3号, 1923.3.
27 이 논쟁에 대해서는 陳培豊, 『'同化'の同床異夢』, 三元社, 2010, 242~244쪽
　　참고.

고, 자신들이 요구하는 것은 무한히 발전할 자유라고 쓴다. 또 타
이완인은 이해력이 결핍되어 있다는 주장에 대해서는 타이완인
이 일본어로 배우는 것은 외국어로 강의를 듣는 셈이며, '동일한
표준'에 의거하지 않은 비교는 성립되지 않는다고 반박한다. 논
지가 명쾌한 이 논설에는 나중에 저널리스트가 되는 그의 소질이
잘 드러나 있다.

다음달인 1923년 4월 『타이완』의 한문란을 독립시켜 '간편한
한문'으로 씌여진 반월간지(10월부터 旬刊지, 이듬해 6월부터 週刊지)
『타이완민보臺灣民報』가 창간되었다.[28] 타이완인의 매체가 두 개
가 되면서[29] 『타이완』의 '한문란'이 사라졌다.[30] 9월에 칸토關東
대진재가 일어나자 『타이완』은 일시적으로 『타이완민보』에 합류
하고[31] 12월에 셰춘무는 쭈이펑追風의 이름으로 「몇 가지 회화幾つ
かの會話(一)」를 일본어로 실었다.[32] 이듬해 4월 『타이완』은 "정치,

---

28 慈舟(林呈祿), 「創刊詞」, 『臺灣民報』第1号, 1923.
29 『臺灣』, 第4年 第3号 82쪽의 편집후기에 의하면, 두 매체의 역할분담은 다음과
    같다. "본사는 이번 사운(社運)의 진전과 시세의 요구에 응하여 본지의 한문란
    을 독립시키고자 한다. 그 전제로서 오는 4월 부랴부랴 별도 광고한 바와 같이
    『타이완민보』반월간 신보를 창간할 예정이다. 그리고 본지는 5월호부터 일본
    문과 한문을 혼합 편집하고, 한문은 특히 중요한 시사 · 학술에 관한 장편논문
    의 게재 외에는 가능한 한 민보에 넘기는 것으로 한다. 『타이완』과 『타이완민
    보』두 매체를 맞들어 우리 타이완의 문화계발의 사명을 다하고자 한다."
30 '한문란'이 사라진 후 얼마 동안은 한문작품을 매달 두 편 정도 싣고 있다.
31 1924년 4월 『타이완』을 복간하면서 게재한 「타이완 잡지사 삼가 아룀臺灣雜
    誌社謹白」에 의하면, 진재震災로 부득이 휴간할 수밖에 없어서 "일본문을 민보
    에 병합한다"고 되어 있다.
32 追風, 「幾つかの會話(一)」第14号, 1923.12.21. 전반부는 '국민교육'에 대한

경제, 사상, 여성문제, 문예에 관한 재료를 망라하는 방침"을 세운 본격적인 일어 전용잡지로서 복간 제1호를 간행했다.[33] 그러나 다음달에 복간 제2호를 냈다가 그대로 폐간해버렸다. 이유는 분명치 않다.[34]

셰춘무는 복간 제1호에 「시를 흉내냄」, 복간 제2호에 기행문 「유리 너머로 본 남조선」을 발표했다. 단 제2호에는 「보내지 않은 편지出さなかった手紙」라는 문장력과 구성력이 상당한 소설이 실려 있고, 작자인 'SB生'은 '春木(shun-boku)'일 가능성이 높다. 이에 대해서는 나중에 언급할 것이다.

신랄한 풍자이고 후반부가 연애론인데 유감스럽게도 중도에 끝나고 있다. (二)는 게재되지 않은 듯하다.

33 각주 31의 「타이완 잡지사 삼가 아룀(臺灣雜誌社謹白)」 참조. 이 글에 언급되어 있는 대로 복간된 잡지에서는 여성문제와 문예에 대해 의욕적으로 다루어졌고, 이 잡지가 계속 간행되었다면 타이완 신문학은 다른 국면으로 나아갔을 가능성조차 느끼게 한다. 류하이엔(劉海燕)의 「타이완 신문학 초기의 발전과 그 궤적에 관한 일고찰(臺灣新文學初期の發展とその軌跡に關する一考察)」(『多元文化』第8号, 2008)은 『타이완』지의 문학 관계 문장의 분석을 통해 신문학 초기의 궤적을 분석한 흥미로운 논문이지만 이 방침에는 주목하지 않았다.

34 편집후기에도 아무 말이 없다. 류하이옌은 위 논문에서 편집자의 역량 부족과 자금 부족 탓은 아니었을까 추측하고 있고(p.108), 앞에 언급한 박사논문에서는 『차오지아 회상록(肇嘉回想錄)』의 기술을 토대로 칸토 대진재와 치경사건(治警事件)이 이유였다고 언급한다(64쪽).

5. 「시를 흉내냄」과 「유리 너머로 본 남조선」

「시를 흉내냄」은 '번왕蕃王을 찬미함', '석탄을 칭송함', '사랑
은 성장한다', '꽃 피기 전'이라는 네 편의 짧은 시로 되어 있다.
말미에 적힌 창작 날짜에 의하면 1년 전인 1923년 5월 22일에
씌어진 것이다. 시인 천치엔우陳千武는 이들 시를 "타이완 신시新詩
의 원형"이라고 평가하고 있다.[35] '석탄을 칭송함'이라는 시를 소
개한다.

깊은 산 깊숙이

땅 속에서 오래도록

지열地熱을 수만 년이나 견딘

네 몸뚱이는 새카맣다

검어지면 차갑고

벌게지면 뜨겁고

타올라서는 백금도 녹이는

너는 아무 것도 남길 생각이 없다

백금도 녹이는 열을 내면 깊숙이 감추고 냉정하게 붓을 움직이

---

35 柳春琴, 『荊棘之道－臺灣旅日靑年的文學活動與文化抗爭』, 31쪽. 桓夫(陳千武),
「光復前新詩的特性」, 『自立晚報』 副刊, 1982.2.21.(저자는 보지 못했다.)

는 작자를 연상케 하는 시이다.

기행문 「유리 너머로 본 남조선」은 1924년 5월 『타이완』 마지막호에 게재되었다. "신학기가 시작된 지 얼마 되지 않아"라든가 "이제 20일 쯤이면 (벚꽃이-인용자) 만개한다고 한다"는 언급으로 보아 세춘무가 조선을 방문한 것은 이해 4월 초였다고 추측된다.

부산에서 하선한 세춘무는 어젯밤 승선할 때 세관稅關 관리와 형사에게 혹심한 대응을 받은 것을 떠올리고 "우리가 타이완에 돌아가는 것과는 꽤 사정이 다르다"고 쓰고 있다. 같은 무렵에 씌어진 염상섭의 소설 「만세전萬歲前」[36]에는 1918년 겨울 귀성하는 조선인 유학생이 배에 오를 때 받는 수속의 번거로움이 묘사되어 있는데, 타이완과 비교해서 조선의 연락선에서는 경찰의 태도가 꽤 달랐던 듯하다. 조선인 학생으로 간주되어 집요하게 질문을 받은 세춘무는 일부러 대만인인 것을 숨기고 형사를 우롱한다. 그리고 "나는 그것을 한 장의 희극으로 만들어 버렸지만, 조선인 여러분에게는 몹시 성가신 일일 것"이라고 동정한 후, "그러나 여러분은 그만큼 인정받고 있는 것이니 오히려 자랑해도 좋을 것"이라며 경찰의 태도는 강렬한 항일의식의 반영이라고 하여 조선인에게 경의를 표한다.

대구의 첫 번째 인상은 "뜻밖에 적적한 곳"이었다. 빈약한 건물

---

36 염상섭의 「만세전」은 1922년 '묘지'라는 제목으로 월간지 『신생활』에 연재되었는데 검열로 중단되고, 1924년 '만세전'으로 고쳐진 제목으로 『시대일보』에 연재되었다.

을 보면서 "이왕조李王朝의 실정失政"을 떠올린 그는 그러나 곳곳에 있는 조선인 경영의 잡지사(잡지의 선전을 보았거나 서점의 잘못일 것이다)를 보고 "우리 타이완과 사정이 다르다"고 생각한다. 1919년 3·1운동 후『조선일보』와『동아일보』등의 민족지와 잡지가 속속 창간되었던 조선에 비해,『타이완청년』이 창간된 지 3년,『타이완민보』가 창간된 지 1년이 된 당시도 타이완인의 매체는 타이완 본토에서의 간행이 허용되지 않았다. 덧붙이자면『타이완민보』가 본토에서 간행된 것은 3년 후이며, 일간지가 된 것은 8년 후인 1932년의 일이다.

공원에서 긴 흰옷자락을 바람에 날리며 긴 삿갓을 뒤집어쓰고 평화롭게 거닐고 있는 조선인들을 보고 "일본인을 몹시 두려워하게 만들었다고는 도무지 생각할 수 없다"고 쓰고 있는 것은 '만세'의 외침으로 일본을 뒤흔든 3·1운동과 전년에 있었던 칸토 대진재 당시의 조선인 학살을 염두에 둔 것이었으리라. 그들의 느긋한 모습을 보면서 춘무는 "곰방대를 들게 하기보다 식칼을 들게 해보고 싶다"고 생각한다. 섬뜩한 듯한 이 표현에 그의 항일의식과 문학적 상상력이 배어나온다.

경성에서는 공사 중인 조선신사, 남대문, 덕수궁, 경복궁, 파고다공원, 남산공원, 창경원을 둘러보고, 이왕李王 전하의 처소인 창덕궁에서는 문을 지키는 경관에게 안을 보게 해달라고 부탁하다 거절당한다. 무엇을 보든 타이완과 비교하고 싶어지는 듯, 멋진

아스팔트 도로를 보았을 때는 "경성의 도로는 타이베이보다 나을 지언정 못하지 않다. 전차도 다니고 있다"고 쓰고 있다. 대구에서는 교회탑이 많은 것을 보고 "기독교 세력은 우리 타이완에 비하면 큰 차이가 있다"고 썼고, 경성에서는 한층 커다란 가람伽藍이 솟아 있는 것을 보고는 "그로써 외인外人의 세력이 꽤 큰 것을 알았다"고 썼다. 경성 다음에는 인천에 가서 석양이 지는 월미도를 산보하면서 여정旅情에 잠기지만, 밤차로 부산에 돌아온 것을 보면 꽤 서두른 여행이었던 듯하다.

"우리 베이터우北投와 타이베이臺北와 같은 관계"에 해당한다고 쓴 부산의 동래 온천에서 피로를 푼 그는, 마지막장인 '동래 소식'에서 총독부의 통계를 인용하면서 조선의 교육에 대해 정리한다. 이번 여행의 주 목적은 학교 시찰이라서 그는 각지에서 '학교 순례'를 했던 것이다. 조선의 교육조직은 타이완과는 전혀 달랐는데, 특히 그가 놀란 것은 조선인과 일본인의 학교가 따로 있는 점이었다. 타이완에서는 일찍부터 '닛타이공학日臺共學'을 요구해온 사정이 있고, 2년 전의 교육령 개정(1922)에서 간신히 조건부로 인정된 참이었다.[37] 그런데 조선에서는 일본인과 같은 학교에서 배우는 것이 오히려 기피되고 있는 것을 춘무는 이때 깨달았던 듯하다. 이 문제의식에서 이듬해에 그는 『타이완민보』에 「공학의 내용共學之內容」이라는 논설을 쓰고, 공학이라는 미명하에 타이완

---

37 陳培豊, 『'同化'の同床異夢』, 172~184쪽.

인 학생이 오히려 일본인 학생에게 배울 장소를 빼앗기고 있는 상황을 비판하게 된다. 또 대구와 경성에서 그가 주목한 교회의 세력은 미션계 학교를 통해 조선의 교육에 깊이 관여하고 있었지만,[38] 그의 분석은 거기까지는 미치지 못했다.[39]

그런데 왜 그는 기행문의 제목을 '유리 너머로 본 남조선'이라고 했던 것일까. 본문에는 기차의 창 너머로 본 풍경은 묘사되어 있지 않다. 서두른 여행인 탓에, 또 말이 통하지 않아서 생각처럼 조선을 알 수 없었던 점을 말한 것일까. 그보다도 타이완과 마찬가지로 일본의 식민지인 조선을 보며 생각한 바는 많은데 검열 때문에 그대로 쓸 수 없는 원통함을 이 제목에 담은 건 아니었을까 싶다.

6. 문학과의 결별

소설, 시, 논설, 기행문이라는 여러 장르로 다채로운 재능을 발휘했던 셰춘무는 1924년 5월에 간행된 『타이완』을 마지막으로 소설도 시도 쓰지 않았다. 그가 문학에서 멀어진 데는 몇 가지 이유를 생각할 수 있다.

---

38 위의 책, 119쪽.
39 또 이 기행문에서는 천도교 기관지 『개벽』을 여성잡지로 착각하는 등 부정확한 부분도 있다.

첫째 『타이완』이 폐간되므로 일본어 작품을 발표할 지면이 사라져버렸다.

둘째 이 해에 일어난 신구문학논쟁과 관계가 있다고 보인다. 앞서 언급한 것처럼, 『타이완민보』는 『타이완』의 한문란을 독립시키고 '간편한 한문'을 표방하여 창간된 매체이다. 이 1924년 베이징에 유학 중이던 장워쥔張我軍이 백화문白話文으로 쓸 것을 주장하는 논설을 『타이완민보』에 보내어 신구문학논쟁이 시작되었다. 그는 이해 10월 타이베이로 돌아와 『타이완민보』 타이베이 지국의 기자가 되고,[40] 이 지면에 논설을 발표하는 한편 루쉰魯迅과 궈모뤄郭末若 등 중국 신문학 작가의 작품을 잇달아 옮겨 실었다.[41] 이리하여 1926년 1월에는 뢰호어賴和의 「투쟁열鬪鬧熱」과 양원핑楊雲萍의 「광림光臨」이 『타이완민보』에 발표되고, 다수의 백화문 소설이 잇달아 실리게 된다.[42] 토쿄에서 『타이완민보』의 편집을 맡았던 셰춘무는[43] 이러한 상황 속에서 일본어 창작을 계속하는 것이 어떤 의미가 있는지 의문을 갖고 창작 의욕을 잃은 것이 아니었을까.

---

40 中島利郎, 「日本統治下の臺灣新文學と魯迅－その受容の槪觀」, 『臺灣新文學と魯迅』, 東方書店, 1997, 59쪽.

41 "타이완 문학사에서 1925년은 장워쥔이 대활약한 해이고, 중국 신문학이 가장 적극적으로 도입된 한 해였다." 劉海燕, 앞의 글, 147쪽.

42 中島利郎·河原功·下村作次郎 編, 『臺灣近現代文學史』, 第2章 '賴和とその仲間たち' 참조.

43 셰춘무는 1923년에 일어난 치경사건(治警事件)으로 투옥된 린청루(林呈祿)의 뒤를 이어 1925년 3월부터 귀국하게 되는 11월까지 『타이완민보』의 편집인으로 활동했다. 木下一郎, 「謝南光(春木)氏の足跡(稿)」 참고.

세춘무는 나중에 상하이와 충칭重慶에서 항일활동을 했고, 전후戰後에는 최종적으로 중화인민공화국을 선택한 이른바 '조국파祖國派'이다.[44] 그런 그가 타이완의 문학은 일본어가 아니라 중국의 백화문으로 씌어져야 한다고 생각했을 것은 상상하기 어렵지 않다. 그러나 베이징에서 생활한 적이 없는 그에게 백화문으로 창작하는 것은 간단한 일이 아니었다. 일본어를 통해 문학에 눈뜬 그는 자연스럽게 일본어로 「그녀는 어디로」를 썼다. 그의 모어는 서사書寫할 수단이 없는 민난어이고 한편 백화로 서사할 수 있는 베이징 말은 그의 언어가 아니었다. 일본어로 쓰고 싶지 않고 백화문으로는 쓸 수 없는 그는 창작에서 멀어질 수밖에 없었을 것이다.

그런데 세춘무가 창작에서 멀어진 세 번째, 그리고 결정적이고 실제적인 이유는 타이완의 절박한 정치상황이었다. 그는 1923년부터 여름방학이면 유학생의 '문화연설단'에 참가하여 타이완 각지를 돌며 타이완어와 일본어로 계몽활동을 벌였다.[45] 허이린何義麟은 이 활동을 통해 춘무가 저널리스트로서 항일활동의 자세를 다졌다고 보고 있다.[46] 1925년 봄 고등사범학교를 졸업하고 같은 학교의 고등연구과에 진학한 세춘무는 이해 5월 『타이완』 복간

---

44 何義麟, 『臺灣知識人における植民地解放と祖國復歸』, 第2章, 第3章 참조.
45 『臺灣』第3年 第8号의 「문화강연일기」에는 타이완어와 일본어 어느 언어로 연설했는지 적혀 있다. 허이린의 앞의 논문에 의하면, 1926년에는 하카어(客家語)로도 했다고 한다(p.15).
46 何義麟, 앞의 글, 16~17쪽.

제2호를 내고 7월에 연설단을 이끌고 타이완을 다녀갔다. 이 무렵 타이완에서는 농민운동이 고조되었고, 춘무의 생가 근처 이림 二林에서도 이해 여름 제당회사의 횡포에 대해 자농조합蔗農組合이 결성되었다. 10월에 조합과 경찰이 충돌한 이림사건이 일어나 지인과 친척이 체포되자,[47] 그는 구명활동을 위해 퇴학하고『타이완민보』타이베이 지국으로 전근하여 타이완으로 돌아온다.

이후 셰춘무는 사회운동과 항일의 길을 걷게 된다. 그리고 그의 일본어는 기사, 논설, 중국 기행문, 이윽고 대륙에서의 항일활동, 전후에는 일본과 중국의 우호를 위해 사용되기에 이른다.

---

47 위의 글, 17쪽.

제4장

이광수의 한글 창작과 3·1운동[*]

1. 시작하며

1909년 11월, 메이지학원 중학 5학년이었던 이광수는 이토 히로부미 암살사건에서 받은 충격 속에서 「옥중호걸」이라는 산문시를 썼다. 안중근을 이미지화한 것으로 생각되는 옥중의 호랑이를 향해 노예가 되느니 우리를 들이받고 죽으라고 외치는 내용으로, 이것이 활자화된 그의 최초의 시이다.[1] 조국이 처한 독립의 위기 앞에 분출한 민족의식이 해방을 추구하는 근대적 자아와 결부되어 문학으로 승화했던 것이다. 이광수에게는 민족과 문학이 처음부터 뗄 수 없는 형태로 결부되어 있었다. 본고에서는 이를

---

[*] 본 연구는 일본학술진흥회의 과학연구(C)16K02605 연구 성과의 일환이다.
[1] 孤舟生, 「옥중호걸」, 『대한흥학보』, 1910.1. 1925년 3월 『조선문단』에 실은 중학시절의 일기에 의하면, 「옥중호걸」은 1909년 11월 24일에 씌어졌다.

염두에 두고 3·1운동을 계기로 이광수가 어떤 변모를 이뤘는지, 민족주의와 문학행위의 두 측면에서 고찰한다.

제2절에서는 국한문 시대에 글쓰기를 시작한 이광수가 국문(한글)에 의한 창작을 목표로 문장 수련을 쌓고 1917년에 지식인 소설 『무정』을 한글로 연재하는 과정을 서술한다. 다음의 제3절에서는 1919년의 2·8 선언서에 담긴 이광수의 민족적 경력을 고찰하고, 제4절에서는 이광수가 망명처인 상하이에서 3·1운동을 계기로 대중을 계몽의 대상으로 인식하는 과정을 살핀다. 그리고 제5절에서 귀국한 이광수가 대중을 위해 한글 문체를 창출하여 「가실」을 쓰고, 그 후에도 항상 대중을 위한 소설을 써나간 사실을 서술하고자 한다.

2. 지식인 소설 『무정』

중학 시절에 글쓰기를 시작한 이광수가 직면한 것은 한자와 한글의 표기 문제였다. 갑오개혁으로 고종이 공문서를 국자國字 즉 한글로 쓰도록 명한 후의 대한제국에서는 지식인은 국한문, 대중은 순한글문이라는 표기의 이중성이 생겨났다. 특히 일본 유학 경험자는 일본제 한자어의 편리성도 있어서 국한문을 애용했지만, 한편으로는 자국의 문자를 써야 한다는 애국적 주장도 왕성했다. 활자

화된 이광수의 최초의 논설 「국문과 한문의 과도시대」(1908)[2] 또
한 국민의 정수인 국어를 타국의 문자인 한자로 표현하는 것이 당
대 대한제국의 참상을 불러온 원흉이라고 하여 한글 전용을 주장했
다. 그러나 현실 문제로서 한글만으로는 의미 전달이 어렵고, 국문
전용을 주장하는 이 논설을 비롯하여 이광수가 이 무렵에 쓴 시와
소설은 모두 국한문이었다. 1910년에 『황성신문』에 발표한 논설
「금일 아한용문我韓用文에 대하야」[3]에서 이광수는 지금 당장 한글
로만 쓰는 것은 현실적으로 곤란한데다 일본제 신한자어를 통한
'신지식의 수입'도 어려워지므로 일단은 국한문으로 쓰자고 주장
하게 된다. 단 당시 일반적이었던 한문을 그대로 받아들인 국한문
이 아니라 한자로 쓸 수밖에 없는 어휘 외에는 모두 한글로 쓰자고
제안하고, 실제로 『소년』지에 발표한 번안소설 「어린희생」에서 이
러한 문체를 이미 실천하고 있다.[4]

그러면 그는 어떤 이들을 독자로 상정했던 것일까. 물론 지식인이
다. 「금일 아한용문에 대하야」의 말미에는 "교육가와 청년학생"[5]을

---

2 李寶鏡, 「국문과 한문의 과도시대」, 『태극학보』, 1908.5.
3 李寶鏡, 「금일 我韓用文에 대하야」, 『황성신문』, 1910.7.24~27.
4 孤舟, 「어린 희생」, 『소년』, 1910.2~5. 이 작품은 1909년 말 일본에서 상영
   된 프랑스영화(未詳)를 소설화한 것이다. 하타노 세츠코, 「이광수의 자아」, 최
   주한 옮김, 『『무정』을 읽는다』, 소명출판, 2008.
5 "此篇은 全혀 報筆을 잡는 諸氏에게만 對흠인 것 갓흐나 [중략] 決코 報筆을 잡
   는 이들에게만 對흠이 아니오, 敎育家와 靑年學生을 머리로 ᄒ야 一般讀者에 對
   흠이로라." 李光洙, 「今日 我韓用文에 ᄒ야」, 『皇城新聞』, 1910.7.24; 최주
   한·하타노 세츠코 엮음, 『이광수 초기 문장집』 I, 소나무, 2015, 116쪽.

염두에 두었다고 명시되어 있다. 당시 국문으로 쓰자는 그의 주장은 민족의식에서 비롯된 추상적인 것이었고 한글밖에 모르는 대중을 위해서가 아니었다.

1910년에 중학 졸업한 이광수는 오산학교 교사가 되어 민족교육과 농촌계발에 전념하면서도 문장단련은 계속했다. 그리고 1913년에『엉클 톰스 캐빈』의 중역『검둥의 설움』[6]을 간행한다. 이 작품은 신문관의 최남선의 방침에 따라 순한글로 번역되었다. 그후 대륙방랑에 나섰던 이광수는 시베리아의 치타에 머물며 재러시아 조선인 신문『대한인정교보』의 편집을 맡았는데, 독자가 식자층이 아니고 또 조판의 기술적인 문제도 있어서 논설까지 순한글문으로 썼고, 나아가 한글을 해체한 풀어쓰기에 의한 시 쓰기를 시도하기도 했다. 이리하여 그는 순한글 문장의 수련을 쌓았지만, 조선으로 돌아오자 국한문으로 복귀해버렸다. 상하이로 망명할 때까지 그가 쓴 소설은『무정』을 제외하고는 모두 국한문 소설이다.

1916년 가을, 총독부 기관지『매일신보』는 지식인 구독자를 획득하고자 와세다대학 학생인 이광수의 논설을 싣고 그것이 호평을 얻자 신년소설의 연재를 의뢰한다. 이리하여 한국 근대 장편의 효시『무정』이 씌어지게 되었다. 당시 이광수가 늘 국한문으로 소설을 쓰고 있던 것과 또『무정』은 지식 청년을 위한 국한문 소설이라

---

6   리광수,『검둥의 설움』, 신문관, 1913.

는 예고가 『매일신보』에 나갔던 것으로 보아 애초에 『무정』은 국한문으로 씌어질 예정이었다. 그러나 연재가 시작된 『무정』은 한글소설이 되어 있었다. 표기의 변경을 결정한 것이 작가 자신이었는지, 아니면 신문사였는지는 분명치 않지만,[7] 두 가지는 확실하다. 하나는 이때 『무정』의 문체가 한자를 한글로 표기해도 의미 전달에 문제가 없는 수준에 달했다는 점이고, 다른 하나는 지식인을 위해 씌어진 『무정』을 한글로 읽고 감동할 수 있는 대중 독자가 존재했다는 점이다. 그러면 그런 독자는 어떻게 형성되었던 것일까.

한국문학사에서는 고소설에서 근대소설로의 과도기에 나타난 소설군을 '신소설'이라고 한다. 이들 소설은 고소설과 마찬가지로 여성과 아이들의 읽을거리로 간주되어 한글로 표기되었다. 무단통치기 내내 유일한 조선어 신문이었던 『매일신보』는 대중 독자를 획득하기 위해 신소설 외에 일본 및 서양소설의 번안을 한글로 연재하여 커다란 인기를 얻었다.[8] 예컨대 1913년에 오자키 코요尾崎紅葉의 『금색야차金色夜叉』가 『장한몽長恨夢』이라는 제목으로, 「무정」의 연재와 같은 시기에는 쿠로이와 루이코黑岩淚香가 번안한 『암굴왕巖窟王』이 『해왕성海王星』이라는 제목으로 연재되었다. 외국의 문물과 새로운 사고방식이 풍성히 담긴 한글소설을 읽는 데 익숙해진 대중 독자층의 존재가 근대소설 『무정』을 받아들

---

7 『무정』의 표기 변경에 대해서는 이 책 제1부를 참조.
8 박진영, 『번역과 번안의 시대』, 소명출판, 2011, 125~133쪽.

이게끔 하는 밑바탕이 되었던 것이다.

지식인 청년인 이광수가 쓴 근대소설『무정』은 서민의 문자인 한글로 표기된 덕분에 그때까지 표기의 벽에 가로막혀 읽을거리까지 달랐던 한국의 두 계층에게 동시에 읽히고 사랑받은 최초의 소설이 되었다. 이를 두고 김영민은 "근대 민족어문학이 거둔 성공"[9]이라고 평했다. 그러나 이러한 성공에도 불구하고 지식인을 독자로 간주하는 이광수의 자세는 바뀌지 않았다.『무정』에 이어『매일신보』에 연재된『개척자』가 국한문 소설이었던 것이 이를 단적으로 보여준다. 이광수의 시야에 대중이 독자로서 모습을 드러낸 것은 3·1운동이 일어나고 나서의 일이다.

3. 2·8 독립선언서

토쿄에서 기초한「조선청년독립단 독립선언서」에서 이광수는 자기가 그때까지 체험한 민족적 경력을 모두 담아냈다.[10] 동양 평화와 한국의 독립 보전을 약속했던 일본이 러시아에서 승리하자

---

9   김영민,『한국 근대소설의 형성과정』, 소명출판, 2005, 168쪽.
10   이하「조선청년독립단선언서」와 이광수의 민족적 경력과의 관계에 관해서는 하타노 세츠코, 최주한 옮김,『일본 유학생 작가 연구』, 소명출판, 2011; 제2부 2장「이광수의 제2차 유학시절」과「李光洙の2・8独立宣言書」, 在日本韓国 YMCA編,『未完の独立宣言』, 新教出版社, 2019, 62~74쪽 참조.

손바닥 뒤집듯 "國力의 充實함이 足히 獨立을 得할 만한 時期까지"라며 외교권을 빼앗고, "相當한 時期까지"라고 하여 사법 경찰권을 빼앗았으며, "徵兵令 實施까지"라고 강변하며 한국군대를 해산하고, 마침내 "詐欺와 暴力"으로 한국을 병합했다는 다그치는 듯한 비난에는, 토쿄에 오고 나서 곧 보호조약이 체결된 사실을 알고 한국공사관에 몰려가 친구들과 함께 '속았다'고 울부짖었던 유년시절의 기억과 그 후 조국의 실권이 차례차례 일본의 손에 넘어가는 것을 이를 갈며 지켜보았던 중학 시절의 쓰라린 기억이 각인되어 있다.

병합 후 일본이 행한 수많은 악정 가운데 이광수가 특히 강조하는 것은 이민정책과 우민정책이다. "元來 人口過剰한 朝鮮에 無制限으로 移民은 獎勵하고 補助하야 土着한 五族은 海外에 遊離함을 不免"한다는 구절에 투영되어 있는 것은 대륙을 방랑하던 때 중국과 러시아에서 실제로 목격한 동포들의 비참한 생활이다. 1916년 1월 와세다대학 학생이었던 이광수는 학우회의 웅변대회에서 「나는 살아야 한다」는 제목의 강연을 하고 조선 반도에 이주하는 일본인에게 밀려 이향異鄕을 떠도는 동포의 모습은 "비참하디 비참한 것"이라고 일본의 이민정책을 격렬히 공격했다. 그러나 그 원고를 토대로 한 논설 「살아라」를 『학지광』에 발표할 때는 검열을 피하기 위해 학술적이고 온건한 문장으로 쓰지 않을 수 없었다. 동년 3월, 카야하라 카잔茅原華山의 잡지 『홍수이후洪水以後』에 「조선인 교육에 대한 요구朝鮮人教育に對する要求」라는 논설을 투고하여 우민 정책에 항의하고 평등한 교육을 요구했지만, 투고한 원고가 실릴 수 있도록 조선인의 행복은 완전한 일본신민이 되는 것이므로 천황의 적자赤子인 조선인에게 내지인과 동일한 수준의 교육을 부여해 달라는 굴욕적인 수사를 사용했다. 동년 9월 『매일신보』에 발표한 「대구에서」도 마찬가지로 최소한 "고상하고 복잡"하지 않은 일에 조선의 청년들을 써달라는 극히 저자세의 제언을 하고 있다. 일본이 조선인에게 열등한 교육을 실시하여 조선인을 영원히 일본인의 '피사역자'의 지위에 두고자 했다는 비난과 조선인을 고용하지 않아 "국가 생활의 지능과 경험"의 기회를 주지 않았다는 선언서의 비난에는 자신이 그때까지 본의 아니게 써온 비굴한 논조에 대한 반동이라고도 생각되는 분노가 드러나 있고, "最後의 一人까지 自由를 爲하는 熱血을 濺"하고 "日本에 對하야 永遠의 血戰을 宣"하겠다는 선언문의 과격함은 응어리져 있던 노여움의 분출이었을 것이다.

1919년 2월 8일 칸다神田의 기독교청년회관에서 낭독된 까닭에 '2·8 독립선언서'라고 불리게 되는 선언서를 가지고 이광수는 토쿄 유학생들의 행동을 세계에 알리기 위해 상하이로 망명한다.

4. 상하이에서

상하이에서의 이광수의 활동은 세 시기 — 대한민국 임시정부의 수립과 『독립신문』 창간 등 다양한 활동에 종사한 1919년, 임시정부의 재정난과 자신의 건강 악화 탓에 활동이 둔해진 1920년 전반, 그리고 임시정부에 실망하고 새로운 목표를 지향하고 귀국하는 1921년 3월까지 — 로 구분된다.

1919년 2월 상하이에 도착한 이광수는 여운형과 장덕수 들이 결성한 신한청년당에 합류했다. 신한청년당은 이미 파리강화회의에 대표를 보내고 각지에 망명해 있는 민족주의자들에게 상하이로 모이도록 권하고 있었다. 본국에서 3·1운동이 일어나자 그들은 서울에서 낭독된 독립선언을 영어로 번역하여 영국, 미국, 프랑스의 수뇌에게 보내고, 본국에서 잇달아 오는 봉기 및 탄압에 관한 정보를 상하이의 각국 신문사와 각지의 동포들에게 전하는 한편, 상하이에 모여 있던 민족주의자들을 위해 회의 개최를 준비했다. 신한청년당이 빌린 프랑스 조계의 서양 가옥에서 대한민국 임시정부가 수립된 것은 1919년 4월 11일이다.[11] 5월 말에 안창호가 미국에서 도착하고 임시사료편찬회가 발족하자 이광수는 편찬 주임으로 작업하면서 『독립신문』 창간 준비에 착수했다. 이때 함께 일한 것이 평생의 동지가 된 주요한이다. 토쿄 제1고 학생이었던 그

---

11 『이광수전집』 13, 242쪽.

는 이해 2월 창간된 문학동인지 『창조』에 한국 최초의 근대시가 되는 「불노리」를 이제 막 발표한 참이었다. 손재주 있던 그는 성서에서 필요한 문자를 취하여 사진판을 만들고 중국의 인쇄공장에 없는 한글 활자를 준비했다고 한다.[12] 신문은 국한문으로 제작되었고 띄어쓰기는 하지 않았다.

『독립신문』은 1919년 8월 21일에 창간되어 주3회 발행되었다.[13] 사장 겸 편집장이었던 이광수는 이 지면에 많은 글을 썼을 텐데, 무기명인 탓에 특정하기 어렵다.[14] 이광수가 쓴 것이 확실한 것은 춘원의 이름으로 발표한 5편의 시와 1편의 기도문,[15] 그리고 「민족개조론」과 동일한 '長白山人'의 필명으로 창간호부터 10월 말까지 연재한 「선전 개조」(전 18회)이다. 허가 아닌 실을 취

12 주요한, 「내가 당한 20세기」, 『조요한 문집-새벽』, 요한 기념사업회, 1982, 30쪽.

13 최초의 제호는 '독립'이었지만, 2개월 후 '독립신문'으로 개칭하고 1926년 11월까지 간행했다. 나중에 충칭에서 재간행된다. 최기영, 「해제」, 『대한민국 임시정부 자료집 별책 1 독립신문』, 국사편찬위원회, 2005, iii~xiv. 최기영은 『독립신문』을 임시정부의 기관지로 간주하고 있으나, 안창호의 영향하에 있었다고 보는 견해도 있다. 이한울, 「상해판 독립신문과 안창호」, 『역사와 현실』 76, 2010.

14 사설을 쓴 것은 이광수만이 아니다. 김주현은 이광수가 상하이에 있던 시기 『독립신문』 사설의 내용과 문체를 면밀히 분석하고 그가 썼다고 생각되는 사설과 다른 사람이 쓴 것이라 생각되는 사설을 분류하고 있다. 김주현, 「상해 『독립신문』에 실린 이광수의 논설 발굴과 그 의미」, 『국어국문학』 176, 2016, 623~626쪽의 표 참조.

15 「크리스마스의 기도」(1919.12.27), 「病中吟 四首(1920.1.31), 「삼천의 원혼」, 「저 바람소리」, 「간도 동포의 참상」(1920.12.18), 「광복 기도회에서」(1921.2.17).

하고, 서로 신뢰하며, 과거를 교훈삼아 인재를 준비하고, 심모원려深謀遠慮의 정신으로 단결하라고 호소한 이 논설은 조직에 의한 '선전'에 대해 서술하는 대목에서 미완으로 끝나고 있다. 이 가운데 "남대문의 일개 폭탄"은 중앙기관에 의해 통솔되지 않은 개인 행동이었다고 하여 에둘러 강우규의 테러를 비판하고 있는 대목에서는 이광수의 3·1운동에 대한 복잡한 시선이 느껴진다.[16]

『독립신문』에는 창간 당시 문예란이 말들어져 '其月'의 「피눈물」(전 11회)이 연재되고, 이어서 '心園女史'의 「여학생 일기」(전 6회)가 연재되었다. 전자는 태극기를 치켜든 채 양 손이 잘려나간 소녀의 이야기로, 이해 12월 『신한청년』 창간호에 발표된 춘원의 시 「팔 찍힌 소녀」[17]와 동일한 제재를 다루고 있다. 그러나 「피눈물」의 필자는 이광수가 아니라 주요한이 아닐까 생각된다.[18] 「여학생 일기」는 자연스러운 회화문과 솜씨 좋은 문장 구성으로 보

---

16 「선전 개조(一二) 遠慮(二)」, 『독립』, 1919.10.2 에서 이광수는 3·1운동을 애국심과 기백의 폭발이자 대한민족의 부활이라고 칭찬하면서도, 개인이 자기만의 애국심을 만족시키고자 하는 것은 역시 '私心'이며 통괄되지 않은 애국심의 발로는 오히려 국가에 해가 될 가능성이 있다고 언급한다. 「피눈물」에서 박엄의 계획을 성공했다고 말하면서도 비참한 장면을 묘사하는 등 우회적으로 3·1운동의 무모함을 비난한 것과 같은 수법이다. 본서 125쪽 참조.

17 시가 「팔 찍힌 소녀」는 김주현에 의해 최근 발굴되었다. 김주현, 「상해시절 이광수의 작품 발굴과 그 의미」, 『어문학』 132, 2016, 250~251쪽.

18 그 근거는 「피눈물」 제6회에서 15행만 한글 표기다 되어 있는 점을 들 수 있다. 말미에 '중국 문식공 파업 때문에 遲刊'이라는 통지문이 붙어 있는데, 이광수는 『나의 고백』에서 중국인 직공이 쉴 때는 주요한이 직접 판을 짰다고 회상하고 있다. 아마도 주요한이 자신의 소설을 사용하여 한글 표기를 시험했을 것이다. (이 견해는 이 책 제1부 제4장에서 이광수의 저작으로 정정했다)

아 이광수의 작품일 가능성이 높다. 『독립신문』 창간의 중심에
있었던 것은 두 사람의 문학청년이었던 것이다.

이광수가 안창호에게서 홍사단의 이야기를 들은 것이 1919년
가을이라고 회상한다.[19] 이 무렵 이광수는 안창호를 도와 이듬해
1월의 국무회의에 제출할 독립운동의 방략을 작성하고 있었다.
안창호의 독립운동 방침은 즉 홍사단 사상이니, 이광수는 이때 철
저하게 이 사상을 배웠던 셈이다. 그가 홍사단에 입문하기 위해
필요한 '문답' 의식을 마치고 원동 홍사단 제1호 단우가 된 것은
이듬해 4월 29일, 이리하여 홍사단 사상의 실천과 보급은 이광수
의 평생의 사업이 된다.

토쿄 유학 중에 폐결핵에 걸렸던 이광수는 한 차례 봄에 대량
객혈한 후로는 봄이 되면 몸 상태가 나빠지게 되었다.[20] 허영숙에게
보낸 편지에 의하면, 1920년 봄의 신병은 3월에 연속으로 강연하여
목이 잠긴 것이 계기가 되었고,[21] 5월 상순의 『독립신문』에는 "과거
1개월 간 병으로 사무를 휴하고 치료 중"[22]이라는 통지문이 실려
있다. 5월 하순에는 허영숙에게 "이런 정도면 내주부터 사무를 볼
수 있으리라 생각합니다."[23]라고 써보내고 있는데, 그후에도 계속

---

19 이광수, 『나의 고백』, 『이광수전집』 13, 247쪽. 단 음력일 가능성도 있다.
20 春海, 「춘원 병상 방문기」, 『문예공론』, 1929.5, 63쪽.
21 「상해에서」(1920.3.14.일자 편지), 『이광수전집』 18, 472쪽.
22 『독립신문』, 1920.5.6·8.
23 「상해에서」(1920.5.21일자 편지), 『이광수전집』 18, 482쪽.

몸이 좋지 않아 주요한과 박은식이 기명으로 사설을 쓰고 있다.[24] 이 무렵『독립신문』은 재정난에 빠졌고, 6월에 일본 총영사관의 방해로 정간되자 그대로 12월까지 휴간되고 말았다.[25]

이해 여름, 이광수는 임시정부 대표로 주네브에 주재駐在하기로 되었다. 건강을 이유로 거절해도 받아들여지지 않아 하는 수 없이 여행 준비에 나섰지만, 여비가 지급되지 않은 채 주네브 주재 임무는 취소된다. 이때 그는 건강은 물론 능력 면에서도 자신이 정치와 외교에 적합한 사람이 아님을 통감했다고 한다.[26] 임시정부는 여전히 '외교론' '혈전론' '준비론'으로 나뉘어 싸웠고, 이광수는 장래에 대해 심각하게 고민하게 되었다. 주요한은 상하이에 있는 대학에 다니기 시작했고, 이광수도 진학을 고려했으나 장학금을 받지 못했다. 생활에 궁하여 신문에 '구직광고'를 내고,[27] 실제로 영국상회에 면접하러 갔으나 복장의 불결함을 이유로 거절당했다고 한다.[28] 이러한 상황 속에서 이광수는 조선에 돌아가 흥사단 사상을 동포에게 전할 것을 진지하게 생각하기 시작한다. 이와 함께 그의 문학에 대한 열정이 이전과는 다른 의미를 가지고 다시 타올랐다.

3·1운동 직전에 김동인 들에 의해 조선 최초의 문학동인지『창

---

24 사설에 주요한의 호 송아지, 박은식의 호 백암의 서명이 붙어 있다.
25 김원모,『영마루의 구름』, 단국대 출판부, 2009, 136·244쪽.
26 이광수,『나의 고백』, 위의 책, 245쪽.
27 「상해에서」(1920.11.9일자 편지), 앞의 책, 488쪽.
28 「상해의 이년간」(『삼천리』, 1932.1),『이광수전집』14, 345~348쪽.

조』가 창간되어 조선의 문학계는 급격하게 변하고 있었다. 『창조』의 동인이었던 주요한의 권유였다고 생각되는데, 이광수도 동인이 되어 1920년 5월에는 시를, 7월에는 시와 수필을, 그리고 1921년 11월에는 시 3편 외에 문학론 「문사와 수양」을 발표한다. 이 문학론에서 이광수는 처음으로 '인민'이라는 말을 쓰고 '인민'과 문학의 관계를 논하고 있다. '인민'이라는 말에서는 상하이에서 그가 만난 새로운 사상의 영향이 감지된다.

"문예는 그의 강렬한 刺激力과 무서운 선전력(차라리 전염력이라 함이 그 선전의 强하고 速함을 表하기에 적당할 듯)으로 인민에게 臨하여 그의 정신적 생활(문화)의 지도자가 된다"[29]든가 혹은 "문학은 가장 인심에 直截하게 감촉되는 能이 있으므로 인민에게 정신적 영향을 줌이 종교에 不下하다"[30]는 등, 그는 문학이 '인민' 독자에게 미치는 영향력의 크기를 강조하고 있다. 3·1운동을 통해 대중이 지닌 힘에 주목한 이광수의 시야에 '인민'이 계몽의 대상으로 모습을 드러냈던 것이다. 이와 동시에 이광수는 『무정』이 한글 표기로 인해 대중 독자에게 받아들여진 것의 의미에도 주목했을 것이다. '인민'의 계몽은 한글을 통해서야 가능한 것이다.

「문사와 수양」에서 이광수는 당시 조선민족의 심적 상태를 'Tabula Rasa(白紙)'라고 쓰고 있다. 조선에서는 사이토 마코토가

---

29 「문사와 수양」(『창조』, 1921.1), 『이광수전집』 16, 18쪽.
30 위의 글, 24쪽.

시작한 문화정치로 신문과 잡지가 잇달아 창간되어 무단통치기에
는 어떤 의미에서 '백지白紙'였던 사람들이 이제 다양한 언론과 사
상에 노출되었다. 이광수는 '선입견'이라는 심리학 용어를 들고 시
간적으로 먼저 주입된 사상이 사람의 마음에 각인되어 영향을 주니
까 당장 조선민족이 수용하는 사상이 장래에 '큰 영향'을 행사하게
될 것이라고 경고한다.[31] 여기에는 조선에 한시라도 빨리 흥사단
사상을 보급하고 싶다는 이광수의 생각이 드러나 있다. 대중의 민
족의식이 분출했을 때 나타나는 파괴력에서 그는 '군중심리'를 발
견하고[32] 준비와 조직적인 지도를 결여한 맹목적인 행동은 무용한
희생을 초래한다고 생각했는데, 그만큼 한층 더 계몽의 필요성을
통감했을 것이다. 문학의 목적을 계몽에 두고 있던 그에게 흥사단
사상의 실천을 문학과 결부지은 것은 극히 자연스러운 귀결이었다.

이해 10월에 훈춘사건이 일어나자 임시정부는 '주전론파'와
'비전론파'로 분열하고 내부 대립은 더욱 격심해졌다. 통일된 행
동을 취할 수 없는 임시정부에 절망한 이광수는 귀국을 결심한다.

---

31 위의 글, 18쪽.
32 「민족개조론」을 쓸 무렵 이광수는 구스타브 르봉의 『민족발전의 심리』를 참
    고하여 일부 번역도 했다. 그 저본은 『군중심리』와의 합본인 『민족심리와 군
    중심리(民族心理及群衆心理)』이다(하타노 세츠코, 『일본 유학생 작가 연구』,
    최주한 옮김, 소명출판, 2011, 제2부 4장 '이광수의 「민족개조론」과 구스타
    브 르봉의 「민족진화의 심리학적 법칙」에 대하여' 참조). 이광수는 「민족개조
    론」에서 3·1운동을 군중심리라고는 확실히 쓰지 않았지만, 독립협회의 운동
    이 실패한 원인을 '일시의 군중심리'를 이용한 탓이었다고 하고 있는 것처럼
    군중심리를 부정적으로 보고 있다. 이광수, 「민족개조론」, 『개벽』, 1922.5,
    28쪽.

5. 대중을 위한 한글 소설 「가실」

이광수는 1921년 3월 말에 귀국했다. 체포되지 않은 까닭에 총독부에 귀순했다고 간주되어 그가 쓴 글을 실어준 것은 천도교 잡지 『개벽』뿐이었다. 귀국하여 처음 발표한 논설 「중추계급과 사회」에서 '중추계급'이란 다수자인 '무식계급과 무산계급'을 이끌어야 할 소수의 '식자계급과 유산계급'이다.[33] 이 논설에서 이광수는 조선에 아직 존재하지 않는 '중추계급'을 '수양동맹'으로써 조성하여 사회를 개혁하지 않으면 안 된다고 호소하고, 이듬해 2월 흥사단의 조선지부인 수양동맹회(나중에 수양동우회로 개칭)을 발족시켰다. 그러는 한편 문학론 「예술과 인생」을 써서 지금 조선에 필요한 것은 "무식하고 빈궁한 조선민중이 누구나 즐길 수 있는 예술"[34]이라고 하여 '중추계급'에게 인도되어야 할 다수자를 위한 예술을 주장했다.

이광수가 그들에게 제공할 수 있는 예술은 언어예술－시와 소설이다. 그런데 한글조차 모르는 '무식하고 빈궁한 조선민중'에게는 어떻게 소설을 읽힐 것인가. 이광수는 귀를 통해 '들려주기'를 생각하고 있었다. 조선에는 소설을 낭독하면서 읽는 '음독音讀'의 전통이 있어 글자를 모르는 사람은 다른 사람이 읽어주는 것을 듣

33　魯啞子,「중추계급과 사회」(『개벽』, 1921.7), 『이광수전집』17, 153쪽.
34　「예술과 인생－신세계와 조선민족의 사명」(『개벽』, 1922.3), 『이광수전집』 16, 41쪽.

는 것이 일반적이었다. 그런 사람들을 독자로 상정한다면 귀로 듣고 이해할 수 있을 만큼 쉬운 문체로 쓰지 않으면 안 된다. 한자어를 사용하지 않고 고유어만으로 쓴 문장은 말의 리듬과 음운에 따라 어순도 표현도 달라진다— 즉 새로운 문체가 필요하게 되는 것이다. 상하이에서 돌아온 이광수가 의식적으로 순수 고유어만으로 문체를 창출하면서 쓴 소설, 그것이 「가실」이다.

이광수는 이 작품에 비상한 힘을 쏟았다. 자신에게는 「가실」이야말로 "처녀작이자 최초의 자식"이라고 나중에 썼을 정도이다.[35] 당시 이광수에게는 발표 지면이 닫혀 있었던 탓에 「가실」이 『동아일보』에 실린 것은 귀국하고 나서 2년 후인 1923년 2월, 그것도 익명으로였다.[36] 그해 가을 「가실」을 비롯하여 9편의 작품을 수록한 『춘원단편소설집』 서문에서 이광수는 이렇게 썼다.

> 「가실」은 내 깐에 무슨 새로운 시험을 해보느라고 쓴 것이오 (…중략…) '아모쪼록 쉽게, 언문만 아는 이면 볼 수 있게, 읽는 소리만 들으면 알 수 있게, 그리하고 교육을 받지 아니한 사람도 이해할 수 있게, 그러고도 독자에게 도덕적으로 해를 받지 않게 쓰자'하는 것이다.
> 나는 만일 小說이나 詩를 더 쓸 機會가 있다 하면 이 태도를 변치 아니하련다.[37]

35 「첫번 쓴 것들」(『조선문단』, 1925.3), 『이광수전집』 16, 267쪽.
36 『동아일보』, 1923.2.12~23; 이광수, 「문단생활 이십년의 회고」, 『조광』, 1936.6, 120쪽.

이리하여 이광수는 한글조차 읽을 수 없는 사람들까지 소설의 독자로 상정하게 되었던 것이다.

6. 마치며

1910년대의 이광수는 지식인을 위해 국한문으로 소설을 썼지만, 3·1운동을 계기로 '인민'을 독자로 상정하여 상하이에서 돌아오고서는 순수 고유어를 중심으로 평이한 문체를 창출하여 「가실」을 썼다. 사실 「가실」은 지식인을 위한 논설 「민족개조론」을 민중을 위해 소설화한 작품이며, 지나치게 계몽적이어서 문학적으로는 확실히 『무정』에 미치지 못한다. 또 근대적인 문체는 이미 『무정』에서 완성되었다. 그럼에도 불구하고 「가실」이 이광수 문학에서 중요한 것은 이 작품에서 그가 대중을 독자로 삼는 자세를 확립했기 때문이다. 그후 그는 『허생전』, 『재생』을 비롯하여 대중적인 장편소설을 잇달아 발표하여 항상 인기 작가의 지위에 있었다. 신문연재소설의 한글 표기는 1920년대 중반에 정착하는데,[38] 이광수는 그 선편을 쥐었다고 할 수 있다. 이광수의 소설은 문체가 평이할 뿐 아니라 스토리도 재미있고 자극적이며, 자기도

---

37 「멧 마듸」, 『춘원단편소설집』, 흥문당, 1923.10.
38 김영민, 『문학제도 및 민족어의 형성과 한국 근대문학(1890~1945)』, 소명출판, 2012, 396~407쪽.

모르는 사이에 민족애를 고취하는 힘을 갖고 있다. 평론가나 다른 문학자의 '통속적'이라는 평에 대해 이광수는 자신에게 소설은 "논문 대신"이고 "여기餘技"에 지나지 않는다, 그러나 자신은 윤리적인 동기가 없는 소설은 쓴 적이 없다고 반박하고 다음과 같이 언급했다.

> 내가 소설을 쓰는 究竟의 동기는 내가 신문기자가 되는 究竟의 동기, 교사가 되는 究竟의 동기, 내가 하는 모든 作爲의 究竟의 동기와 일치하는 것이니, 그것은 곧 '조선과 조선민족을 위하는 봉사－의무의 이행'이다.[39]

소설로써 대중과 연결되어 있고, 소설을 통해 그들의 민족의식을 고취하고 있다는 자부심과 자신감이 이렇게 당당한 문장을 쓰게 했을 것이다. 이광수에게 만족운동과 문학활동은 항상 떼놓을 수 없는 것이었다.

---

39 「여의 작가적 태도」(『동광』, 1931.4), 『이광수전집』 16, 191~197쪽.

제5장

최남선과 요시다 토고의
알려지지 않은 사귐*

1. 시작하며

필자가 최남선의 「고길전동오박사故吉田東伍博士」를 번역하게
된 것은 3년 전 니가타국제대학의 요시자와 후미토시吉澤文寿 씨
에게서 부탁받았기 때문이다. 요시다 토코吉田東伍의 친척에게서
번역을 의뢰받은 요시자와 씨는 한국현대사가 전문이라서 최남
선의 친구인 이광수를 연구하고 있는 필자에게 이야기했던 것
이다.

---

* This work was supported by JSPS KAKENHI Grant 20H01252
이 글은 新潟県立大学紀要『国際地域研究論集』12号(2021.3)에 실릴 예정이
다. 최남선의 「고길전동오박사(故吉田東伍博士)」 번역문은 원문을 대신 수록
한다.

최남선(1890~1957)은 한국 최초의 종합잡지『소년』을 창간하고 이광수와 함께 근대문학의 기초를 닦은 한국문학사에서 유명한 인물이다. 1919년 3·1운동 당시 독립선언문을 기초하고 나중에 역사학자로서 많은 저작을 남겼다. 한편 요시다 토고(1864~1918)는『대일본지명사서大日本地名辞書』의 저자로서 이름 높은 역사지리학자로 니가타현新潟県 아가노시阿賀野市 야스다保田에 기념박물관이 있는 필자 향토의 위인이다. 이 두 사람이 도대체 어떤 관계가 있을까, 필자는 흥미를 가지지 않을 수 없었다.

추도문에 의하면, 최남선이 토고를 알게 된 것은 와세다대학에 유학했던 1906년이고, 실제로 사귐이 시작된 것은 1916년이다. 그 2년 뒤 토고는 병으로 급서하고 최남선은 경애의 정이 넘치는 추도문을 썼다. 이 해에 그는 최초의 본격적인 역사논문을 발표하고, 이듬해인 1919년의 독립선언문을 기초하고 투옥된다. 그리고 이후 역사학의 길을 걸었다.

최남선의 전집은 두 종류가 있는데,「고길전동오박사」는 어느 쪽에도 수록되어 있지 않아[1] 두 사람의 사귐은 알려져 있지 않다.[2] 그래서 필자는 이 추도문을 번역하고 해제를 붙이기로 했다. 작업

---

1 『六堂崔南善全集』全15巻, 고려대학교 아세아문제연구소 편, 현암사, 1975; 『六堂崔南善全集』全14巻, 역락, 2003.
2 윤소영은 토고가 최남선, 현상윤, 이병도 등 와세다대학 유학생에게 미친 영향에 관해 논했는데, 최남선과 토고의 사귐에 대해서는 구체적인 언급을 하지 않았다. 윤소영,「吉田東伍의 朝鮮研究」,『日本思想』29, 2015.12, 109~185쪽.

은 다음의 순서로 행했다. 최남선을 연구하고 있는 규슈대학 대학원 박사과정생 다나카 미카(田中美佳, 조선역사 전공) 씨가 직역하고, 이를 필자의 이전 동료인 니가타현립대학 명예교수 이타가키 슌이치(板垣俊一, 일본문학 전공) 씨가 구어문으로 고쳐 쓴 다음 필자가 전문을 확인하고 해제를 썼다. 번역문뿐만 아니라 내용에 대해서도 여러 가지 지적해 주신 이타가키 슌이치 씨, 한자 입력을 도와준 니가타현립대학 강사 사쿠라자와 아이桜沢亜伊 씨에게 이 자리를 빌려 진심으로 감사드린다.

2. 해제

「고길전동오박사」는 당시 조선에서 유일한 조선어 신문이었던 조선총독부 기관지『매일신보』에 1918년 1월 29일부터 2월 3일까지 6회에 걸쳐 게재되었다. 토고가 요양처 초시銚子에서 객사한 것이 1월 22일, 그 일주일 뒤에 게재가 시작되고 있다. 최남선은 2년 전 이 신문에 동경 견문기를 연재했고 거기에 토고의 서재 방문기도 들어 있으니 그 인연도 작용했을 것이다.[3] 필명은 육당생六堂生. 육당은 최남선의 호이다. 한자와 한문이 섞인 국한문으로

---

3   1916년 10월 24일부터 29일까지 「江戸繹書記」, 19월 31일부터 1917년 1월 16일까지 「東都繹書記」라는 제목으로 동경견문기를 연재했다.

씌어 있다.

「고길전동오박사」의 제1회에서는 우선 토고의 경력이 언급된다. 에치고越後의 벽촌에서 태어난 토고는 계통적인 교육을 받지 않았지만 책을 읽고 스스로 공부하는 습관을 몸에 익혀 뜻을 세웠다. 그리고 홋카이도北海道를 방랑한 후 상경하여 요미우리신문読売新聞의 기자가 되어 '라쿠고생落後生'이라는 필명으로 저명한 학자와 사론史論을 다투고 1893년(明治 26) 최초의 저서인『일한고사단日韓古史断』을 출판했다.

저명한 학자란 다구치 우키치田口卯吉로 토고는 홋카이도에 있을 때 이미 그에게 도전장을 던지고 있다.[4] 또 토고가 요미우리신문의 기자가 된 것은 인척姻戚이었던 이치시마 켄키치市島謙吉가 주필로 있던 관계 덕분이다. 와세다대학의 실력자였던 이치시마는 토고의 재능을 알아보고 그가 와세다의 교원이 될 때도 애써주었다.

토고는『일한고사단日韓古史断』에서 조선의 신라·가야를 일본과 같은 계통의 '동포아우'로 위치지었다. 그런 까닭에 일본이 한국을 병합하자 이 글은 합병의 정당성을 역사적으로 뒷받침한 것이라고 평가되어 복간된다. 이 때문에 한국에서는 토고가 역사를 왜곡한 학자로 논해지는 경향이 있었지만, 최근에는 보다 광범위한 시야에서 토고의 일한관계 인식을 연구하는 논문이 나오고 있

4　千田稔,『地名の巨人 吉田東伍 ― 大日本地名辞書の誕生』, 角川書店, 2003, 92쪽.

다.[5] 최남선은 이 책이 병합 후 "時勢와 共鳴ᄒᄂ 신닭으로써 評判이 騷加ᄒᄀ 되니 著作에 晦顯이 有홈이 如是"하다고 적고 있다. 그는 토고가 역사를 왜곡하는 그런 학자가 아니라고 생각했는데, 이는 추도문의 후반을 읽으면 분명해진다.

돌연 부고를 접하고 곧바로 이런 정도의 경력을 쓴 것은 그가 평소에 토고의 저작을 읽고 그 업적을 잘 알고 있었기 때문일 것이다. 또 토코의 젊은 날의 고뇌를 더듬는 기술 대목은 연재 마지막회에 실려 있는 토고의 한시집『송운시초松雲詩草』에 의거한 것이라 추측된다. 토고는 서재에서 최남선과 술을 마시면서 그에게 그런 이야기를 건네지 않았을까. 최남선 역시 계통 있는 교육을 받지 않았던 만큼 독학으로 학자로 대성한 토고의 경력에 관심이 있었을 것으로 생각된다.

제2회에서는 대표적 저서인『일한고사단日韓古史斷』과『대일본지명사서大日本地名辭書』에 대해서 기술하고 있다. 최남선은 토고 학문의 특징은 넓고 상세한 고증, 그리고 이를 응용한 투철한 견해와 예민한 논단이며,『일한고사단』에서 가정을 의미하는 '고考'라는 단어를 피하고 '단斷'이라고 이름붙인 데 토고의 기골氣骨이 나타난다고 쓴다.

토고가『일한고사단』을 출간한 이듬해에 일청전쟁이 일어난

---

5 각주 1에서 언급한 윤소영,「吉田東伍의 朝鮮研究」참조. 토고를 역사왜곡 학자로 간주한 논문에 대한 언급은 151면 참조. 그밖에 千田稔,『地名の巨人 吉田東伍』, 109~125·230~236쪽.

다. 대륙을 보고 싶었던 그는 종군從軍 지원하지만, 해군에 배치되어 원을 이루지 못했다. 그러나 이를 계기로 토고는 "學界를 震駭홀 絶人大著"를 쓸 것을 결의하고 『대일본지명사서』를 기고한다. 최남선은 "當初 發心의 勇氣 - 도리혀 許久혼 後日의 刻苦堪持혼 毅魂剛魄보담 十倍 稱賞홀 價値가 有ᄒ다"고 최초의 결의를 높이 평가하고 있다. 이 대목을 읽고 필자는 '시작이 반'이라는 한국의 속담을 떠올렸다. 마지막을 중시하는 일본과 곧잘 비교되는 속담이다.

제3회는 『대일본지명사서』 완성까지의 노고담이다. "誠에 感ᄒ야 資斧로 助護ᄒᄂ 富人"이란 앞서 언급한 이치시마 켄키치市島謙吉와 그 본가 쪽의 귀속원 의원 이치시마 토쿠지로市島德次郞이고, "擧를 壯타 ᄒ야 錄梓를 肯諾ᄒᄂ 書肆"란 토야마보우冨山房이다.[6] 토고는 기고 5년째 제1권을 세상에 내놓고, 그 이듬해 토쿄전문학교(현재 와세다대학) 문학부 사학과 강사가 된다. 그리고 1907년(明治 40) 기고한 지 13년째에 전13권을 완성한다. 『대일본지명사서』는 이름만 보면 지명을 모은 것인 듯하지만, "그 實을 檢ᄒ면 山川, 城邑, 道路, 郵驛, 人情, 風俗, 文書, 器物을 一定혼 凡例로 排列"하고 "地名 個個에 就 ᄒ야 一一히 載籍의 疎謬를 匡正ᄒ고 傳說의 訛謬를 析理ᄒ야 千古의 疑題를 一筆로 明斷혼 四萬四千項"의 대저서이다. 이것을 오직 한 사람이 완성한 것이다. 이

---

6 千田稔, 위의 책, 137쪽.

공적으로 토고는 와세다대학에서 박사학위를 수여받는다.

제4회에서는 드디어 토고와의 사귐이 언급된다. "余ㅣ博士의 謦咳를 接ᄒ기ᄂᆞᆫ 地名辭書가 完成되ᄂᆞᆫ 前年 早稻田大學에 數朔 在籍ᄒ얏슬 時에 博士의 日本地理와 明治史 講義를 恭聽ᄒᆞᆷᄋᆞ로 始" 한다. 이것은 1906년 최남선이 와세다대학 전문부 역사지리학과에 입학했을 때의 일이다. 최남선은 사실 그 이전, 즉 1904년 14세에 황실특파유학생으로 토쿄부립제일중학에 유학했으나 이때는 스트레스 탓에 1개월 반만에 귀국하고[7] 2년 후 와세다에 사비로 유학했던 것이다.

토코의 강의에 대한 최남선의 회상은 꽤 흥미롭다. "當時의 余ᄂᆞᆫ 無狀이 尤甚ᄒᆞᆫ지라 博士의 力量을 認識ᄒ기에 鑑藻ㅣ 넘어 不足ᄒ얏노라. 쏘 博士ᄂᆞᆫ 風采ㅣ 俊秀치 아니ᄒᆞ며 言論이 卓勵치 아니ᄒᆞ며 戲曲的 構成이 無ᄒᆞ며 詞令的 修飾이 無ᄒᆞᄆᆡ 講堂과 戲臺를 同視ᄒᆞᄂᆞᆫ 多數 學生에게ᄂᆞᆫ 博士의 科白이 大喝采를 博ᄒᆞ도록 精彩 換發치 못ᄒᆞ얏더라." 이 대목은 현재의 학생들과도 매우 유사하다.

이듬해 『대일본지명사서』가 완성되고 이 위업을 알게 된 최남선은 토고에 대한 '앙모(仰慕)의 정'을 품었지만 "偶然ᄒᆞᆫ 椿事로 余의 學校生活이 終을 告치우니치 못ᄒᆞ게 되고 因하야 京城으로

---

7   波田野節子,「草創期韓国文学者たちの日本留学」,『韓国近代作家たちの日本留学』,
     白帝社, 2013, 17頁; 최주한 옮김,『일본 유학생 작가 연구』, 소명출판, 2011,
     45쪽.

歸ㅎ미 耳提 面命을 承홈이 마침니 그 機가 無"했다고 한다.

'춘사椿事' 즉 뜻밖의 불행한 일이란 1907년 3월에 일어난 '모의국회사건'을 가리킨다. 와세다대학에서는 매년 제국의회를 모방한 '모의국회'를 열고 학생이 의원의 역할을 맡아 토의를 행했다. 그런데 이해의 의제는 대한제국을 병합할 경우 대한황제를 어떻게 대우할 것인가의 문제였던 터라 분격한 한국유학생이 항의를 위해 전원 퇴학하고 귀국하는 소동이 벌어졌다. 이때 최남선은 학생의 대표가 되어 퇴학했다. 그의 학력은 이것으로 끝나고 이후 그는 정식 학교교육을 받지 않았다. 퇴학한 후 그는 잠시 토쿄에 머물고 인쇄기를 구입하여 귀국한다. 그리고 신문관이라는 출판사를 창립하고 1908년 한국 최초의 월간종합잡지『소년』을 간행했다. 창간호에 발표한 신체시「해에게서 소년에게」는 한국 최초의 근대시로 간주되고 있다.

한국병합 후『소년』이 발행정지 되자 최남선은 1914년에『청춘』을 창간한다.[8] 이 잡지는 1915년 3월 국시國是 위반으로 정간되고 1917년 5월까지 재간될 수 없었다. 최남선이 토쿄에 장기 체류하여 토고와 사귄 것은 이 무렵의 일이다.

---

8 최남선은『소년』과『청춘』에 당시 일본에서 나온 잡지와 서적에 실린 다수의 기사를 번역하여 싣는다. 田中美佳,「崔南善の初期の出版活動にみられる日本の影響―1908年創刊『少年』を中心に―」,『朝鮮学報』第249・250輯 合併号, 2018.1;「崔南善主幹『青春』(1914~1918)における「世界的知識」の発信方法―日本の出版界との関係を中心に」,『朝鮮史研究会論文集』第57集, 2019.10 참조.

"去 丙辰春에 因事 東留ㅎ다가 機緣이 偶湊ㅎ야 舊誼를 重訂ㅎ
며 新誨를 飽承ㅎ게 되"었다고 적었는데, '機緣이 偶湊'했다 함은
친구 현상윤이 와세다대학에 유학 중으로 토고의 강의를 듣고 있
었던 것이다.[9] "日夕 往來의 間과 橫竪 酬酌의 際에 神會 點契가 去
益繁密"해졌다. 최남선은 합병 전 '조선광문회'를 창립하고 조선
고전문서의 편찬과 간행을 하고 있었고, 조선 서적에 대한 그의
애착은 유별났다. 한편 토고는 바로 전해 처음으로 경성에서 강연
여행을 한 참으로 그의 서재에는 조선서적이 잔뜩 쌓여 있었다.
토고의 조선에 대한 관심은 각별한 데가 있었던 듯하다.

실은 『대일본지명사서』에는 속편이 있다. 홋카이도 등 대일본
제국의 일부가 빠져 있었기 때문이다. 그런데 1909년에 낸 『대일
본지명사서』의 속편에는 홋카이도·사할린·류큐·타이완 편이
있을 뿐 조선은 들어 있지 않았다. 조선이 병합되는 것은 이듬해
로 이때는 대일본제국의 일부가 아니었지만, 나중에 넣을 수도 있
었을 것이다. 생각건대 토고에게 조선은 일생의 사업이었고 이제
부터 차분히 씨름할 예정이었을 것이다.[10] 최남선과 토고의 공통
화제가 조선서적과 고대사였을 것은 상상하기 어렵지 않다.

"毋論, 見解의 判異ㅎ 點도 不無ㅎ며 意思의 懸隔되는 處도 固多

---

9   「東都繹書記─楽浪居(二)」,『매일신보』, 1916.11.30, 1면에 "玄君은 바야흐
    로 그의 帳下에 留ㅎ는 터이니"라고 되어 있다.
10 이 견해는 아가노시(阿賀野市) 야스다(保田) 토고기념박물관장인 와타나베
    시세이(渡辺史生) 씨에게서 시사받았다.

ᄒᆞ건마ᄂᆞᆫ 余의 博士에게 望ᄒᆞᄂᆞᆫ 바와 博士의 余에게 期ᄒᆞᄂᆞᆫ 바ᄂᆞᆫ 彼此一般으로 자못 深厚ᄒᆞᆫ 者 ㅣ 多ᄒᆞ"다고 최남선은 쓰고 있다. 토고가 자신의 일생의 사업인 조선에서 온 젊고 유망한 역사학자에게 커다란 기대를 품었을 것은 당연하다. 그러면 최남선이 그에게 기대한 것은 무엇이었을까.

제5회에서 최남선은 역사와 권력자의 관계에 대해 서술하면서 그가 토고에게 바라는 것을 분명히 한다. "史學은 文明의 記錄인 點으로ᄂᆞᆫ 百世眞僞의 鑑照요 民族의 簿牒인 點으로ᄂᆞᆫ 萬代榮辱의 樞紐라. (중략) 그런데 (권력자가-인용자) 天下의 耳目을 欺蔽ᄒᆞ고 民庶의 精神을 痲聾ᄒᆞ야 是非의 觀을 惑亂ᄒᆞ고 得失의 念을 喪絶케 홈에ᄂᆞᆫ 歷史를 惡用邪用홈이 絶妙好方일ᄉᆡ 史家에게ᄂᆞᆫ 此種 誘惑과 此種 脅迫이 혼이 附隨"한다는 것이다.

최남선이 토고에게 기대한 것은 학자로서의 '지조'와 '기골氣骨'이었다. "斯時斯界에 博士와 如히 權力에 媚치 아니ᄒᆞ고 觀홈을 信ᄒᆞ며 信홈을 言ᄒᆞ야 힘써 眞을 求ᄒᆞ고 짐즛 虛를 傳ᄒᆞ지 아니ᄒᆞᆫ 人格者를 有홈은 크게 人意를 强케 ᄒᆞᆫ다 아니키 못홀 것이오 吾人의 衷心으로 博士를 欽仰ᄒᆞᄂᆞᆫ 所以 ᄯᅩᄒᆞᆫ 此에 在ᄒᆞ도다."라고 쓰고 있다.

토고가 학문으로 얻은 성과에 대해 신념을 굽히지 않은 인간이라는 점은 요미우리신문시절 쿠메 쿠니타케久米邦武의 신도神道에 대한 논문이 문제 되었을 때 쿠메를 옹호하는 기사를 쓴 일이나,[11]

키타 사다키치喜田貞吉가 편찬한 국정교과서를 두고 남북조의 정윤正閏 논란이 일어났을 때 북조가 정통이라고 주장한 일에도 드러나 있다.[12] 이러한 사건을 최남선은 알고 있었을 것이다. 그리고 술을 주고받으며 토고의 학자로서의 강한 심지를 실감했을 것이다. "博士를 信認ᄒ며 博士를 倚望홈이 人에 比ᄒ야 深切혼 余는 博士의 健鬪를 祈ᄒᄂ 同時에 博士의 長壽를 祝ᄒ지 아니치 못ᄒ얏스며, 아울너 그 健鬪와 長壽가 吾人에게 交涉됨이 洪大홀 줄 深信치 아니치 못ᄒ얏노라."고 쓰고 있다.

1916년 겨울 조선에 돌아온 최남선은 바쁜 날들을 보냈다. 그리고 해가 바뀌고 얼마 지나지 않아 토고의 급작스런 죽음을 알게 되었던 것이다. "噫라, 天이 斯學……吾輩의 關知고저 ᄒᄂ 史域을 禍ᄒ시도다"라는 말은 그의 '바람'이 꺾인 것에 대한 한탄이다. 이 무렵부터 사학의 길을 본격적으로 밟아나갔던 만큼 그의 충격은 한층 컸을 것이다.

마지막회인 제6회에서 최남선은 토고의 명복을 빌고 토고가 남긴 한시집『송운시초松雲詩草』소재 7편의 시를 싣고 있다. 이 시집에는 토고가 만16세부터 27세까지 지은 시가 수록되어 있다. 지인의 서문에 의하면, 토고는 젊었을 때 한시를 무척 사랑했고 "耕暇耽詞章, 爲父兄所厭, 而生猶弗改, 常曰死且無悔"[13]라고 할

---

11 千田稔, 위의 책, 107頁.
12 千田稔, 위의 책, 211~214頁.
13 「吉田東伍『松雲詩草』復刻にあたって」, 『松雲詩草(復刻版)』, 吉田東伍記念博物館,

정도였지만, 홋카이도를 방랑하고 고향에 돌아온 후 분발해서 뜻을 세우며 한시를 버렸다고 한다. 토고가 상경한 것은 그후의 일이다. 최남선은 이것이 토고의 연구와 온축蘊蓄의 시작이었다고 썼다.

이 추도문을 쓴 이듬해 최남선은 독립선언서를 기초하고 투옥되며 그후 오여곡절의 인생을 더듬으며 역사학자로서의 길을 걸었다. 최남선의 손자인 최학주 씨가 쓴『나의 할아버지 육당 최남선』이라는 책에 최남선의 수첩 메모 사진이 실려 있는데,[14] 1928년 무렵으로 추정되는 메모에는『조선대사서』(최학주 씨는 '사서'를 '사전'으로 잘못 적고 있다.)이라는 표제하에 1)조선인명사서, 2)조선지명사서,[15] 3)조선도서문예사서, 4)조선역사사서, 5)조선민속사서라는 다섯 개의 사서명辭書名이 열거되어 있다. 최학주 씨는 이 다섯을 아우른『조선대사전』을 편찬하는 것이 조부의 젊은 시절부터의 꿈으로 17만 권의 장서는 그 자료로서 모은 것이라고 생각한다고 쓰고 있다.[16]

식민지시대도 끝이 가까운 1943년 최남선은『조선대사전』의 편찬 작업에 착수했다.[17] 일본의 식민지 지배가 끝나고 이전에 일

1997.9.17.

14 최학주,『나의 할아버지 육당 최남선』, 나남, 2011, 237쪽.

15 이「조선지명사서」는 1931년에 간행된『대동지명사전(大東地名辞典)』이라고 최학주 씨는 추측하고 있다. 제목은『대일본지명사서』와 유사하지만, 이 사서는 조선의 지명 목록에 지나지 않는다.『六堂崔南善全集』第8卷 수록.

16 최학주, 앞의 책, 236쪽.

본에 협력한 탓으로 반민족행위처벌법으로 고소당하면서도 작업을 계속했다. 그러나 제1권 'ㄱ'행의 중도까지 작업한 무렵 한국전쟁이 발발하고 장서 전부와 수십만 매의 인덱스 카드가 거의 소실되고 말았다. 2년 후 서울로 돌아온 최남선은 재차 작업에 착수한다. 다시 2년 후 중풍으로 쓰러졌을 때 사전 원고는 '가'행에서 '꼬'행까지 탈고했다. 완성의 가망이 거의 없는 사전의 편찬을 계속한 최남선의 머릿속에는 젊었을 때 술을 주고받았던 토고의 모습이 떠오르고 있지 않았을까.[18] 쓰러지고 나서 3년 후인 1957년 최남선은 사망했다. 사전은 미완인 채 『한국역사사전』으로 현암사의 『육당최남선전집』 제12권에 수록되어 있다.

---

17 위의 책, 236쪽.
18 최학주 씨는 1991년에 간행된 『한국민족문화대백과사전』 전28권을 『조선대사전』의 계승으로 간주하고 그렇게 방대한 작업을 조부 혼자서 행하고자 했던 것이라고 쓰고 있다. 최학주, 앞의 책, 241쪽.

故吉田東伍博士

六堂生

(一)

生ᄒ던 一世의 宗師되며 死ᄒᄆ 百代의 典則이 되야 其人이 存ᄒ면 其
績이 愈大ᄒ고 其人이 亡ᄒ나 其名이 愈光ᄒᄂ 者ᄂ 오즉 學者ᅵ 爲然ᄒ
나니 位ᅵ 人臣에 極ᄒ고 富ᅵ 郡國을 傾ᄒ다가라도 權勢榮華ᅵ 一朝에
幻虛ᄒᄂ 者의 敢히 比擬치 못홀 바ᅵ 라. 然이나 獨闢의 學과 精到의 識
과 挺出의 德과 邁高의 才로 旗幟를 一方에 特樹ᄒ고 機軸을 千古에 別出
홈이 實로 容易흔 事ᅵ 아니니 精明乾旺의 質과 彊梁恪勤의 行을 兼ᄒ야
終世屹々에 不贍惟恐ᄒ기를 我震卿吉田博士와 如흔 者ᅵ 아니면 烏可能
爾ᄒ리오.

聞ᄒ니 博士ᄂ 越後鉅鹿의 人이니 越은 古所謂 東北邊遠의 地오 鉅鹿
은 또흔 一僻村이라. 學術로써 發身코져 ᄒ지 아니흔 고로 系統 잇ᄂ 敎
養으로ᄂ 中學 程度도 踐修흔 것이 업스며 본ᄃ 舊家임으로 親戚知友의
中에 篤學貯書의 人이 多ᄒ야 蘭薰芝染이 幼로브터 涉獵의 癖을 成케 ᄒ
얏슬 ᄯᆞ름이라. 丁年에 及ᄒ야ᄂ 兵役에 徵ᄒ고 解歸ᄒ야ᄂ 家累에 羈
縻ᄒ야 世故를 閱盡ᄒ다가 마침ᄂ 北海道로 赴ᄒ야 跡을 魚樵의 間에 沒
ᄒ니 ᄃ게 絲穀의 計를 爲ᄒ야ᄂ 麒麟의 材도 이러쓴흔 抑鬱을 自甘ᄒ

지 아니치 못흠이러틋

然이나 翁鬱흔 枝葉이 흔이 그 嫩芽를 嚴霜雪下에 培育ᄒ나니 그 彈耐가 愈久ᄒ야사 그 貞勁이 愈顯ᄒᄂ 것이라. 博士의 他日 歷史地理學上의 泰斗로 一方의 權威 될 素地ᄂ 대개 流離困頓흔 此間에 造就흔 것이러라. 或 地方學校의 體操教師로 傭聘되고 或 人을 爲ᄒ야 刀筆의 役을 執홀시 博涉廣獵의 嗜好와 精思審究의 工夫ᄂ 일즉 遭遇로써 그 志를 一二치 아니ᄒ니 明治 二十四五年頃 史論이 흔층 勃興홀 時에 「讀賣」紙上에 一壁을 堅堅ᄒ고 落後生이라ᄂ 匿名으로써 「史學雜誌」, 「史海」 一派의 雄將健卒로 더부러 史論을 上下ᄒ야 精博의 識과 明透의 論을 縱橫揮使ᄒ던 力量이 實로 此北鄙 一靑衿으로 困阨裏에 坐仕ᄒ야 獨修創關, 潛養靜蘊흔 것임을 思ᄒ면 그 辛勤흔 努力이 尋常萬々이 아임을 庶幾想見홀지로다.

明治 二十六年에 至ᄒ야 「日韓古史斷」 一書를 世에 公ᄒ니 內外典籍을 窮搜力討ᄒ야 日本歷史의 發足點으로 權桑古來의 交與影響을 審明흔 大著라. 그 引證의 凡博흠, 觀察의 精細흠, 論斷의 明快흠이 空疎흔 當時 學界에 在ᄒ야 分明흔 一異彩라 할 것이오 那珂, 林, 數氏 以外에 權域에 對흔 研究가 아모 可觀홀 것이 업ᄂ 當時에 此編의 學界에 對흔 寄與 | 尠少치 아니ᄒ얏슴은 贅言을 俟치 아니ᄒᄂ 바 | 라. 爾來數十年에 學風이 幾變ᄒ고 文連이 漲進ᄒ야 俊髦의 士와 嶄新의 說이 甚히 不乏ᄒ다 홀지라도 此書 | 權域과 밋 權桑交涉의 關係에 對흔 系統的 研究로 일즉 最先되고 아즉 惟一임은 섭々ᄒ나 事實이로다. 今에ᄂ 全體와 部分을

通ᄒ야 異說과 創見이 止치 아니ᄒ야 破綻이 時生ᄒᆷ은 固其所어니와 此種 硏究의 百花頭인 榮譽ᄂᆞᆫ 아모리 힛던지 此書에 歸ᄒ지 아니치 못ᄒᆯ 것이오 또 이 破荒披棄을 意味ᄒᄂᆞᆫ 勞作과 名著ㅣ 學修上 便益과 探賾上 機會가 特別히 未多ᄒᆫ 無淵源ᄒᆫ 一少年ㅣ 二十六歲 一靑年의 手로 出ᄒᆫ 것은 永遠히 學界의 一佳話됨을 不失ᄒ지로다.

卷을 開ᄒ면 黑質白現ᄒᆫ 內題 兩脇에 紅印細字가 滿載ᄒ얏나니 此書의 效能을 極口 昌言ᄒᆫ □이라. 曰, 亞細亞 東方古史의 帳幃가 撤開되얏도다! 陸에 依ᄒ고 島에 據ᄒᆫ 海山 幾多 古國의 波에 翻ᄒ고 風에 動ᄒ야 起蹶이 無常ᄒ던 當年 景況이 躍如히 現露되도다. 何以言之오. 無他라. 本著ᄂᆞᆫ 內外의 史書와 新舊의 典籍을 博引廣證ᄒ야 參照치 아니ᄒᆷ이 업ᄉᆞᆷ으로 以ᄒᆷ이오 關係의 緊密과 對比의 功實을 古今에 求ᄒ야 足ᄒᆯ 줄을 知치 못ᄒ얏ᄉᆞᆷ으로 以ᄒᆷ이오 그 宇宙 開拓의 原野ᄂᆞᆫ 「大日本史」流의 局促과 判異ᄒᆷ으로 以ᄒᆷ이라. 故로 그 檢案ᄒᆫ 바ㅣ 廣ᄒ며 廣ᄒᆫ 故로 創見精察이 自然히 生ᄒ야 未發의 物이 出ᄒ고 未詳의 跡이 顯ᄒ야 千古의 聚訟이 一言에 斷案케 되ᄂᆞᆫ도다 云云하니 無名ᄒᆫ 一書生이 得意ᄒᆫ 一勞作을 世에 送出ᄒᄂᆞᆫ 意氣ㅣ 이러틋 衒에 近ᄒᆷ도 無怪라 ᄒᆯ지로다.

自叙ᄒᆫ 것처럼 古代 紀年의 差謬를 考正ᄒ야 古史의 荒陋를 去ᄒ고 筑紫韓鄕의 形勢를 審ᄒ야 時運의 變轉을 判하고 種國部族의 盛衰를 辨ᄒ되 證斷이 犀利ᄒᆫ 等, 件々 苦心ᄒᆫ 六百頁 鉅帙이로ᄃᆡ 一無名 書生의 處女作이라. 多數ᄒᆫ 讀者를 得ᄒ지ᄂᆞᆫ 못 ᄒ얏스되 少數ᄒᆫ 專門家間에ᄂᆞᆫ 實로 深大ᄒᆫ 注意로써 迎接 되얏스며 歲月과 共히 그 價値ㅣ 愈顯ᄒ다가

兩國 倂合後에 至ㅎ야ᄂᆞᆫ 時勢와 共鳴ㅎᄂᆞᆫ 까닭으로써 世評이 驟加ㅎ게
되니 著作에 晦顯이 有ㅎᆷ이 如是ㅎ도다.

(二)

檀君의 傳說을 扶餘 南漸의 隱喩라 ㅎ고 脫解의 多婆那国을 今肥後玉名
郡이라 ㅎ고 筑紫의 伊都国을 辰韓人이 來建이라 ㅎ고 越前의 能登을 安
羅의 植民地라 ㅎ고 漢委奴国王 印의 委字ᄂᆞᆫ 印文을 구태 五字로 ㅎ려
ㅎ야 挿入ㅎᆫ 것이오 別로 深意가 잇ᄂᆞᆫ 것이 안이라 ㅎ고 繼體帝의 在位
二十五年을 十年이라고 考定ㅎᆫ 等은 다 膽大ㅎ되 的確ㅎᆫ 新見으로 學界
의 肯服을 受ㅎᆫ 바오 狗邪의 金海와 安邪의 咸安임과 瀆盧의 東萊 地方임
과 比自㳫의 比自火임을 推定ㅎᆫ 것 等도 當時 學界에 在ㅎ야ᄂᆞᆫ 一創見 안
임이 안이러라. 博士의 特長은 廣考博采에 在ㅎ며 明審詳辨에 在ㅎ며 此
를 應用ㅎᆫ 透徹ㅎᆫ 見解에 在ㅎ며 此를 基臺 삼은 雋銳ㅎᆫ 論斷에 在ㅎ니
一生의 硏究와 著述을 一貫ㅎᄂᆞᆫ 바라. 此學問法이 그 最初의 成果인「古
史斷」一篇中에 이미 餘蘊 업시 穎脫되얏더라.

博士ᄂᆞᆫ 意志의 人이며 氣骨의 人이라. 彊靭ㅎᆫ 意志와 骯髒ㅎᆫ 氣骨은
그의 學問과 言論에 ᄌᆞᆺ못 緊密ㅎᆫ 関係 잇슴을 忘치 말지니 故蹟의 實證
과 遺物의 旁照가 거의 缺如ㅎᆫ 當時에 아모리 周到ㅎ고 아모리 細密ㅎ
ᆯ지라도 疏略ㅎᆫ 典籍과 空漠ㅎᆫ 論究만을 綴拾成編ㅎᆫ 書에 敢然히「斷」으
로써 顔ㅎ고 짐즛「考」或 其他 假定을 意味ㅎᄂᆞᆫ 文字를 避한 것도 진실
로 主我에 强ㅎᆫ 그 性格의 發露 안이라 ᄒᆞᆯ 수 업도다. 新材料도 응당 發

見될 터이지. 新事實도 무론 闡明될 터이지. 그러나 現在로는 最善을 盡 ᄒ고 在我하얀 確信을 寓ᄒ얏스니 矜負ᄒ음에 何를 憚ᄒ며 聲明ᄒ음에 何를 畏ᄒ리오 ᄒ야 快快히 古史의 斷임을 自冒ᄒᄂᆫ 바에 가장 그의 稜々한 風度를 見ᄒᆯ지로다.

自然히 机上의 考查ᅵ 마침ᄂᆡ 實地의 踏驗만 갓지 못ᄒ음을 切感치 안이 치 못ᄒ야 夢魂이 부절업시 韓山遼野의 間에 馳遊ᄒ 지 久ᄒ다가 古史 斷 刊行의 翌年에 日淸이 有事ᄒ야 十萬大軍이 海를 渡ᄒ야 西向ᄒ니 自 念호ᄃᆡ 山川의 形勢를 躬審ᄒ고 風物의 情態를 實攻ᄒ고 圖籍의 秘와 金 石의 隱을 探知ᄒᆯ 天與好機라 ᄒ야 모처럼 軍隊에 請ᄒ야 征途에 登ᄒ 기는 ᄒ얏스나 事와 志ᅵ 相違ᄒ야 海軍에 從ᄒ게 됨으로 흔갓 渤海의 風浪과 臺灣의 瘴霧에 形容이 勞瘦ᄒ얏슬 샏이오 平昔의 積疑를 斷ᄒ고 日後의 學才를 得ᄒ랴던 其望은 마침ᄂᆡ 虛地에 歸ᄒ얏더라. 그러나 此 行이 博士의 心目에 影響ᄒ 바는 자못 深大ᄒ 者ᅵ 存ᄒ얏스니 零瑣ᄒ 論 著를 不屑히 ᄒ고 學界를 震駭ᄒᆯ 絶人大著를 希圖ᄒᄂᆫ 心이 此時로 從ᄒ 야 더욱 勃起ᄒ얏다 ᄒ음은 博士의 屢言ᄒ 바오 ᄯᅩ「大日本地名辭書」編纂 趣旨書 中에도 記入ᄒ 바러라.

玆後로「德川時代政教考」,「利根治水考」等 著書를 發表ᄒ야 或 該博ᄒ 知識을 吐露ᄒ고 或 警拔한 觀察力을 發揮ᄒ얏스나 此等은 다 博士에게 在ᄒ야 一暇業이오 一餘緖일 ᄯᅡ름이며 他日의 大成을 期ᄒ고 孜孜히 研 鑽에 力ᄒ 者는 別로 一物이 存ᄒ얏스니 他年에 日本 開關 以來의 最大 著述이라. =不要 盛名으로 學界를 震撼ᄒ고 世人을 驚駭ᄒ「大日本地名

辭書」가 是ㅣ라. 一心을 此에 傾注ᄒᆞ며 一身을 此에 委棄ᄒᆞ며 一生을 此에 寄托ᄒᆞ야 前에 能히 發明치 못ᄒᆞᆫ 바를 이제 發明ᄒᆞᆫ 人의 敢히 生意치 못ᄒᆞᆫ 바를 늬가 生意ᄒᆞ니 自任의 弘과 自期의 大ㅣ 진실로 人으로 ᄒᆞ야곰 驚心케 ᄒᆞ며 더욱 그 事ᄂᆞᆫ 至巨ᄒᆞ고 그 業은 至難ᄒᆞ고 그 期ᄂᆞᆫ 至遠ᄒᆞᆫ되 博涉의 功이 有ᄒᆞ다 ᄒᆞ야도 一無名 書生이오 篤志의 恃ㅣ 有ᄒᆞ다 ᄒᆞ야도 一無資 少年이어늘 挺身코 自當ᄒᆞ야 成功을 希期ᄒᆞ니 그 當初 發心의 勇氣ㅣ 도리혀 許久ᄒᆞᆫ 後日의 刻苦堪持ᄒᆞᆫ 毅魂剛魄보담 十倍 稱賞ᄒᆞᆯ 價値가 有ᄒᆞ다 ᄒᆞᆯ지라. 世의 信用을 得ᄒᆞ려 ᄒᆞ민 名士의 介薦을 用ᄒᆞ며 身의 資賴가 有ᄒᆞ려 ᄒᆞ민 書賈의 庇護를 仰ᄒᆞᆫ 等 安心着手ᄒᆞ기ᄭᅥ지의 慘澹ᄒᆞᆫ 苦心과 辛勤ᄒᆞᆫ 勞力이 이미 人의 設想不得ᄒᆞᆯ 바ㅣ 存ᄒᆞ얏더라.

(三)

　大事를 任ᄒᆞ민 그 筋骨을 勞ᄒᆞ고 心志를 苦홈도 그만콤 大치 아니치 못ᄒᆞ얏더라. 一難을 纔經ᄒᆞ면 一難이 復至ᄒᆞ고 一便을 幸得ᄒᆞ면 一便이 先去ᄒᆞ야 資極薄ᄒᆞ고 志徒大ᄒᆞᆫ 少年學士ㅣ 暗淚가 數업시 弊袍를 沾盡ᄒᆞ고 悲嘆이 연방 蠹葉을 向ᄒᆞ야 發ᄒᆞ지 아니치 못ᄒᆞ엿더라. 그 誠에 感ᄒᆞ야 資斧로 助護ᄒᆞᄂᆞᆫ 富人도 有ᄒᆞ며 그 擧를 壯타 ᄒᆞ야 鋟梓를 肯諾ᄒᆞᄂᆞᆫ 書肆도 有ᄒᆞ민 辛勤ᄒᆞᆫ 經營이 겨오 그 功程을 廢ᄒᆞ지 아니홀 만ᄒᆞ되 萬에 近ᄒᆞᆫ 參考用書에 秘閣의 深藏과 權家의 珍襲이 强半을 占ᄒᆞ야 書生의 借覽이 實로 容易치 아니ᄒᆞ고 設或 望中의 書ㅣ 市上에 現ᄒᆞ야도 囊橐의 空乏이 민양 購用을 許ᄒᆞ지 아니ᄒᆞᄂᆞᆫ지라. 一書를 爲ᄒᆞ야 攀緣을 十

求ᄒᆞ고 一聞을 爲ᄒᆞ야 歷訪을 十費홈이 거의 常例를 成ᄒᆞ얏더라. 이미 境遇의 不便을 自覺ᄒᆞ민 不便ᄒᆞᆫ 境遇를 制服ᄒᆞ겟다 홈이 意志의 人인 博士의 當然ᄒᆞᆫ 決心이라. 種々 缺乏과 件件 艱苦가 總히 그 激勵勉彊의 機를 作ᄒᆞ야 物質의 困을 대개 精神으로 補ᄒᆞ얏더라. 이러틋 涉獵搜羅에 世間의 甲子를 渾忘ᄒᆞ고 辨析隱括에 案頭의 春秋가 別有야 廢寢忘飱, 日以繼夜ᄒᆞᆫ지 무릇 五星霜에 그 第一冊을 梓行ᄒᆞ고 다시 八年의 勞를 積ᄒᆞ야 全篇의 功을 竣ᄒᆞ야 前後 十三年間 春花가 開落ᄒᆞ거니 秋鴈이 來去ᄒᆞ거니 面寫背誦으로 材料를 東西에 獵取ᄒᆞ고 晝研夜究로 證迹을 古今에 徵憑ᄒᆞ야 半世의 蘊蓄을 오로지 晶團ᄒᆞ고 一生의 精血을 한 군디 傾注ᄒᆞᆫ 바ㅣ라. 一頁 二千三百字, 全部 數千二百萬字, 細字 大板 五千餘面의 尨大ᄒᆞᆫ 書卷 …… 日本 刱出의 大著作이오 學界 初有의 偉觀으로 人我의 한가지 推服ᄒᆞᄂᆞᆫ「大日本地名辭書」ᄂᆞᆫ 實로 이러틋 超人ᄒᆞᆫ 精力과 絶倫ᄒᆞᆫ 苦心中으로 出來ᄒᆞᆫ 것이오 博士의 特殊ᄒᆞᆫ 性質이 一大 金字塔으로 表現ᄒᆞ야 不朽의 迹을 學問界에 垂ᄒᆞᆫ 것이러라.

「大日本地名辭書」ᄂᆞᆫ 그 名만 聞ᄒᆞ면 地名을 蒐輯ᄒᆞᆫ 一編纂物에 不過ᄒᆞᆫ 듯ᄒᆞ디 그 實을 檢ᄒᆞ면 山川, 城邑, 道路, 郵驛, 人情, 風俗, 文書, 器物을 一定ᄒᆞᆫ 凡例로 排列ᄒᆞ얏슬 ᄲᅢᆫ 안이라 昭明ᄒᆞᆫ 審覈과 正確ᄒᆞᆫ 證左로써 地名 個々에 就ᄒᆞ야 一々히 載籍의 疎謬를 匡正ᄒᆞ고 傳說의 訛謬를 析理ᄒᆞ야 千古의 疑題를 一筆로 明斷ᄒᆞᆫ 四萬四千項 即 四萬四千 斷案임에 在ᄒᆞ니 實質의 價値가 實로 形體에 百倍ᄒᆞᄂᆞᆫ 者ㅣ存ᄒᆞᆫ 것이라. 學與識이 博士에 比將ᄒᆞᆯ 者도 其人이 不無ᄒᆞᆯ 것이오 博士보담 十百倍 되ᄂᆞᆫ 機会와

便益을 有意 者도 진실로 不乏意 것이로디 博士와 如意 誠篤과 博士와 如意 氣魄을 兼備意 者에 至意야는 天下에 其儔를 見意지 못意리니 內容 外形이 한 가지 前古에 曠絶意야 學界에 大貢獻이 되는 同時에 精神界로 도 一大教訓이 되는 此業은 과연 博士 아니곤 能치 못意 바ㅣ라 意리로 다. 此書의 內容에 就意야 論評을 試흠은 門外人에게 아모 興味 잇슬 일 아니오 더욱 痛痒을 深感치 아니意 吾人에게 在意야 然意거니와 十有 餘年을 獨立獨行으로 而考而徵意고 且筆且校意야셔 衆力도 能치 못意 바를 單手로 造就意고 數世意 期치 못意 바를 一紀씀으로 勒成意 그 形 式上 功績과 精神的 感興이야 엇지 人我라고 間이 有意며 知不로 差ㅣ有 意 것이랴. 早稻田大學 圖書館에 托存意 積高至 一丈五尺의 自作自筆意 原稿를 見意고 無限히 驚異意고 嘆服意 者ㅣ 恐意건디 伊時의 余 一人쑨 아닐지니라. 噫ㅣ라. 此ㅣ一貧 書生의 獨辨이오 一誠心의 表現이오 學閥 과 年歷과 資力의 아모 憑恃意 것 업는 一少年 學究의 事業이러니라.

吉田東伍는 依然意 吉田東伍라. 博士 自身은 아모 變化가 업셧건마는 世間의 認識은 크게 不然意얏더라. 此書의 完成으로 因意야 世間이 不時 에 吉田東伍란 博學多識의 士의 剛魂毅魄의 人을 發見意얏더라. 새삼스 러이 그 學識을 推服意며 精力을 驚嘆意얏더라. 竪子ㅣ何爲意랴 意야 一隅에 屏息치 아니치 못意게 意든 學界도 이 撑天의 華表柱에 對意야 相當意 認識을 寄與치 안이치 못意며 相當意 敬意를 表著치 아니치 못 意얏더라. 이러틋 意야 文學博士의 位號가 스스로 書生 吉田에게로 飛 來意얏고 歷史地理學界에 對意 博士의 地步가 비로소 日月과 如히 彰顯

ᄒ게 되얏더라.

(四)

掩飾치 아니ᄒ고 言ᄒ면 余도 ᄯᅩᄒ 地名辭書의 紹介로 비로소 博士와 밋 博士의 賢能을 知ᄒᆫ 者의 一人이로라. 古史斷을 讀ᄒ고 그 篤學을 知ᄒ얏스며 政教考를 讀ᄒ고 그 銳眼을 知ᄒ얏스되 그 無限ᄒ 彈力과 超常ᄒ 勇氣와 百折不撓ᄒᄂᆫ 毅魄을 兼有ᄒ 人格者임을 知케ᄒ 者ᄂᆫ 實로 此書얏노라. 몬져 幾分 誇張ᄒ 書肆의 廣告文에 驚異의 情이 動ᄒ얏거니와 다음 黃香未見의 書도 括羅ᄒ고 郭璞靡詳의 跡ᄭᅡ지 審明ᄒ야 博大精細를 極ᄒ 그 實物에 嘆美의 感이 湧ᄒ야 人格의 發揮인 그 作品에 示現된 그 人格이 ᄒ 가지 永久不泯ᄒ 印象을 心中에 刻存ᄒ게 되얏노라.

余ㅣ 博士의 謦咳를 接ᄒ기ᄂᆫ 地名辭書가 完成되든 前年 早稻田大學에 數朔 在籍ᄒ얏슬 時에 博士의 日本地理와 明治史 講義를 恭聽ᄒ므로 始ᄒ니 當時의 余ᄂᆫ 無狀이 尤甚ᄒ지라 博士의 力量을 識認ᄒ기에 鑑藻ㅣ 넘어 不足ᄒ얏노라. ᄯᅩ 博士ᄂᆫ 風采ㅣ 俊秀 치 아니ᄒ며 言論이 卓勵치 아니ᄒ며 戲曲的 構成이 無ᄒ며 詞令的 修飾이 無ᄒ미 講堂과 戲臺를 同視ᄒᄂᆫ 多數 學生에게ᄂᆫ 博士의 科白이 大喝采를 博ᄒ도록 精采煥發치 못ᄒ얏더라. 더욱 日本의 歷史와 地理에 對ᄒ야 素養이 不贍ᄒ 余에게ᄂᆫ 平明ᄒ 言辭에 隱約ᄒᄂᆫ 그 淹該ᄒ 知解와 素樸ᄒ 口舌로 吐露ᄒᄂᆫ 그 卓邁ᄒ 見識을 照破ᄒᆷ이 實로 容易치 아니ᄒ지라. 地名辭書와 밋 此에 對ᄒ 雷灌ᄒᄂᆫ 好評을 接ᄒ고야 비로소 尋常ᄒ 學究에 數頭地 卓出ᄒᆷ

을 知ᄒᆞ얏노라. 玆後로 始ᄒᆞ야 謙虛ᄒᆞᆫ 言辭ㅣ 도리혀 그 權威를 增ᄒᆞ고 朴訥ᄒᆞᆫ 姿態ㅣ 더욱 그 德操를 光ᄒᆞᄂᆞᆫ 所以임을 覺ᄒᆞ야 그윽히 景仰의 情을 抑制치 못ᄒᆞ얏노라.

偶然ᄒᆞᆫ 椿事로 余의 學校生活이 終을 告치 아니치 못ᄒᆞ게 되고 因ᄒᆞ야 京城으로 歸ᄒᆞ미 耳提面命을 承ᄒᆞᆷ이 마침ᄂᆡ 그 機가 無ᄒᆞ고 다만「維新史八講」「地理的 日本歷史」「倒叙 日本史」等을 介ᄒᆞ야 茅를 開ᄒᆞ고 蒙을 牖ᄒᆞ며 아울너 그 愈往愈健ᄒᆞᆫ 精神과 愈出愈奇ᄒᆞᆫ 機軸을 欽嘆ᄒᆞᆯ 싸름이러니 去丙辰 春에 因事東留ᄒᆞ다가 機緣이 偶湊ᄒᆞ야 舊誼를 重訂ᄒᆞ며 新誨를 飽承ᄒᆞ게 되고 日夕往來의 間과 橫堅酬酢의 際에 神會 默契가 去益 緊密ᄒᆞᆷ을 覺ᄒᆞ니 此로써 余의 益을 受ᄒᆞᆷ이 實로 淺尟치 아니ᄒᆞ얏노라. 歷史上 議論에 至ᄒᆞ야ᄂᆞᆫ 毋論, 見解의 判異ᄒᆞᆫ 點도 不無ᄒᆞ며 意思의 懸隔되ᄂᆞᆫ 處도 固多ᄒᆞ건마ᄂᆞᆫ 余의 博士에게 望ᄒᆞᄂᆞᆫ 바와 博士의 余에게 期ᄒᆞᄂᆞᆫ 바ᄂᆞᆫ 彼此一般으로 자못 深厚ᄒᆞᆫ 者ㅣ 存ᄒᆞ얏노라. 噫ㅣ라. 世에 曲學阿世의 徒ㅣ 多ᄒᆞ고 事實을 故枉ᄒᆞ야 方便을 强作ᄒᆞᄂᆞᆫ 不忠者ㅣ 史學界裏에 尤極跳梁ᄒᆞᄂᆞᆫ 今日에 博士의 氣風과 力量을 待ᄒᆞ야 發明ᄒᆞ며 匡正ᄒᆞᆯ 事案이 不一而足ᄒᆞᆫᄃᆡ 그 年이 方强ᄒᆞ고 그 職이 愈高ᄒᆞ니 余의 心願誠期가 스스로 博士에 偏注치 아니치 못ᄒᆞᆷ이 何怪가 有ᄒᆞ리오.

(五)

世에 可畏ᄒᆞᆫ 者ㅣ 多호ᄃᆡ 宗敎ㅣ 權力의 機關이 되고 法律이 金錢의 股肱이 되고 學術이 政略의 倀鬼됨 가치 그 動機로 이미 可憎ᄒᆞ고 그 結果

로 한 것 可恐흔 者ㅣ 無흐도다. 더욱 史學은 文明의 記錄인 點으로는 百世 眞僞의 鑑照요 民族의 簿牒인 點으로는 萬代 榮辱의 樞紐라. 한번 强權의 爪牙가 되어 弱者를 凌虐흐기 始흐면 凌虐되는 者의 損失, 苦痛이 맛당히 如何흐리오. 然이나 天下의 耳目을 欺蔽흐고 民庶의 精神을 磨礱흐야 是非의 觀을 惑亂흐고 得失의 念을 喪絶케 흠에는 歷史를 惡用 邪用흠이 絶妙好方일시 史家에게는 此種 誘惑과 此種 脅迫이 흔이 附隨흐야 그 意志의 弱을 衝흐지 아니흐면 利欲의 歡을 買흐는 者ㅣ 生흐는지라. 鲰骨로 嚴法을 守흐고 疆項으로 直文을 行흐는 者의 寥寥흠이 실로 有以흐거늘 斯時斯界에 博士와 如히 權力에 媚치 아니흐고 便宜에 降치 아니흐고 觀흠을 信흐며 信흠을 言흐야 힘써 眞을 求흐고 짐줏 虛를 傳흐지 아니흔 人格者를 有흠은 크게 人意를 强케 흔다 아니치 못흘 것이오 吾人의 衷心으로 博士를 欽慕흐는 所以도 쏘흔 此에 在흐도다.

　邪氣의 熾흠을 如何히 防遏흘가. 怪潮의 漲흠을 如何히 攘退흘가. 史權의 擁護를 擔任흘 者ㅣ 誰며 眞理의 闡揚에 盡瘁흘 者ㅣ 誰오. 天下의 憂ㅣ 決코 學識者의 乏흠도 아니며 智能者의 少흠도 아니며 健筆者 雄辯者의 無흠도 아니라. 大憂至慮ㅣ 操守峻嚴흔 學識者와 氣魄雄毅흔 智能者와 主義循理흐는 健筆雄辯者의 絶無僅有흠에 在흐니 博士의 史學界에 在흠이 實로 此僅有의 一人에 當흐는지라. 그의 存亡이 斯學에 影響흠이 엇지 尠少타 흐리오. 博士를 信認흐며 博士의 健鬪를 祈흐는 同時에 博士의 長壽를 祝흐지 아니치 못흐얏스며 아울너 그 健鬪와 長壽가 吾人에게 交涉됨이 洪大흘 줄 深信치 아니치 못흐얏노라.

再昨冬, 東京으로셔 歸혼 以來로 或寒을 鐵窓에 吟호고 或, 毒을 銅鬼에 受호야 身世의 塵忙이 前日에 百倍홈으로 歲序가 屢易호되 一候를 探치 못호고 書言이 數至호되 一答을 裁치 못호얏스나 博士의 俯托혼 바를 克副호려는 誠은 博士에게 翹望호는 바를 速成호려는 情과 共히 일즉 一刻도 弛緩치 아니혼지라. 沈淪奔走호는 中에도 留心코 用意혼 바ㅣ 自有호야 樂浪居裏 屬膝穩討홀 機가 在邇호기만 跂待호더니 今에 突然히 博士의 訃報를 接호니 實로 千萬夢寐 外에 屬혼 것이라 噫라.

博士의 易簀이 眞인가. 博士의 音容을 接홀 機會ㅣ과연 永消호얏는가. 疎漫혼 余ㅣ 博士의 病을 知치 못호얏스며 博士의 病이 垂危호되 知치 못호얏도다. 博士의 廣額이 依然히 「日本歷史辭書」草稿에 汨沒호려니 博士의 疎髥이 如前히 「灘生一本」의 樽邊에 橫斜호려니 그의 精力과 意氣가 去益盛旺호야 吾人의 期待를 반다시 現實호려니 設或, 顔華는 暫違호고 音書는 久斷호얏슬지라도 博士를 爲호야 準備혼 多少 書種과 話櫃ㅣ응당 博士의 意를 心得호야 靑緗黃縹혼 朝鮮書籍으로만 四壁을 滿圍혼 그의 書齋에셔 아모 忌諱와 顧慮 업는 議論을 應酬호는 材料가 되려니 그리호야 鍾得혼 結果ㅣ世의 邪說과 謬見을 打破홈에 一大威力을 添호려니 호얏더니 卒爾 一朝에 百想이 虛에 歸홀 줄 誰ㅣ夢料나 호얏스리오. 噫라. 天이 斯學…… 吾輩의 關知코져 호는 史域을 禍호시도다. 博士ㅣ이제 冤天를 纏得호니 死ㅣ엇지 其時며 雨多菌繁혼 方便的 學者, 迎合的 論人에 中毒혼 學界ㅣ博士의 人格과 勇氣를 需홈이 益殷호니 死ㅣ엇지 其人이랴. 噫ㅣ라.

〈正誤〉昨紙 本編 第一段中「人格의 発揮인 그 作品과 그 作品에 示現된 그 人格」이라 홀 것이 数字 脱誤ㅎ얏기 訂正홈.

(六)

學者의 死처럼 世의 損失이 업나니 生ㅎ야 卓邁의 才를 具ㅎ고 長ㅎ야 刻苦의 功을 績ㅎ야 學이 天人의 妙를 窮ㅎ고 識이 古今의 變을 推홀 者는 金錢의 致홀 바ㅣ 아니며 權力의 産홀 바ㅣ 아니며 造化의 靈動이 못쳐럼 鍾毓홈을 待ㅎ야 乃得ㅎ는 者ㅣ라. 其人이 存ㅎ야 其儔가 無ㅎ고 其人이 沒ㅎ야 其代가 無ㅎ니 그 死의 可惜홈이 엇지 勳章 陳列場 金庫 守護犬 싸위 車載 斗量홀 者의 適來適去홈에 比홀 바ㅣ랴. 然이나 그 命은 비록 一朝의 風燭에 屬홀지라도 그 業은 萬古의 活水에 擬ㅎ리니 死者는 거의 無憾홈을 得홀 것 아닌가. 超人의 學的과 絶世의 功이 博士와 如ㅎ 者는 淑々ㅎ 保終을 自顧 莞爾홀 것 아닌가. 다만 章章ㅎ 大作을 다시 其手에 期치 못ㅎ고 蛇々ㅎ 碩言을 다시 其口에 望치 못ㅎ리니 人我를 爲ㅎ야 博士의 死를 深悼ㅎ리로다. 그러나 屹立ㅎ 功塔은 天地와 壽를 同ㅎ고 積充ㅎ 心齋는 길히 千萬人 藏脩의 所가 되리니 博士를 爲ㅎ야 博士의 後를 還慶ㅎ리로다. 오족 川長에 濟舟를 憶ㅎ고 亭古에 宏棟을 思ㅎ는 悠々 我懷야 誰를 向ㅎ야 說盡ㅎ리오.

博士의 趣味와 生涯는 일즉 東都繹書記에 略及ㅎ 바ㅣ 有ㅎ니 玆에 架疊치 아니ㅎ며 다만 「松雲詩草」 中으로써 遺吟 數篇을 抄録ㅎ야 애오라지 思舊의 銘을 代홀가 ㅎ노니 知人의 詩草引에

少年坦蕩無他異, 耕暇耽詞章, 爲父兄所厭, 而生猶弗改, 常曰死且無悔

라 흠을 見ㅎ야 그 一時의 耽愛가 엇더케 甚ㅎ얏슴을 知홀 것이오 또

然生獨學無師, 故其詩不能洗練以就典型, 頹唐自喜, 未幾遊北海道, 求耕

漁之地, 蓋欲有所修也, 而不得志, 悵然南歸, 見故舊歎曰, 末技誤身, 吁命之

盡也, 乃發憤棄詩稿去, 不知所之, 時歲二十八云

이라 ㅎ니 博士의 諸種 造就가 實로 此時의 發憤에 緣起홀 것임을 知홀

러라.

○春暮偶成

西窓日永篆煙斜. 斜引微風上淺紗. 新綠滿林春欲暮. 半床書帙落松花.

○登古城墟

原田秧緑乱蛙鳴. 遺壘蕭々入耦耕. 野老迎人爲陳説. 麥雲黃處是牙城.

○孤征

千里孤征客. 登程幾顧回. 多情山外雨點々送人來.

○春雨

落花委地欲黃昏. 山没燒痕草色繁. 煙雨如來又如去. 濛々五十有三村.

○黃石先生來寓新潟賦呈

太湖七十二峯高. 久矣雄藩建羽旄. 養士百年依祖德. 盡忠半世見人豪. 滄

桑閱世在詩史. 烟水鞍蹤脱戰袍. 仍有詞鋒餘力在. 來翻北海々門濤.

○登高懷古

群嶺西時勢崢嶸. 樹梢隱見潮水平. 岡陵委蛇抱郊野. 指點形勝雙眸明.

神宅仙境絶塵俗. 黃金白石鍾秀英. 前国府後藩城. 沿革與世幾變更. 鎮東

將軍経略處. 一片殘碑徒勒名. 侯家世業奔天命. 四十八舘荊棘橫. 愁來俯仰

不能去. 暮雲惨 憺風濤聲. 何以盪胸斷芥帯. 好觀海旭天際紅.

드디어 『이광수의 한글 창작』의 간행을 앞두고 있다. 약간의 시간차를 두고 있기는 하지만 사실 이 책은 『일본어라는 이향 – 이광수의 이언어 창작』(2019)과 거의 동시기에 이루어진 연구 성과들을 묶은 것이다. '이광수의 이언어 창작' 가운데 한글 편에 해당하는 셈이다.

하타노 선생님께서 이광수의 이언어 창작에 대한 연구를 진행하고 계시는 동안 역자 역시 이광수의 이중어 글쓰기에 대한 연구를 진행하고 있었던 터라 역자에게는 번역 과정 자체가 연구의 일환이자 많은 것을 배우고 공유할 수 있는 소중한 시간이었다. 공편 자료집 『이광수 초기 문장집』Ⅰ·Ⅱ(2015), 『이광수 후기 문장집』Ⅰ·Ⅱ·Ⅲ(2017-2019)을 비롯하여 『한국 근대 이중어 문학장과 이광수』(2019)의 간행이 전적으로 그 시간들에 빚지고 있음은 말할 것도 없다.

동일한 연구 주제이지만 관심사는 겹치기도 하고 나뉘기도 했다. 연구 리듬이 서로 다르니 자연스러운 일이었겠으나 하타노 선생님께서 듬직하게 버티고 계셔서 맘 놓고 다른 영역을 천착할 수 있었던 것도 사실이다. 관심사가 겹치는 영역에서는 특정한 쟁점에 대해 서로 다른 견해를 보이기도 했다. 이와 관련해서 종종 농

반 진담 반 왜 서로 견해가 다르냐는 질문을 받은 일도 있는데, 역 자이긴 해도 연구자인 만큼 사전에 의견을 조율했어야 하는 게 아 니냐는 힐책이 담겼던 것으로 기억한다. 번역 과정에서 생각이 다 른 부분은 충분하게 말씀을 드리고 선생님께서는 언제나 숙고 후 에 입장을 정리하셨다는 사실을 이 자리를 빌려 해명해 둔다.

이로써 첫 역서 『『무정』을 읽는다』(2008) 이래 하타노 선생님 과 함께 한 시간들이 또 한 매듭을 짓는다. 그 동안 한국문학 연구 에 애써주신 노고에 다시 한 번 정중하게 감사드리며, 현재 여전 히 왕성하게 진행하고 계신 흥미로운 연구들도 조만간 풍성한 성 과로써 마주할 수 있게 되기를 고대해 본다.

2021년 봄을 기다리며
최주한

초출일람

제1부

1. 「李光洙と翻訳－『검둥의 설움』(1913) を中心に―」,『韓国朝鮮文化研究』13, 東京大學 文學部 朝鮮文化研究室, 2014.

2. 「『無情』の表記と文体について」,『朝鮮学報』236, 朝鮮學會, 2015.

3. 「『無情』から「嘉実」へ―上海体験を越えて―」,『朝鮮学報』249~250 合併号, 朝鮮學會, 2019.

4. 「상해판『독립신문』의 연재소설〈피눈물〉의 작자는 누구인가」,『近代書誌』20, 근대서지학회, 2019.

제2부

1. 「김동인의 단편소설「감자」에 대하여」,『상허학보』38, 상허학회, 2013.

2. 「타카하시 칸야(高橋幹也) 씨와의 인터뷰」,『춘원학보』7, 춘원연구학회, 2014.

3. 「謝春木の日本語創作」,『植民地文化研究』16, 植民地文化研究會, 2017.

4. 「李光洙のハングル創作と3・1運動」,『歴史評論』827, 歴史科学協議会, 2019.

5. 「吉田東伍と崔南善の知られざる交友」,『国際地域研究論文』12, 新潟県立大学国際地域研究学会, 2021.3 게재 예정